Raimund Samson

Das Paradies auf der Bratpfanne

Von Einem der auszog sein Selbst zu finden

Die seltsamen Erlebnisse des R.J. in einer österreichischen Kommune und der linksradikalen Polit-Szene der siebziger Jahre

* edition anares bern

Umschlaggestaltung, Collagen, Layout: Raimund Samson

© Raimund Samson, Hamburg, 2003
Alle Rechte liegen beim Autor.
© für die Gedichte auf den Seiten 66 und 97 bei Helga Goetze Sophia

Ich danke Helge Schmidt für technische Hilfe bei der Arbeit am Computer.

Herstellung, Druck, Vertrieb: Books on Demand GmbH, Gutenbergring 53
22848 Norderstedt Fax: 040 / 53 43 35 84 e-mail: bod@libri.de

www.bod.de * ISBN 3-905052-81-4 * www.anares.org

*„Darum mochte er zuweilen gern wider den Strom schwimmen,
ob es ihm gleich sauer wurde, und wider die Wand rennen, ob
er sich gleich den Kopf zerstieß.“*
Karl Philipp Moritz, „Andreas Hartknopf“, 1786

„Na, projizierst wieder?“ – „Was sonst!“
Robert J., „Tagebuch eines Kommune-Idioten“, 1977

für Helga Goetze Sophia

1 Ankunft

Jähsinn schlug das Herz bis zum Hals, seine Ohren glühten. Er wechselte den Koffer, dessen Griff feucht geworden war, in die linke Hand, strich sein Jackett glatt und las noch einmal die Angaben auf dem Zettel. Die Adresse stimmte. Er befand sich in einer Gegend mit prächtigen Altbauten und breiten Toreinfahrten, die auf weit angelegte Hinterhöfe führten.
Auf einem Namenschild las er: *K.O.*
Das Portal war offen. Er stieg ein paar Treppen hinauf und stand vor einer unauffälligen Tür. Würde eine nackte Frau öffnen? Oder ein Mann mit riesigem Glied? Wahrscheinlich machten sie *es* gerade im Bett und auf den Tischen, im Liegen und im Stehen, in der Badewanne und auf dem Sofa.
In seiner Hose zog sich alles zusammen.
Noch einmal tief durchatmen und dann ganz *natürlich* erscheinen.
Er rückte seine Brille zurecht und klingelte.
Eine Frau öffnete.
‚Ah, da Robert aus Hambuach.'
Momentan fand keine Orgie statt. In dem Raum, der sich hinter der Tür auftat, saßen glatzköpfige Männer und Frauen an einem Tisch.

Aus einem Nebenzimmer kam eine Frau, die geduscht hatte. Sie trocknete mit einem Handtuch ihre Beine ab. Starr blickte er an dem nackten, sanft gerundeten Körper vorbei.
‚Hey, schau do mol eine', rief einer vom Tisch und wies auf einen Raum, wo zwei Männer und eine große, schwarzhaarige Frau saßen. Der Ältere sagte 'Hallo' und 'Wie heißt du?' Wenn er Feiler nicht erkannt hätte, hätte er ihn für einen Arbeiter gehalten oder jemanden, mit dem man zufällig in einer Kneipe ins Gespräch kommt. Der Mann hatte einen markanten kahlrasierten Schädel und kniff die Augen zusammen. Da war er also, der legendäre Aktionist, der als „Uni-Ferkel" für Schlagzeilen gesorgt und bei einem Happening gegen den Vietnam-Krieg einen Weihnachtsbaum angepinkelt und seinen Strahl anschließend auf eine darunter liegende Frau gerichtet hatte. ‚Aus dem Norden angereist?!' – ‚Ja, mit dem Zug.' – ‚Was mocht die Helene?' – ‚Sie baut eine Wohngemeinschaft auf'. – ‚Mochst mit?' – Nein, das nicht. Er ging zu den Abenden, aber einziehen... – ‚Und? Wie wohnst?'- ‚Mit einem Freund zusammen.' – ‚Wieso host den net mitbrocht?' –‚Dem ist das alles ... also eigentlich...-'
Feiler zog die Augenbrauen hoch. Jähsinn wollte noch etwas herausbringen, aber die Frau meinte „Is scho guat, Burli", und strahlte. „In ana hoibn Stunde geht a Bus."
Das Zimmer war eingerichtet wie ein Büro, aber er sah auch eine Staffelei.

An der Wand lehnte ein Ölbild, das einen Mann mit einem Stierkopf dar-
stellte. Auf einem niedrigen tiefen Schrank lagen Fotos von einer Kunst-
Aktion mit lauter Nackten.

Plötzlich näherte sich durchdringend brummend eine Fliege. Als sie über
dem Tisch war, schlug Feiler blitzschnell die Hände zusammen. *Platsch!*
hatte er das Tier erwischt.
Jähsinn ging zurück in den Eingangs-Raum. Vor den Wänden standen Hoch-
betten. Daneben waren in Regalen Handtücher und Wäsche gestapelt. Vor
einer Kommode lagen Strümpfe auf dem Boden. Mehrere Türen führten in
andere Zimmer.
Es gab einen Pendelverkehr zwischen der Wiener Filiale und dem Zentrum in
der Parndorfer Heide. In der Stadt lebten Kommune-Veteranen, die den Kontakt zwischen dem abgeschieden gelegenen Friedrichshof und der Donau-
Metropole aufrecht erhielten.

Die Fahrt im schwarz gestrichenen VW-Bus verlief laut und holprig. Mit dem
Motor war etwas nicht in Ordnung. Er saß, eingezwängt durch Gepäckstücke,
mit dem Rücken zum Fahrer. Neben ihm ein Mann und eine junge Frau mit
langem braunem Haar. Die meisten Mitreisenden waren Deutsche.
Er zitterte der Ankunft am berühmt-berüchtigten Friedrichshof entgegen.
Ungefähr eine Stunde würde die Fahrt gehen. Abenteuerliche Phantasien
stellten sich ein. Am FH ging es wild und ekstatisch zu, *noch* ekstatischer als
bei Helene Täuber oder der Hamburger Filiale der Kommune. Wild und zugleich sehr streng. Er hatte sich für einen einwöchigen Kurs angemeldet. Es
war zu spät, um noch einen Rückzieher zu machen. Würde er mit einer Frau
schlafen? Oder gar mit mehreren? Würde er *ihn* endlich reinstecken?
Ihm rutschte das Herz in die Hose, sein Hirn arbeitete fieberhaft. Nur nicht
komisch auffallen! Er kam sich vor wie ein Büßer, der zu einer Expedition in
die Wüste verdammt war. Könnte nicht etwas Unvorhersehbares passieren,
eine kleine Autopanne? Ein Unfall nur mit Sachschaden! Er schwitzte
zwischen den Beinen und unter den Achseln. Seine weiße Jeans war auf den
Oberschenkeln schmieriggrau.
Neben ihm wurde gelacht und erzählt. ‚Hey, wo'sd'n mit dia los?' Er war
dankbar für die Aufmunterung und sagte zwei drei Sätze. Etwas das nicht
auffiel, aber vielleicht witzig war. Er versuchte zu lachen. Und legte sich Erklärungen zurecht, weshalb er *so* geworden war. Ein Häuflein Angst mit großen Ideen. Ein Nachwuchs-Dichter, der Kampf-Reime gegen den Kapitalismus verfasste, aber sich nicht traute, eine Frau anzusprechen.
Nach endlosen Kilometern durch Weinbaugebiet und kleine Ortschaften sah
man, versteckt hinter Bäumen liegend, Häuserdächer. Ein paar Meter noch

über eine ungeteerte Straße, und sie waren da.

Er kannte den Friedrichshof von Abbildungen. Der FH war ein altes Gut, von dessen ursprünglicher Bebauung kaum etwas übrig geblieben war. Ein Hof mit Historie. Friedrich der Große hatte dort einst mit dem französischen Philosophen de Lamettrie tiefsinnige Gespräche geführt, hatte eine Frau in Hamburg erzählt. Irgendwo stünde eine Gedenktafel.
Sie hielten in der Nähe eines klobigen, grau verputzten Gebäudes mit einem flachen Dach. Ein Stück weiter, auf der anderen Seite vom Parkplatz, stand ein Wasserturm. Außerdem ein scheunenähnliches hohes Gebäude und andere, einstöckige Häuser, manche aus Holz.
Die Sonne schien warm und gleichmäßig. Dunkle Wolkenfelder und ein drohendes Gewitter wären ihm lieber gewesen.
Und überall Menschen. Die meisten mit Stoppelhaarschnitt, Latzhose, T-Shirt. Lachende Gesichter. Die mit den längeren Haaren waren Gäste.
Ein Kommunarde zeigte ihnen den Weg zur Unterkunft. Sie kamen an der Küche vorbei, wo laut palavernd Männer und Frauen ein riesiges Blech mit Broten hielten und den Neuankömmlingen anboten. Jähsinn nahm ein Stück und stopfte es hastig hinunter.
Der Schüttkasten war ein ehemaliger Schweinestall, der vor einigen Jahren umgebaut und um eine Etage erhöht worden war. Innen sah es sauber und aufgeräumt aus. Die Gäste waren gesondert untergebracht. In mehreren Räumen lagen blau bezogene Matratzen. Neben der Tür standen ein paar Regale. Weiter vorn Tische, Stühle, zwei offene Spinde. Es erInnerte an die Bundeswehr. Nur daß hier auch Frauen waren. Beängstigend lockere Frauen. Gutaussehende. Die meisten trugen keinen BH.
Er suchte sich eine freie Stelle, nahm ein paar Dinge aus seinem Koffer und deponierte den Schlafsack.
Fast alle Gäste waren in seinem Alter oder jünger. Die meisten gingen zur Uni. Einige hatten einen leichten Sonnenbrand. Auch mehrere Lehrer waren da, wie sich herausstellte. Ein Tischler. Er kam mit einem Mann ins Gespräch, der Russisch studierte.
- ‚Hey Leute, seids hergekommen, um zu diskutiern?‘ sagte ein netter Typ, der vor Energie strahlte. ‚Naja, i hob mi aa anfangs hinter meiner Studi-Fassade versteckt‘, fügte er freundlich grinsend hinzu.
Jähsinn merkte, daß auch andere Gäste unsicher waren.

Im ersten Stock des Schüttkastens war eine freie Fläche mit Teppichen ausgelegt. Drumherum konnte man auf dem Boden sitzen. Es gab auch ein paar Sessel und Stühle. Vor dem Fenster stand ein schwarzer Flügel.
Nicht nur zwanzig Kursbesucher hatten sich eingefunden, sondern auch eine

Leiterin und ihre Assistentin. Dazu eine Handvoll *Langzeitgäste,* die sich dem Outfit der Kommunarden angepasst hatten.
Die Leiterin stellte sich vor. Sie hieß Marise, strahlte Freude und Entschlossenheit aus und genoß es sichtlich, im Mittelpunkt zu stehn. Es schien für sie nichts Natürlicheres zu geben, als möglichst viele Menschen um sich zu versammeln. Sie hatte ein fein geschnittenes Gesicht mit einer Stupsnase und Augen, die himmlisch leuchteten. Ihr breiter Hintern war in hautenge Jeans gepreßt. Assistentin Judith überragte Marise mit ihrem schwarzen Mecki um einen halben Kopf.
-‚Jeder kann in die Mitte.'
In Robert rumorte es. Bis hierher hatte er es geschafft.
-‚Sprich lauter!'
Ein junger Mann stand im Kreis und erzählte, daß er aus Berlin stamme.
-‚Jo, des woa scho besser. Aber net so normoal!'
Marise sprach das a fast wie ein o aus, sehr gedehnt mit einer feinen Härte.
Der Mann im Kreis hob beide Arme und sang mit tiefer Stimme und leichtem Pathos ‚Ber-li-hin We-hest'
-‚Oke, weita.'
Als der Mann zu erzählen anhob, ging sie lächelnd zu ihm, schaute ihm in die Augen und hielt sanft eine Hand vor seinen Mund.
-‚Dei Stimm is net schlecht, aber du solltest dich mehr bewegen, Liebling. Deine Story kommt hier' –sie wies auf die Zuschauer- ‚net so guat o. Du host noch a Menge zu lern'.'
Sie parlierte sanft und lasziv mit ihrem musikalischen Singsang aus Hochdeutsch und Wienerisch. Alle waren hingerissen.
Der Gast tanzte. Ein Kahlköpfiger klimperte auf dem Flügel.
-‚Wer möcht als nächster? – Net so long überleng!'
Sie übte Druck aus und wirkte dabei sehr locker.
Eine Frau ging in die Mitte, nannte ihren Namen und schrie ‚Ich will endlich etwas für mich tun. Für *mich*!'
Alle applaudierten.
-‚Ja, laß dich fallen, schüttel alles von dir ab!'
Die Frau begann an ihrem Hemd zu nesteln.
-‚Net ausziehn. Des konnst dia aufspoan für später. Oder möcht's unbedingt an Strip hinleng?"
Die Probandin wirkte unentschlossen.
-‚Na bravo!'
Donnernder Applaus.
Die Frau setzte sich.
Die Leiterin sprach nun, immer noch lächelnd, über ernste Dinge. Eigentlich gebe es keine Erklärungen, aber da die meisten zum ersten Mal hier seien,

mache sie eine Ausnahme. Die *Selbstdarstellung* sei ein Medium der Kommunikation. Es gehe darum, das Innerste nach außen zu kehren. Alles rauslassen, alles Verbotene, mit Ängsten Verbundene. Die meisten versuchten noch, einen guten Eindruck zu machen, gewisse Dinge zu überspielen. Das funktioniere aber am FH nicht, sie würden es noch merken. In der Selbstdarstellung gehe es darum, das anerzogene Rollenverhalten zu durchbrechen. Dabei würde die *Schädigung* des Einzelnen sichtbar werden. In der Kleinfamilie bekäme jeder einen Knacks. Den gelte es zu überwinden. Nicht durch Reden. Die Sätze, die den Neuankömmlingen aus dem Mund ratterten, zeugten nicht von Bewußtsein. Sich zu erbrechen sei, wenn nicht schön, so doch ehrlicher. Hinter der freundlichen Maske des Kleinfamilienmenschen steckten vor allem Aggressionen.

Niemand widersprach der Leiterin.

Jähsinn hätte stundenlang zuhören können. Marise hatte eine kräftige Stimme und wußte ihrer Rede mit leisen Wendungen immer wieder einen Kontrast zu geben.

-‚Und denkt daran: Wir berühren uns nicht, machen alles nur in der Luft. Niemand darf andere mit seinen Aggressionen verletzen.'

Ein Gast verzog das Gesicht.

-‚Nur in Ausnahmefällen berührt die Leiterin den Darsteller.'

Das Gesicht glättete sich wieder.

Jähsinn ging in die Mitte.

-‚Jo hallo, noch an Studioso' warf die Leiterin ein. ‚Na trau dich!'

Er ging im Kreis umher und schnitt Grimassen. ‚Ihhh' und ‚ähhh', streckte die Zunge heraus. ‚Bähbäh'. Und wußte nicht weiter.

-‚Nein, nicht schreien!'

Er sagte, daß er gekommen sei, um zu lernen.

-‚Das behauptet Jeder!"

Er war irritiert.

‚Was soll ich machen?'

-‚Laß deine Vorwürfe raus!' sagte Marise.

Er schrie ‚Scheeeisssä.'

-‚Net so hohl. Aus ganzer Brust!'

Er schrie wieder.

-‚Lauter!"

Er nahm einen neuen Anlauf.

-‚Wann host z'letzt g'pudert?'

‚Ich äh also meine Freundin also pudern äh schon länger nicht!'

Robert versuchte ehrlich auszusehn. Wie einer, der *es* mal wieder nötig hatte. Mal wieder richtig pudern.

-‚Lauter.'

‚Schon länger nicht!'

-‚Zeig, wie geil du bist!'

‚Ich bin überhaupt nicht geil!'

-‚Trottel!'

Die Leiterin tat entrüstet.

Die Assistentin bemerkte, er sei ein Anfänger.

-‚Zeig, daß du ein Trottel bist!'

Jähsinn war ratlos. Die Assistentin sprang in die Mitte und ging mit einem schwachsinnigen Gesichtsausdruck im Kreis herum.

-‚Mach sie nach!'

Jähsinn gehorchte.

-‚So. Und jetzt schrei mal *richtig*. Mir hom zehn Gäste in der Mitte g'hobt, die Oggression' aussig'lossn oder was von sich vazöhlt hom. Noch vui zu holbherzig und gschamig. Du host nun die Schongß' –sie strahlte Jähsinn an, als habe er den Lotterie-Hauptgewinn erzielt- ‚von olln am lautesten zu brüllen. Gema ihm Vorapplaus?'

Die Runde tobte und klatschte.

Jähsinn stellte sich in die Mitte, die Beine auseinander, und legte wieder los: ‚Scheiiii...'

-‚Na, net so. Kein Wort. Nur brüllen!'

Er brachte sich in eine bequemere Position, konzentrierte sich auf einen Punkt an der Decke und atmete tief ein. Dann rückte er die Beine noch ein Stück weiter auseinander und schrie aus Leibeskräften, alles um sich vergessend.

-‚Mit dem ganzen Körper!' lautete nun die Regieanweisung.

Er streckte die Arme aus.

-‚Genau! Die Orme nach vorn. Und jetzt drück zu. Feste!'

Er brüllte und stellte sich vor, etwas unvorstellbar Schlimmes zu tun. Er war ein Tier, ein wütender Gorilla, der an seinem Käfig rüttelte. Er riß die Zähne auseinander und streckte die Arme vor. Blut schoß ihm in den Kopf, seine Halsadern traten nach außen. Er malte sich aus, eine Eisenstange zu verbiegen. Er wagte das Äußerste. Er brüllte und drückte zu. Er war ein Monster.

-‚Weißt du, daß du gerade deine Mutter umgebracht hast?'

Nein, er wußte es nicht. Aber er hatte etwas Ähnliches schon in der Kommune-Zeitschrift gelesen. Mutter-Mord. Vater-Mord. Töte deine Unterdrücker. Symbolisch.

Es leuchtete ihm ein. Er hasste seine Mutter.

-‚Sing ein Lied! Und bedaure, daß du sie getötet host. Eigentlich möchtest du sie lieben, aber es geht nicht. Noch nicht.'

Er tappte in der Mitte herum und versuchte zu singen.

Der Mann am Flügel schlug zwei Akkorde und spielte eine Melodie.
Jähsinn durfte sich wieder setzen. Außer Atem. Stolz.
-‚Du mußt deine Mutter noch oft umbringen, Schätzchen', lächelte ihm die
SD-Leiterin zu. ‚Sonst wirst' hier koan Erfolg hom bei den Fraun.'
Marise lächelte in die Runde. Sie konnte zu einem persönlich sprechen und
dabei das ganze Auditorium einbeziehen.
- ‚Es gibt in der Mitte kein Tabu. Was passiert, ist real. Dabei hängen sub-
jektive, längst vergangene Erlebnisse daran. Es passiert ein dialektischer
Prozeß. Denkt daran, daß ihr es für euch tut, aber vergeßt nicht den Kontakt
zum Publikum. Erleichtert euch. Hier könnt ihr oll's loswern.'
Marise bewegte sich tänzelnd mit ihrem prächtigen Hintern im Kreis, schaute
einen Gast, der einen Moment unaufmerksam gewesen war, an, lächelte fein
in eine andere Richtung, während die Augen der Kursteilnehmer bei dem
Mann verweilten, und wies darauf hin, daß der Kurs noch zwanzig Minuten
dauere.
Alle, die sich bisher nicht getraut hatten, gingen nun in die Mitte.
Jähsinn fühlte sich wie der mutigste Mensch der Welt. Er hatte es gewagt, in
die Mitte zu gehen. Im Zentrum der wildesten Kommune des Erdballs. Er war
ein Dichter, der endlich seine Hemmungen loswerden wollte. Oder ein Anarchist, der dabei war, die Prinzipien der Herrschaftslosigkeit über den Haufen
zu werfen? Er wußte es nicht genau. Keiner machte in der Kommune ein
Hehl daraus, daß es Leitfiguren gab, und nicht nur den legendären Feiler. Es
ging um etwas, das ihn berührte. Es passierten Dinge, die mit ihm zu tun
hatten. Er war ganz nah daran. Etwas Zartes eröffnete sich. Ein Regenbogen
blühte in seiner Brust. Jeder tat hier etwas für sich, für seinen Körper. Man
konnte sich *ausleben,* emotional an seine Grenzen gehen.
Die Leiterin war zu einigen Gästen streng, weil sie nicht das Letzte aus sich
herausholten, aber keiner setzte sich, ohne ein kleines Lob erhalten zu
haben. Jeder bekam eine Chance. Eine Frau aus Berlin brach in Tränen aus.
Ein Lehrer eilte hinzu, um sie zu trösten. Er wurde auf seinen Platz zurück-
geschickt. Alle sollten trösten, nicht nur einer. Die Frau gehörte schließlich
nicht einem einzelnen. Kein Mensch gehörte nur einem einzigen anderen
Menschen. Diese perverse Form des Besitzes existierte nur in der Kleinfamilie. Jähsinn saß mit halbgeöffneten Augen am Rand und dachte an die
Genossen von der Schwarzen Hilfe. Dort war alles zäh und hart. Hier war die
Stimmung positiv. Man spürte Wut und Aggressionen, aber sie fanden ein
Ventil im Körper. Es wurden keine Bomben gebastelt.

Vor dem Abend-Essen gab es Einzel-Therapien. Sie nannten es *Aktionsanalyse.*
Er legte sich auf eine Matratze hinter dem Schulhaus und blickte auf die

Zweige eines Apfelbaums.

‚Laß alles in dir hochsteigen!' Er verzerrte sein Gesicht zu einer wut-
schnaubenden Maske und ruderte mit Armen und Beinen wie ein auf dem
Rücken gelandeter Käfer.

Seine Analytikerin war blond, hatte leicht gerötete Wangen und strahlte ihn
an.

-‚Entspanne dich. Atme tief ein. Und wieder aus.'

Robert schloß die Augen und atmete tief ein. Und wieder aus. Er hatte keine
Vision, sah keinen Garten Eden –zumindest *noch* nicht- aber auch keine
Höllenglut. Nur wenn er die Augen zusammenpresste, schimmerte es mattrot
vor ihm.

Ilka kniete neben ihm und drückte ihre Hände auf seinen Brustkasten, um die
Atmung zu intensivieren.

Er streckte Arme und Beine aus und brüllte.

Die Matratze war nicht besonders bequem, aber was konnte man schon für
hundertfünfzig Schillinge erwarten!

Ilka lachte. Sie war sehr aufmerksam. Er wollte ihr gefallen. Die Aktion kam
ihm schlicht vor, geradezu banal. Die Frau sagte, daß es ‚heruntergehe' bis
zum ‚Geburtserlebnis'.

Davon hatte er auch schon gelesen. Ihm kam ein Gedanke.

‚Ich bin mir vorgekommen wie Gregor Samsa.'

-‚Samsa?'

‚Ja, eine Figur bei Franz Kafka.' -‚Kafka?'

‚Gregor Samsa wacht eines Morgens auf und ist ein Käfer geworden.'

Ilka schaute ihn seltsam an.

Er ging vor dem Abendessen noch in die Unterkunft.

Es gab gekachelte Wasch- und Duschräume und ein Klo. Die Tür war aus-
gehängt. Auch dieser Bereich war öffentlich. Man machte in große blaue
Tonnen. Zum Glück war gerade niemand da. Er beeilte sich.

Das Abendessen wurde in einer umgebauten Scheune ausgegeben. Dut-
zende Gäste, Kommunarden und Kinder saßen an langen Tischen und plau-
derten. Plötzlich stand eine Frau auf. ‚Hörts einen Moment her?' Sie stellte
sich auf einen Stuhl, knöpfte die Latzhose auf, zeigte ihren enormen Busen
und verkündete, daß sie für das Pudern nach dem Essen noch keinen
Partner habe. Die Essenden lachten und applaudierten. Sie schob die Hände
unter die Brüste, so daß sie hochstanden wie Torpedos, und zwinkerte keß.

An einem Tisch meldeten sich drei Männer. Die Frau setzte sich zu ihnen.

Es herrschte Feiertagsstimmung. Jähsinn sah kaum ein ernstes Gesicht.
Diese Menschen hatten den Neuankömmlingen etwas voraus. Sie entwickel-

ten sich, blühten auf, niemand hatte Langeweile.

Ein Mann mit leicht verkniffenem Gesicht stand auf und begann zu deklamieren. ,Ihr wißt, i bin da Dieter. Das Herz ward heut mir schwer. Wo ist für mich ne Rita? Mein' –er fasste sich an die Brust- ,vermißt dich sehr. Saß solo am Computer, in dieser dunklen Bude. Hier ist es sehr viel heller. Ihr wißt, i bin an Intellektueller, aber' ... Er machte eine Pause, und im nächsten Moment setzte orkanartiger Beifall ein.

Alle lachten.

Jähsinn war tief gerührt von der fröhlich brodelnden Atmosphäre. In der Polit-Szene hatte er so etwas nicht erlebt.

Er stocherte in seinem Essen und versuchte, an der Lebendigkeit ringsum teilzuhaben. Weshalb war er so ernst? Er fühlte sich kläglich, dürr, ein reduzierter Körper.

2 Aushalten

Es war noch hell draußen. Die hohen Bäume auf dem Platz vor der Scheune standen ruhig und majestätisch vor der weiten Ebene. Ein angenehm kühler Wind blies. Am Horizont zogen Wolken auf.

In kleinen Gruppen gingen Männer und Frauen zum ehemaligen Schweinestall, der jetzt Schüttkasten hieß. Auch vom Schulhaus kamen Gestalten näher.

Vor dem Eingang des fast quadratischen Gebäudes standen einige Gäste und rauchten.

Im Waschraum Gedränge. Halbnackte und Nackte putzten die Zähne, wuschen sich. Einer trug ein Kondom auf seinem Penis. Fröhliche Gesichter. Einige wirkten nachdenklich, andere wie aufgeweicht. Über einem Dreitagebart funkelten Augen.

Vor einem großen Bottich eine Warteschlange. Schrittweise ging es voran. Frauen ließen die Hose herunter, setzten ihren Po auf die Plastikumrandung und ließen Wasser. Männer streckten ihre behaarten Hintern über den Bottich. Jeder muß mal. Die normalste Sache der Welt. Auch Politiker, Kirchenfürsten, Heilige. Etwas anderes ist, wenn man es öffentlich macht.

Hier konnte er nicht. Nicht jetzt. Er würde es draußen machen oder später aufs Klo gehen, wenn niemand da war.

Im ersten Stock trafen immer mehr Kommunarden und Gäste ein. Einige gingen engumschlungen die Treppe hinauf.

In dem weiß getünchten Raum setzten sich die Kommunarden, einen großen

Kreis bildend, um den blauen Teppich auf den Boden. Die Gäste suchten sich weiter hinten einen Platz.

-‚Na, wer traut sich von den Neuen in die Mitte? Heut' darf, ausnahmsweise, jed'r' sagte eine Frau in lila-weiß gestreifter Latzhose und lächelte schnippisch. ‚Jo, ihr hobt's richtig g'hört, heut dürfn aa Gäste!'

Sie war eine Anführerin. Man merkte es an der Aufmerksamkeit und Bewunderung, die sie genoß. Sie sprach nicht wienerisch, sondern einen etwas anderen Dialekt, und sah sehr gut aus. Hellbrauner Teint, romanischer Typ.

Jähsinn lehnte sich zurück und versuchte die Stimmung zu genießen. Mehr als hundert Menschen waren versammelt. Die meisten waren blond oder hatten braune Haare, kamen wohl aus Deutschland, Österreich oder der Schweiz. Im Kreis saßen auch braungebrannte Männer mit pechschwarzen Haaren, Spanier, wie er später hörte. Eine große Gruppe kam aus Frankreich. Dort war gerade die erste Filiale der Kommune gegründet worden.

Die Kommunarden wirkten sanft, wie erleuchtet. Dabei hatten sie nichts von dem gezierten Habitus mancher Sekten. Waren die Frauen schön, staunte Jähsinn. Sie wirkten anmutig, trotz Kurzhaarschnitt. Und alle schienen ungeheuer feinfühlig. Jedes Räuspern, jede gerunzelte Stirn, strenge Miene wurde wahrgenommen. ‚Was schaust so oarg, Burli?', sagte eine Frau und lachte.

Die Spannung stieg ins Unermeßliche, wenn die Mitte frei war und alles darauf wartete, wer den Sprung wagte.

Die Frau in der gestreiften Latzhose, Colette, ging zum Flügel, an dem ein staksiger Jüngling zu klimpern begann. Zwei Trommler fielen flüsternd ein, wurden schnell lauter und schlugen bald mit den ganzen Handflächen auf die vor ihnen stehenden Congas. Als sie die Melodie des Pianos übertönten, ging der Jüngling dazu über, auf den weißen und schwarzen Tasten herumzuhacken, die Trommler kreuzweise übertönend. Jähsinn erkannte Teile einer Melodie. Eine kleine glatzköpfige Frau mit Nickelbrille schlug auf ein Tambourin, ein muskulöser Mann in rotem T-Shirt, auf den ein weißer Kreis gemalt war, bewegte rhythmisch seinen Oberkörper und rasselte mit einer Maraka.

-‚Ja b'r'avo!' rief die romanische Schönheit. Sie rollte das 'r'. Es klang unbeabsichtigt. Die Frau war von einer Aura aus Anmut umgeben.

Langer Applaus setzte ein.

- ‚Los, alle!'

Jeder klatschte, einige pfiffen und trampelten mit den Füßen.

Jähsinn schlug mit der Handfläche auf eine Stuhllehne.

Der Begeisterungsorkan verebbte und die Musik übernahm wieder ihr grob geschnitztes Zepter. Die Klänge wirkten auf ein Ohr, das jahrelang mit Konservenmusik verwöhnt worden war, seltsam. Sie nannten das Geschramme 'neanderthalern'.

Plötzlich ging ein Ruck durch die dicht zusammengerückte Menge. Im Erdgeschoß quietschte eine Tür, man hörte Wortfetzen. Der Chef kam mit ein paar Leuten die Treppe hinauf. Alles wurde noch eine Spur aufmerksamer.
Der große Häuptling, die Nummer Eins betrat den Saal.
Wenn in TV-Shows der Moderator den Laufsteg hinunter geht, um vor die Kamera zu treten, trägt er meist ein Schmunzeln vor sich her, bisweilen auch ein siegessicheres Grinsen. Anders Leo Feiler. Er ging völlig cool um den Kreis seiner faszinierten Anhänger herum und begab sich zum Flügel.
-‚Hat ein Gast gewagt, den Teppich zu betreten?' fragte er mit gespieltem Pathos.
Er schien von der allgemein frohen Erwartung und Spannung, den ihm zufliegenden Herzen und Augenpaaren unberührt.
Leo, die Nüchternheit in Person. Gerüchte besagten, er stamme aus einem Fürstenhaus. Großmütterlicherseits. 'Leopold van Feilenstayn' klang auch nicht schlecht. Alter flämischer Adel. Der Mann in der braunroten Latzhose, die zu lang war, ließ sich von den Emotionen nicht anstecken. Er war derjenige, der sie überhaupt erzeugte. Er war der unangefochtene Herr im Ring.
Mit ein paar Schritten durchmaß er die Mitte, drehte sich auf dem Teppich und blickte in die Runde. Man merkte ihm nicht die geringste Unsicherheit an. Das Gegenteil von Imponiergehabe, dachte Jähsinn artig. Showstars sind eitler.
Es war mucksmäuschenstill. Der Mann schien keine Eile zu haben.
Feiler hätte auch durchs Fenster steigen oder, aus der Tiefe des Urwaldes kommend, sich mit einer Liane abseilen können; wie aus einer anderen Dimension. Solch eine Konzentration und Aufmerksamkeit hatte er noch nie erlebt. War Feiler eine Schattenfigur, von einem Projektor an die Wand geworfen, um sich aus einem Luftgebilde in ein Wesen aus Fleisch und Blut zu verwandeln? Es grenzte an Zauberei.
Wozu Gedichte *schreiben?* dachte Jähsinn. Neben dem Mann verblasste manch mühsam konstruiertes Stück Literatur.
Feiler ging wieder zum Flügel und lehnte sich lässig an. Niemand wagte laut zu atmen.
Hier stand einer, der es offenbar genoß, unberechenbar zu sein.
Nach endlosen Sekunden doch ein Wort.
-‚Na?!'
Der Mann hatte in seinem Auftreten etwas von einem Schuldirektor, nur lockerer. Ungeheuer aufreizend.
-‚Jo, da vorn des Madl, die hot in die Mitte g'wollt, aber mir hoben sie net g'lossn.'
Alle schauten auf die junge Gästefrau, die ratlos zum Boß blickte.

-‚Na komm‘, sgte Leo, ‚wir haben heute einen besonderen Tag. Jeder darf. Die Altehrwürdigen‘ –er sprach wie ein Dirigent, der eine neue Violinistin einwies- also unsere äh Stammbesetzung‘ hüstelte er geziert und ließ die Augen blitzen ‚ist nicht –äh- gut zurecht. Also!‘
Er klatschte in die Hände. Der Junge am Flügel nahm das Zeichen zum Anlaß, ein paar Takte zu klimpern.
-‚Naaa, net so eckig. Weeiiiccher!‘
Der Junge streichelte die Tasten.
-‚Naaa, dös is doch net Margarine. Oder bist du Josef Beuys?‘
Alle lachten.
-‚Wos gibt’s da zu loch’n?‘
Leopold der Harlekin.
Hundert Augenpaare folgten hingerissen den improvisierten Bewegungen des bizarren Schuldirektors.
-‚Beuys hat geschafft, eine Bewegung loszubringen. Das wollen wir doch auch hier, oder?‘
JAAA brüllte die Meute. Nur einige Gäste blickten ratlos.
-‚Es geht um den Selbstausdruck, von der Steinzeit bis heute. Wir fangen bei den Neanderthalern an.‘
Es wurde leise.
Der Schuldirektor widmete sich der jungen Frau, die angeblich in die Mitte gewollt hatte. Charmant reichte er ihr die Hand. Sie hüpfte an den vor ihr Sitzenden vorbei nach vorne, sichtlich aufgeregt.
-‚Wer hot da g’locht?‘
Ein Gast zeigte auf.
-‚Du kommst später dro!‘
Der junge Mann am Flügel begann einen Schlager zu klimpern, einen Gassenhauer aus den dreißiger Jahren: ‘Du hast Glück bei den Fraun, bel Ami...‘
-‚Na geh, dös is doch net Neandathol!‘
Er genoß jedes Wort, jede Silbe, jede Bewegung.
-‚Herve, kannst du den Ausdruckstanz der Neanderthaler erklären?‘
Herve hatte neben dem Flügel gestanden und trat in die Mitte.
-‚Ah jo, die Neandathola hom a schon energetisch g’tonzt, aber primitiver als in der Disko!‘
-‚Falsch! Setzen – Na, bleib... Die Neanderthaler haben energetisch getanzt, aber weniger primitiv als in der Disko.‘
Meine Fresse!, dachte Jähsinn. Der Meister erzählt Blech, denn sicher besucht er keine Diskos, aber auf jeden Fall sorgt er für Stimmung. Ein echter Entertainer.
-‚Herve, zeig einen energetischen künstlerischen Tanz!‘
Die Meute klatschte donnernd Applaus.

Herve, einer der Leiter, einer der 'Oberen Männer', kratzte sich am Hinterkopf. Er war ein akrobatischer Typ, äußerst fit und beweglich, ging im Kreis umher, verriß die Arme und tat einen Sprung, machte ekstatische Bewegungen, sehr kontrolliert, wackelte mit dem Hintern, überaus lustig, verrenkte die Arme, kräuselte die Stirn, war nicht mit sich zufrieden.

-‚Des woa guuat. Net eins, aber eins minus. Oder zwei plus!'

Alle klatschten, johlten.

Eine Handbewegung vom Boß, und der Beifall brach jäh ab.

Leo wandte sich wieder zu der Gästefrau.

-‚Traust dich?'

‚Aber ich kann nur nachmachen. Ich verstehe das Thema nicht ganz!'

-‚Dös mocht näx!'

Die Frau mit dem in der Mitte gescheitelten Haar und dem eng sitzenden Rock ging im Kreis umher, stampfte mit den Füßen, zog eine drohende Grimasse, klatschte in die Hände und schrie.

-‚So, und jetzt das Ganze mit Musik!'

Die Trommler passten sich den Bewegungen der Gästefrau an, schlugen zunächst verhalten auf die straff gespannten Tierhäute und wurden dominanter. Der Mann am Flügel drückte einzelne tiefe Tasten. Die junge Frau kam in Fahrt.

-‚Ausziehn!' rief ein Kommunarde.

-‚Wie bitte?'

Leo machte eine Handbewegung. Die Musik verstummte.

-‚Wer war das?'

Ein Glatzköpfiger meldete sich.

-‚Du kummst heut net mer dro!'

Die Trommeln setzten erneut ein. Feiler fasste die junge Frau lose bei der Hand, während sie tänzelnd einige Schritte ging. Dann ließ er ihre Hand los und bewegte sich parallel zu der Frau, drehte mehrere Runden neben ihr im Kreis, um danach, als seien ihre Bewegungen nicht intensiv genug, diese zu überzeichnen und somit, für alle sichtbar, das Kommando wieder zu übernehmen.

‚Ich kann nicht mehr!'

-‚Gut. Kommen wir zum Finale!'

Die Congas wurden lauter. Maraka und Tambourin schepperten und flirrten. Feiler ging zum Flügel und haute in die Tasten, als seien sie Knetgummi, und jodelte. Die Zuschauer kreischten, pfiffen, trampelten mit den Füßen, jodelten. Ein Beifallsorkan brach los. Die junge Frau drehte sich mehrmals um die eigene Achse, sprang in die Höhe, taumelte, stolperte in die Mitte des Teppichs, atmete tief durch und setzte sich auf den Boden.

Die Musik verebbte.

-‚Das war eins plus!'
Der Schuldirektor nahm die Frau wieder bei der Hand und präsentierte mit hochgezogenen Augenbrauen und maskenhaftem Lächeln die glücklich und erschöpft Wirkende dem Publikum.
-‚Herve, geleite sie an ihren Platz zurück!'
Die junge Frau stand auf, Troubador Herve bot ihr den Arm, und die beiden gingen wie bei einem Opernball einmal im Kreis herum. Die Frau setzte sich.
-‚Wir haben heute erlebt, daß ein Thema sehr schwierig sein kann. Die Umsetzung erfordert Geschick und Erfahrung. Oft gelingt das Beste gerade dann, wenn man nicht geübt hat.'
Wieder brandete Beifall auf.
Der Direktor blickte in die Runde. Jähsinn wusste nicht, was ernst war und was Scherz. Die Frau war nicht schlecht gewesen, aber eins plus?
Feiler redete eine höhere Art Blech. Vielleicht entwickelte er eine dadaistische Erkenntnistheorie? Vieles war logisch und einleuchtend. Irgendwo stimmte es. Und dann war da ein Punkt, wo etwas völlig Absurdes zum Vorschein kam. Feiler parodierte ständig. Aber wen? Sich selbst?
Niemand stand auf, um zu protestieren oder zu diskutieren. Wozu auch? Die Stimmung war phänomenal. Der Mann besaß die Fähigkeit, anderen die Angst zu nehmen. Einigen zumindest. In der Rolle des Direktors, des Charmeurs oder Clowns.
Wie ein Bild von Picasso, das anfängt zu laufen, fand Jähsinn.
Überall Augenpaare, die jede Bewegung des Meisters verfolgten. Offenbar liebten ihn hier alle – oder war das Ganze bloß eine Inszenierung? Jähsinn wusste nicht, was echt war und was gespielt.
-‚Wer von den Gästen traut sich noch?'
Ein junger Mann sprang auf.
-‚Bist du sicher, daß du dem Publikum etwas zu bieten hast?'
Der Mann mit dem lila Hemd blökte und röchelte.
-‚Jo, dös is guat. Stärker!'
Der Mann eierte mit breit ausgestellten Beinen und schnaufend an den Zuschauern vorbei.
-‚Sag deinen Namen. Blökend!'
‚Ööööich hoooiissö Koaahl-HOOOainßßß!'
Feiler verbeugte sich vor dem Gast und grunzte wie ein Büffel. Er würde auch einen guten Dompteur abgeben, fand Jähsinn. Wie er so dastand, nüchtern und blitzgescheit, binnen Sekunden vom Lehrer zum Minotaurus mutiert. Etwas verschlagen. Zweifellos verfügte der Mann über ein mehr als durchschnittliches Rollen-Repertoire.
‚Doßßs wOOAAAr oiHnne DrOl plUs! – Mit Aufwärtstrend. Oder?'
Der Proband schaute ihn ratlos an.

-‚Wo bleibt der Applaus?'
Die Runde klatschte.
-‚Und sonst? Ist jemand negativ aufgefallen? Colette!'
Die Schweizerin trat an den Rand des Kreises und ließ ihr 'r' gekonnt rollen.
- ‚Jo die Ma'r'ise hot den Gästeku'r's g'leitet, abe'r'e ist nach Wien gfoan. Judith hot ossistie'r't.'
Judith stand auf, lobte alle Gäste, daß sie gut mitgemacht hätten.
-‚Wos moanst, Colette, sind hier kommende Stars? Oder-äh gefährliche Leute?'
Feiler zog verschmitzt die Stirne kraus wie ein Puppenspieler, der, auf einer Hand Kasperle tanzen läßt und einer andächtig lauschenden Kinderschar den Räuber Kilian ankündigt. Colette himmelte Feili an.
-‚Jo de'r' do, de'r' is a Sandle'r'. A richt'ger Buchhalte'r' dazu.'
Sie zeigte auf Jähsinn.
Wie kam diese Frau darauf -
-‚Wuist in die Mitte?'
Er zögerte.
-‚Na, wir haben eh schon genug Gäste erlebt.'
Jähsinn wusste nicht, ob er erleichtert sein sollte.
-‚Die Marise soll mit den Kursen weitermachen. Und die Einzelanalysen laufen auch weiter. Gab es besondere Vorkommnisse?'
Ilka stand auf.
‚I hob zwoa g'mocht. Woa scho oke.'
-‚Host besondere Talente bemerkt?'
‚Der oane sagte, er wär Georg Samsa oder so ähnlich.'
-‚Wer?'
Ilka schaute herum und zeigte auf Jähsinn.
-‚Schon wieder? Na, wuist in die Mitte? Immer noch net?"
Jähsinn war unentschlossen.
-‚Samsa, Samsaradei... na egal, es fehlt nicht an Bewerbern.' Feiler hielt sich nicht lange auf mit Probanden, die ihre Chance nicht nutzten.

3 Abschweifen

Jähsinn verspürte einen Druck auf der Blase und das Bedürfnis, ein größeres Geschäft zu erledigen.

Niemand war auf der Toilette. Er knöpfte die Hose auf, nahm den Deckel vom blauen Bottich, der halb voll Exkrementen war, und ließ einen laut röhrenden Pfurz. Wenn jetzt bloß niemand käme! Verschwommene Bilder stiegen hoch. Im Kindergarten hatte es Plastikschüsseln gegeben. Ob er es schaffen würde, sich vor anderen zu entleeren? Der Boß war ihm da weit voraus. Der hatte schon vor laufenden Kameras gemacht.

Egal. In den KO-News, der Zeitschrift der Kommune-Organisation, wurde Wilhelm Reich erwähnt. Sie hatten einen therapeutischen Ansatz. Das war es doch! In den Psychoanalyse-Sitzungen, an denen er teilgenommen, war nur geredet worden. Er hatte immer genau das gesagt, was er mit dem Kopf eh wusste.

Panta gar rei fiel ihm plötzlich ein, der berühmte Spruch des alten Griechen. Denn alles fließt.

Jähsinn hielt sich an einer in die Wand eingelassenen Stange fest und drückte. Der Bottich war halb voll. Na, wenigstens würde er nicht umkippen, dafür war er zu schwer.

Wenn alles fließt, dann ändert sich auch alles. Alles ist in Fluß, Bewegung. Wieso also noch ändern? Halt stop!, es kam natürlich darauf an, *wo* etwas floß, und mit welcher Geschwindigkeit, und in welche Richtung.

Und dann war auch die Frage, was man ändern wollte – logisch!

Er putzte sich den Hintern ab und zog die Hose hoch. Klopapier gab es reichlich. Er legte den Deckel auf den blauen Bottich. Es stank bestialisch. Alle Menschen stinken. Das Leben in der Kommune ist Anschauungsunterricht über die menschliche Natur.

Während er sich die Hände wusch, schaute er in den Spiegel. Wieso war er ein Sandler? ‚Sandler' bedeutete Gammler. Er drückte einen Pickel auf der Nase aus. Plitsch!, machte es auf die Scheibe. Der 'Sandler' schmeichelte ihm beinah, obwohl er nicht als Kompliment gemeint war. Lieber ein Gammler als ein Feldwebel. Aber wieso 'Buchhalter'? Standen ihm Zahlen und Bilanzen ins Gesicht geschrieben? Lag es an der Brille?

Er trocknete sich die Hände ab und ging nach draußen.

Im Hauseingang brannte eine schmucklose, von Nachtfaltern und anderen Insekten heftig umworbene Lampe und tauchte das Gebäude in ein fahles Licht. Es war angenehm draußen. Aus dem SD-Raum drang Lachen und Kichern. Eine Frau jauchzte hell auf, eine tiefe Stimme sagte nüchtern einen

Satz, schon wogte Gelächter. Trommeln setzten ein.

Die frische Luft tat gut. Ein Regenschauer hatte für etwas Abkühlung gesorgt. Am Himmel war keine Wolke zu sehn. Fern am Horizont, im Osten, wo bald Ungarn lag, konnte er einen dunklen Streifen über der Ebene erkennen, sehr schmal, fast nur ein Strich. Es war Vollmond und hell genug, um einen Spaziergang zu machen. Sternenkunde langweilte ihn eigentlich, und gegen Horoskope hatte er eine Abneigung, aber heute fand er, daß der Abendhimmel einen Blick verdiente. Dunkelblau, beinah schwarz wölbte er sich über ihm wie eine Leinwand, die mit winzigen weißen und gelben Punkten gesprenkelt war.

Er ging um das Haus herum und gelangte auf einen Weg, der von der Wohnanlage fortführte. Ein Auto näherte sich. Die Scheinwerfer wippten auf und nieder. Er zündete sich eine Zigarette an. Der Wagen kam auf ihn zu, ein weißer Mercedes. Eine Frau kurbelte das Seitenfenster herunter.

-‚Bist net beim SD-Ohmd?' – ‚Nö'. -‚Komm mit. - ‚Nein', sagte er. Er sei Gast und wolle sich die Beine vertreten und die Eindrücke auf sich wirken lassen.

- ‚Na, denn loß mal würkn. Tschau'.

Er ging weiter.

Wenn alles fließt, ist Bewegung da. Wie bei einem Ameisenhaufen, in dem es von unzähligen Tieren nur so wimmelt. Die einzelne Ameise zählt nichts. Stirbt eine, wird sie sofort ersetzt. Jedoch die Königin spielt eine besondere Rolle. Man kann den antiken Satz auch auf die Atom-Physik übertragen, hatte er im Unterricht mitbekommen. Die Kommunarden sind wie Ameisen, immer in Bewegung. Die Organisation war nicht perfekt wie ein Ameisenstaat, aber in diese Richtung ging wohl die Entwicklung. Die K.O. baute eine eigene, unabhängige Gemeinschaft auf, einen eigenen Staat.

Staat? Der Gedanke gefiel ihm nicht.

Plötzlich überkam ihn die Erinnerung an einen Spaziergang, den er während der Internatszeit gemacht hatte. Karin war in der Küche beschäftigt, wo sie eine Ausbildung als Hauswirtschafterin absolvierte. Eines Nachmittags war er händchenhaltend mit ihr über Feldwege gegangen. Von dem Erlebnis hatte er zwei Wochen gezehrt. Und war prompt im Ansehen der Klassenkameraden gestiegen. Wenn sie jetzt hier sein könnte! ... Ach Quatsch! In der Kommune praktizierten sie freien Sex und hatten alles Bürgerliche hinter sich gelassen. Karin dagegen mit dem dunklen, bis zum Knie reichenden Rock... Netzstrümpfe hatte sie getragen und sauber geputzte altmodische Halbschuhe. Er hatte weder ihre Adresse noch wusste er, wie sie mit Nachnamen hieß. Damals hätte er sich nicht vorzustellen gewagt, seine Hand auf ihr Knie zu legen und den Oberschenkel zu streicheln. Und weiter oben. Er spürte, wie sich sein Geschlecht zu dehnen begann.

Auf einer Grasnarbe, die ein Stück ins Feld hineinwuchs, drehte er sich um und blickte auf den Schüttkasten und ein flacheres Gebäude weiter links. Wenn der Mond eine Handbreit tiefer stand, gab es ein hübsches Motiv für eine Postkarte.

In der Kommune waren Verliebtheit und zärtlich sein verpönt. Wenn er die Ausgelassenheit der Leute sah und die Innigkeit, mit der sie sich umarmten, erschien ihm das Fehlen feinerer Regungen nicht als Verlust. Man wollte alles Verlogene meiden. Aber wer definierte, was darunter fiel? Irgendwo waren sie moralisch. Ja doch. Seltsam.

Ein Rest Unverständnis blieb, was das Schicksal von Helenes Lover, Bernd, betraf. Der Überschuß an Erotik und das Brodeln der Säfte, die er überall zu spüren meinte, waren offenbar nicht für jeden bestimmt. Es gab, bei aller zur Schau gestellten Offenheit, auch Dinge, die ausgeklammert wurden.

Bernd war total begeistert gewesen. Nicht umsonst gibt einer seinen Beruf auf. Andererseits: Was ging es ihn an? Ein enger Freund war B. nicht gewesen. Und überall gab es Schicksale wie dieses. Leben, die tragisch verlaufen. Er hatte sich vorgenommen, aus seinem das Beste zu machen. Es war schon genug verkorkst.

Neben dem Weg standen Weinstöcke mit Trauben. Er probierte davon. Die Früchte waren noch nicht reif.

Links ging es zu einer Kieskuhle.

Er gelangte zu einem kleinen See, vor dem ein alter Mercedes stand. Er war nicht abgeschlossen.

Er setzte sich hinein und drehte am Lenkrad.

Der weise Spruch der Griechen ließ ihn nicht los. Wenn alles fließt, gab es, logisch, einen Kreislauf. Natürlich einen höchst komplexen! Einen Kreislauf mit Nebenarmen und Abzweigungen. Nein, viele Kreisläufe. Ein Bach mündet in einen Fluß, mit dem sich noch andere Wasserarme vereinigen. Ein Strom sucht sich ein neues Bett. Irgendwo gibt es immer Öffnungen?! Der menschliche Körper bildet einen in sich geschlossenen Kreislauf, die Menschen sind in sich selbst eingesperrt. Und Leo Feiler ist einer, der den Kreislauf, die ,ewige Wiederkehr des Gleichen', anhält, und an einer Stelle, wo keine Polizei lauert, die Leute aufforderte, mitzumachen?! Und seine Kommunarden sind die Jünger, die in alle Welt gehen, um Leute anzuwerben?? Damit immer mehr sich zusammentaten, um dem ewigen Kreislauf des Elends und Alleinseins zu entkommen.

Das roch nach Revolution. Spannend.

Aber auch nach Christentum.

Von der Kirche wollte er weg.

Jähsinn drückte das Gaspedal herunter. Er spürte keinen Widerstand.

Na ja, auf der anderen Seite hatte es nichts mit christlicher Religion zu tun, denn weder in der katholischen noch in der evangelischen Kirche gab es die

Freie Sexualität. Im Gegenteil. Da war ja schon Masturbieren eine Todsünde. Was hielt die Kommune-Organisation eigentlich von Jesus?
Er untersuchte das Auto. Im Handschuhfach fand er eine leere Stuyvesantschachtel. Auf dem Beifahrersitz lag eine Quittung und ein einzelner Strumpf.
Unterm Tachometer lugten Drähte hervor.
Er stieg aus, um nach dem Nummernschild zu sehen. Der Wagen war in München angemeldet. Der TÜV war abgelaufen.
Er schnippte sein Feuerzeug an, um besser sehen zu können, und untersuchte die Heckklappe, versuchte den Kofferraum zu öffnen. Die Hinterbank des Mercedes war ausgebaut. Auf dem Beifahrersitz stand eine Kiste mit Flaschen.
Er drückte den Verschlußknopf am Kofferraum. Nichts. Er nahm seinen Haustürschlüssel. Er passte nicht. Er drückte noch einmal, tiefer. Tatsächlich, die Klappe ging auf. Er schob das quietschende Blech nach oben. Ein Blick überzeugte ihn, daß hier weder die Beute von einem Banküberfall noch eine Leiche zu finden war. Auch kein benutztes Kondom.
Kein Geld, kein Vogel-Skelett, kein Hinweis auf ein Verbrechen.
Wenn ihn jetzt einer aus der Kommune sehen würde, gäbe es eine peinliche Befragung.
Er nahm wieder auf dem Fahrersitz Platz und zog eine noch volle Flasche aus der Kiste. Es war eine Afri-Cola. Er nahm die Plastik-Kiste und hievte sie hinter den Beifahrersitz. Er schaffte es, die Cola mit dem Feuerzeug zu öffnen.
Da war noch etwas. Ein dünnes Heft, nein Briefumschlag. Adressiert an eine Frau in München.
Irgendwie kam er sich komisch vor. Und plötzlich überwältigte ihn eine Traurigkeit, eine miserable Stimmung griff nach Ihm. Tränen schossen ihm in die Augen. Schon als Kind hatte er sich bisweilen von den anderen abgesondert. Nur nicht sentimental werden!
Er fand einen Knopf und ein Fünfzigpfennigstück. Das Auto gehörte niemandem, und wenn es doch einen Besitzer hatte, würden ihn das Kleingeld und die Cola auch nicht arm machen. Das Getränk war lauwarm.
Ausrede! schoß es ihm durch den Kopf. Es ist trotzdem Diebstahl.
Was machte er hier eigentlich? War er ein verirrter Dagobert Duck, der fremden Leuten Kreuzer stiebitzte? Donald war sympathischer, der ewige Looser. Dagobert dagegen ein mieser Typ, ein echter Kapitalist halt.
Er legte die fünfzig Pfennige zurück.
Ein Kapitalist wollte er auf keinen Fall sein.
Jetzt müsste eine Lady zur Kieskuhle kommen, eine nicht zu junge Frau. Er würde sie heiß und innig küssen und an sich pressen. Eine Lady, eine reife-

re, knackige Dame.

Er wurde geil.

Schade, daß er keine Taschenlampe hatte.

Er zog sich die Hose herunter, stellte den Kasten mit den leeren Flaschen auf den Beifahrersitz. Sein Penis war, wie zum Trotz, erigiert wie seit Tagen nicht. Er stellte sich eine lächelnde Frau Holle vor, die den ganzen Tag ihre loderndende Glut hinter einer wohlanständigen Fassade verbergen musste. Eine wohlproportionierte Hausfrau mit hochhackigen Schuhen und weiter nichts an als einem Hauch von Nachthemd. Ja machs mir, fick mich, steck ihn mir rein! spornte sie ihn an, er sich selber. Nur wegen der Vorhautverengung müsste er demnächst mal einen Arzt aufsuchen. Mein Liebling, das macht doch nichts, flüsterte Frau Holle hingebungsvoll mit heißem Atem. Im Gegenteil. Ich möchte deinen Schwengel, den frechen Bengel endlich spüren. Tu ihn tief hineinerühren, in meine nasse weiche Höhle, ich bin ganz dein! Jaaa! stöhnte sie. Er rieb seine stolz und unnachgiebig geschwollene Männlichkeit, er war ein Schwein, und Frau Holle die Sau ritt nackt mit gespreizten Beinen auf ihm. Sie flog beinah, nur von den in die Fahrertür gehakten Pomps gehalten. Er legte ein Taschentuch auf die Rückenlehne des Beifahrersitzes, um den wilden Flug mit einer angenehmen Landung abzuschließen. Wenn jetzt eine Kommunardin auftauchte, wäre der Teufel los. ‚Leo, wir haben einen Gast, der hat sich ins Auto gesetzt und onaniert'.

Er rieb und rieb. Das Prickeln und Vibrieren in den Lenden wurde heißer und stieg ihm zu Kopfe. Ein dunkler Schacht öffnete sich in seinem Rücken, er dehnte sich und ließ los, spürte die milchige Flüssigkeit.

Frau Holle verschwand sehr schnell.

Vielleicht war er nicht ganz normal. Nicht weit vom Ort seiner kindlichen Ausschweifung lebte die wildeste Kommune, die man sich vorstellen konnte. Vielleicht verabredeten sich die Männer und Frauen gerade für die Nacht.

Er fühlte sich mies.

Er kniete in einem alten Benz und hatte onaniert. Er hatte eine Todsünde begangen. Ach was, eine Lächerlichkeit! Obwohl er seit Jahren nicht mehr zur Kirche ging und die Moralgebote hasste, meldete sich eine Kontrollstelle hoch oben im Schädel. Ein elendes Gefühl lauerte darauf, ihn zu überschwemmen.

Janis Joplins Hymne auf die Automarke fiel ihm ein. *'Oh Lord, won't you buy me a mercedes benz?'* Die Frau war seinerzeit an einer Überdosis Drogen gestorben. Ein schlechtes Zeichen?

Ach was, nur keine Panik, beruhigte er sich.

Er zog sich die Hose hoch und wischte den Samen vom Taschentuch auf die Lehne des Fahrersitzes, denn er wollte sich die Nase schneuzen.

Leicht fröstelnd stieg er aus dem Auto und kam sich vor wie ein Ferkel, grunz

quieeek, ja, ein Schwein mitten in der Pubertät. *Blodwyn Pig* hatten mal einen Mini-Hit gehabt, *'Drive me'*. Genau!
Er sah die Schlagzeile *'Perverser onanierte in Nobelmarke und verschmierte seinen Samen auf dem Fahrersitz'*. Das war doch eine Zeile für ein Gedicht in einer Underground-Zeitschrift! Der Perversling war ein junger Dichter, und das Auto gehörte dem Chef-Kritiker des Osservatore Vaticano.
Robert machte sich auf den Rückweg.
Kein Auto-Lärm, keine Baumaschinen, keine aufgedrehten Dialoge aus irgendwelchen Fernsehfilmen. Keine Scheiß-Typen, keine Köter, die plötzlich loskläfften.
Nichts störte die himmlische Ruhe. Keine Polizei-Sirene, keine Wahlplakate. Weit oben blinkte irgendwo der Große Wagen. Und viele viele Lichtjahre, Millionen Kilometer entfernt, der Kleine Wagen. Und *er* hatte sich in einem alten Mercedes selbstbefriedigt. Niemals würden die drei Autos nebeneinander auf einem Parkplatz stehen.
Er musste grinsen.

Von der Kieskuhle drang eine Vogelstimme zu ihm. Er hörte Grillen zirpen.
Irgendwann in tausend Jahren, würden sie den Sternenhimmel neu interpretieren. Anno 2976 gäbe es da oben Siegmund Freud, Wilhelm Reich, den Kleinen Tennisschläger und den Großen Fernseher. Ein Kind würde durch ein Teleskop blicken und rufen 'Kuck mal, Vati, die D-Mark!'
Alles ist in Bewegung, und auch die großen Legenden und Mythen bekommen einen Stoß. Es ist nur eine Frage der Zeit.

Es musste nach 11 sein, vielleicht schon Mitternacht. Wehmütige Töne mischten sich in seine aufgekratzte Stimmung. Er war *out,* ein einsamer Student aus dem neunzehnten Jahrhundert, der verzweifelt Lieder summte, um dahinter sein Unglücklichsein zu verbergen.
Herzlichen Gruß, Oskar Panizza, an den Mann im Mond.
Fein hörte er im Ohr das Blut rauschen.
Vielleicht waren es noch fünfzig Meter bis zum Schüttkasten, aber schon vernahm er wieder Applaus, Lachen, Geklimper. Der Abend war noch in vollem Gang.

Er ging die Treppe hoch und setzte sich auf einen freien Stuhl. Eine Gästefrau lächelte ihm zu. Sie war eine der wenigen, die bürgerlich aussah und einen BH trug. Ansonsten schien niemand Notiz von ihm zu nehmen.
Auf dem blauen Teppich kochte das Leben. Leo Feiler war groß in Form und brachte auf seine lakonische, unberechenbare Art alles zum Singen und Tanzen. Einzelauftritte und Gruppenaktionen lösten einander ab. Hier reihten

sich nicht Wörter aneinander, sondern Menschen aus Fleisch und Blut, mit und ohne Latzhose, fegten in Ekstase durch die Mitte. Er spürte, wie schwach er war. In dem rauschhaften Geschehen verschwommen die Einzelheiten.

Sein Professor für Animation an der Hamburger Uni würde Stielaugen bekommen. Hier war es zehnmal so lebendig wie im Uni-Seminar. Animation pur. Belebung von Körper, Geist und Seele. Die K.O. ist eine Schule, deren Thema die Lebendigkeit selbst ist, dachte Jähsinn.

παντα γαρ ρει . Er war ein Teil des Ganzen. Sexuell gehörte er nicht dazu.

Gegen Ende des Abends wurden alle aufgefordert, aus sich heraus zu gehen. Sie standen auf, fassten sich an die Hände und bewegten sich auf die Mitte zu. Der lose Kreis war unregelmäßig wie eine Kinderzeichnung. Alle hielten die Arme hoch und schrien. Die Trommeln wirbelten, Tambourine rasselten. Massen-Ekstase. Und Feiler mit ein paar Frauen cool am Rande. Für ihn war es Routine, alltäglicher Job. Jedenfalls wirkte er nicht betroffen oder hingerissen wie die anderen.

Robert freute sich, Menschen zu berühren. Alle lagen sich in den Armen. Man musste nicht erst um Erlaubnis betteln und ein Werbegeschenk abliefern.

4 Konzentration

,Hallo Helmut! Es ist ungefähr zehn Uhr. Ich sitze in der Gästeunterkunft an einem schmalen Tisch. Der Raum wirkt -durch die hohen Fenster- sehr hell. Die Einrichtung ist spartanisch: Schränke und Borde aus Holz, auf dem Fußboden sauber bezogene Matratzen. Alles schnörkellos funktional. Wenige Meter rechts von mir liegt ein Pärchen.

Die Zugfahrt war angenehm, ich hab sogar geschlafen. Endlich raus aus Hamburg ... jetzt bin ich wie in einer anderen Welt.

Vom Äußeren her, sprich Unterbringung etc, ist alles recht bescheiden, aber wozu auch vergoldete Wasserhähne oder Vorhänge aus Samt?

Der Alltag läuft so ähnlich, wie es in den Heften steht. Verabreden und so. Bisher habe ich die Nächte allein verbracht. Da ist eine Gästefrau, ich glaub aus Frankfurt, die mich interessiert. Anfang dreißig, halblanges, brünettes Haar, gute Figur. Sie linste mir am Abend ein paarmal zu, daß ich dachte, mit der ... Am SD-Nachmittag hatte ich mit ihr getanzt, umarmt und so, aber dann lief es anders. Hier sind mehr Männer als Frauen, und es sieht nicht so aus, daß die Ladies sich unbedingt für mich entscheiden, wenn sie die Wahl haben. Liegt es an meinem Schnurrbart? Lange Haare, Bart usw. gelten ja als kleinfamiliär.

Ständig finden Kurse statt und man kann auch arbeiten. Es ist sogar ratsam. Nichts Anstrengendes, zum Beispiel in der Küche helfen, oder in der Wäscherei. Wenn du am Tag rumhängst, in dieser Atmosphäre, wo alle zu tun haben und gut drauf sind, geht es einem mies, wenn man ohne Beschäftigung ist. Ich könnte auch azur-blaue Bottiche, in die sich Gäste und Kommunarden entleeren, wegtragen. Tja, ein oller grauer Hanomag fährt vor, und zwei Männer, mitunter auch ne Frau, tragen die randvollen Kübel die Treppe runter. Helmut, hier herrschen andere Sitten.

Diese Gästefrau ist relativ isoliert. Sie ist allein gekommen, nicht inner Clique. Ich glaube, sie ist schon Mitte dreißig. Sie trägt einen BH. Die Frauen aus der Kommune tragen alle keine BH's, dabei macht gerade die Wäsche mich scharf. Ach Mist, stimmt eigentlich nicht ganz. Ich weiß es selbst nicht mehr genau – bei all dem, was man hier sieht und auch sonst mitkriegt. Es wirbelt einen durcheinander. Ein paar von den Kommune-Frauen sind sowas von weich, lieb. Sie haben Ausstrahlung, aber nicht wie die Models aus den Illustrierten. Schminke, Schmuck und modische Kleider werden abgelehnt. An diese Frauen kommst du aber nicht ran. Um Geschlechtskrankheiten zu vermeiden, schlafen Kommunardinnen nicht mit Gästen.

Der Sex -sie sagen hier „pudern"- passiert nicht heimlich oder in einem separaten Zimmer. Es gibt große Schlafräume ... Gegessen wird in einer umgebauten Scheune. Sehr urig, ne Mischung aus Jugendherberge, Uni-Seminar und Sex-Camp. Und echtem Kommunismus! Alles passiert öffentlich. Wie bei Naturvölkern – nur daß hier ziemlich gebildete Menschen sind, Lehrer, Doktoren usw. Aber auch Maurer, Tischler und andere Handwerker. Einiges ist verdammt hart. Niemand verfügt über eine Privatsphäre. Alles soll, bis in die intimsten Bereiche, offengelegt werden. Man solle dies nicht als persönlichen Angriff verstehen, heißt es, sondern als Chance. Es gibt kein Radio, Fernseher oder Plattenspieler. Keine Tageszeitung. Das sind nur Ersatzbefriedigungen. Zweierbeziehungen sind verboten – naja, bei den Gästen wird es wohl nicht so genau genommen. Tja, und dann jeden Abend die Selbstdarstellungen. Aber auch tagsüber gibt's Ekstaseübungen. Bei jeder Gelegenheit, sogar bei der Arbeit und beim Essen. Immer ist etwas los.

Geld kommt durch die Kurse rein. Außerdem bauen sie Betriebe auf. Einige existieren bereits: Malerei, Tischlerwerkstatt, ne Riesenküche gibt es, ein Waschhaus. Ein paar Männer und Frauen kümmern sich um Elektrik, Autoreparatur usw. Sie halten auch Tiere und bauen Obst und Gemüse an. In Neusiedl gibt's ne Druckerei, da stellen sie die Zeitschrift her. Demnächst wollen sie Bücher machen. Das Ganze soll sich weltweit ausbreiten.

Was Musik anbelangt, so rappelt einem das Trommelfell. Sie klimpern ohne Noten, benutzen Congas, Maraka, Tambourin... Einer spielt Trompete. Das Gegenteil von perfekter Pop-Scheiben.

Man sieht hier auch Kinder. Sieben oder acht wurden bisher in der Kommune geboren. Die Kleinen sind ihr Heiligtum!

Manchmal weiß man nicht, wer Gast ist und wer Kommunarde. Durch den Kurzhaarschnitt verschwimmen die Unterschiede. Auch Gäste lassen sich Glatze schneiden. Ein Mann mit Riesenmähne hat sich nach dem Frühstück kahl scheren lassen. Plötzlich stand er dünn und schmal da mit seinem spitzen Kopf. Wie ein Bleistift, der aus dem Anspitzer gezogen wird. Meine Matte laß ich, zumindest vorläufig, drauf.

Hamburger sind auch da – ätzend. Irgendwie komm ich mit denen nicht klar.

Aktionsanalyse kommt von Reich: Abpanzerungen aufspüren und durchbrechen – wir haben darüber gesprochen! Reich hat Psychoanalyse und Marxismus zu einer Synthese gebracht. So einen Ansatz gibt es hier auch. Die Selbstdarstellung kommt aber vom Wiener Aktionismus, den Feiler in den sechziger Jahren mit erfunden hat. Hier sind viele Linke, zum Beispiel vom sozialistischen Büro in Offenbach. Der bürgerlichen Moral und Ästhetik wird der Boden unter den Füßen weggezogen. Man kann ziemlich unsanft landen.

Feiler ist ein Fall für sich. Er ist eine Mischung aus Zauberer und Berserker. Ich glaube nicht, daß er jemals ne Zeile von Marx oder Lenin gelesen hat, auch von Bakunin nicht, aber er schreibt schlaue Aufsätze.

Ich hab gestern eine Analyse gemacht, gleich am ersten Abend. Mit ner fantastischen Frau. Passiert ist nicht viel. Man soll halt ,reinkommen'. Klaro?

Ey, das Pärchen, ich meine sie, zieht sich aus. Ich komme mir vor wie ein Voyeur. Sie kuckt komisch!

Also gestern hats nicht geklappt. Sie hatte sich mit einem anderen verabredet. Geschlafen hab ich kaum. Ein Gestöhne, Wimmern und Hecheln ringsum. War auf einer Matratze Ruhe, ging es gleich daneben los. Einige kriechen in ihren Schlafsack, andere machen eine Show daraus.

Am Nachmittag gibt es wieder den Selbstdarstellungs-Kurs für Gäste. So was Ähnliches wie bei Helene Täuber. Nur professioneller. Sie haben hier auch viel mehr Platz als in der Isestraße.

Ich sage mir Make the Best of it!

& dann, Alter, 'I feel much better', Small Faces. Zieh dir das Stück mal rein, die B-Seite von ,Tin soldier', vor allem die Stelle, wo Ronny Lane mit seinem Hammer-Baß kommt. Wahnsinn!

Bis die Tage'

5 Aufstieg

Robert ging mit dem Brief zu einer Holzbaracke, in dem das *Office* untergebracht war. Hinter einem Tresen saßen ein Mann und eine Frau. Sie küm-
merten sich um den Einkauf von Lebensmitteln, die nicht in den eigenen
Betrieben erwirtschaftet wurden und erledigten die An- und Abmeldungen der
Gäste. Wer eine Mitfahrgelegenheit nach Wien suchte, wurde informiert,
wann ein Bus fuhr. Alles wurde korrekt abgewickelt, mit Quittungen. Eine
ganze Regalwand war mit Aktenordnern gefüllt. Niemand sollte die Kommune aufgrund von Schlampigkeiten in der Buchführung zu Fall bringen.
Die Frau, die seinen Brief entgegennahm, war riesig nett. Eine Schönheit war
sie nicht gerade, aber sie hatte etwas so Anziehendes in ihrer Art, dass ihm
warm wurde. Überaus herzlich grüßend machte er sich auf den Weg zur
Unterkunft.
Ihm begegneten einige Gäste, die auf dem Weg zu den Arbeitsgruppen
waren, für die sie sich gemeldet hatten. Er wollte lieber allein sein. Es gab vor
dem Schüttkasten eine Stelle, wo man, versteckt zwischen Sträuchern, im
Schatten eines Baumes sitzen konnte. Man hatte freie Sicht auf das hundert
Meter hinter einer Mulde liegende Schulhaus und konnte auch den Weg
hinunter zur Scheune überblicken.
Er setzte sich aufs Gras und holte eine Zigarette aus der zerdrückten
Packung.
Ein Stück weiter vorne, unweit des Schulhauses, war eine Gruppe Männer
und Frauen dabei, ein abgestecktes Areal auszuschachten. Ein alter Bagger
hatte einen Hügel brauner, mit hellem Sand vermischter Erde aufgeschoben.
Am Boden des gut zwei Meter tiefen Areals, bei dem eine angrenzende
Fläche, wenn auch nur halb so tief, ebenfalls abgetragen war, wurden die
Ränder begradigt und Bretter angesetzt. Ein Mann fuhr mit einer Schubkarre
über mehrere Holzbohlen Erde auf den Hügel. Er nahm einen leichten Anlauf, setzte mit Schwung die Karre auf die Abstufung, dann noch eine Kraft-
anstrengung, und schon kippte er sie am Rand des Hügels um und machte
sich wieder auf den Weg nach unten. Am Nachmittag sollte aus Neusiedl ein
Lastwagen kommen, um das Fundament mit frischem Beton aufzufüllen. Wer
sich von den Gästen an den Arbeiten beteiligte, bekam einen Preisnachlaß
auf die Kurse. Einige hatten sich verpflichtet, mehrere Wochen lang zu
arbeiten, vormittags wie auch nach dem Essen. Sie durften dafür umsonst
wohnen und eine eigene SD-Gruppe bilden. Es gab große Pläne, den FH
umzubauen. Ein Alt-Kommunarde war Architekt und hatte in einem winzigen
Büro Zeichnungen und Baupläne an die Wand geheftet. Nach und nach
sollten Scheune und Holzbaracken durch Steinbauten ersetzt werden. Die

meisten Arbeiten konnten von Kommunarden erledigt werden. Auch eine Kläranlage war in Planung. In den nächsten Tagen sollten Entwässerungsrohre verlegt werden.

Jähsinn hörte Vögel zwitschern. Die Fröhlichkeit wirkte ansteckend. Hinter dem Schulhaus sah er eine feine Rauchsäule aufsteigen. Aus der Ferne klangen Traktorgeräusche. Die Bauern der verstreut umliegenden Höfe arbeiteten auf den Feldern. Die Luft war klar.

Links von ihm befand sich ein Strauch mit einem großen Spinnennetz. Die Herrscherin über die hauchfein gerippte Anlage war dabei, ein mehrere Finger breites Loch im Netz zu reparieren. Sie verharrte am oberen Rand der Öffnung und ließ sich an einem Faden herab auf den unteren Rand des Lochs. Jähsinn inhalierte und blies den Rauch auf das Netz. Die Spinne stoppte ihre Bewegungen und lief ein paar Zentimeter zur Seite. Er blies noch einmal. Die Spinne krabbelte an den oberen Rand des Netzes und verschwand hinter einem Blatt.

Als Junge hatte Robert Ameisen, Käfer und andere Insekten gesammelt und in eine große Dose getan, die er mit Sand, kleinen Steinen und Moos präparierte. Er konnte stundenlang zuschauen, wie die Tiere sich bewegten und versteckten. Am Abend, wenn die Mutter ihn zum Essen rief, schüttete er den Inhalt der Dose vorsichtig aus und blickte den Tieren hinterher, wie sie auseinanderliefen und Deckung suchten.

Er schaute sich um. Kein Papier, keine leeren Dosen, nur ein paar Zigarettenkippen waren zu sehen. Er war froh, Abstand zu haben vom Treiben der Kommunarden. An diesen Platz kam so leicht niemand. Er konnte auf dem Gelände, vor allem in der Nähe der Häuser, keine fünf Schritte gehen, ohne jemandem zu begegnen. Oft war es peinlich. Er war ratlos, was er sagen sollte. ,Hallo'? Oder war es besser, mit den Augen zu zwinkern? Anfangs hatte er naiv gemeint, jeden umarmen zu sollen.

Er drückte die Zigarette aus und fischte aus der fast leeren Packung die nächste Kippe.

Eigentlich war sie logisch, seine Schüchternheit. Bei *der* Erziehung.

Was erwarteten die Leute von ihm? Daß er aufmerksam war, ein guter Schüler? Die Reaktionen der Kommunarden und auch einiger Gäste verwirrten ihn. Sie wollten ihm wohl demonstrieren, dass sie auf ihn nicht angewiesen waren. Dabei wollte er doch nur mitmachen. Bei der Lektüre der KO-News war alles klar erschienen. Ein Weg kristallisierte sich heraus, setzte sich wie von allein im Kopf zusammen. Nun wurde ihm brutal klar: Er befand sich auf fremdem Boden.

Man musste es positiv sehen. Alles war besser, als weiterzuleben wie bisher. Auch wenn man kritisiert wurde, musste man es positiv sehen. Manchmal

war es jedoch schwierig. Er fühlte sich vor den Kopf gestoßen. ‚Na, projizierst wieder?' hatte ihn eine Gästefrau ausgelacht, mit der er sich verabreden wollte. Sie kam aus Hamburg.
Wer sich nicht auskannte, projizierte. Wer Probleme hatte, projizierte.
Er formte ein Fischmaul und stieß den Rausch schubweise aus und schaute den Schwaden hinterher.
Nichts, null, kleine Brötchen backen! Er war ein Versager. In der Schule hatte er sich irgendwie durchgemogelt. Jetzt kapierte er allmählich, weshalb er verkorkst war. Es ging um den eigenen Weg. Alles auf das Katholische zu schieben war zu einfach. ‚*You didn't have to be so nice, Lovin' Spoonfull'.* Man konnte auch einmal Glück haben. War er nicht haarscharf am Gefängnis vorbeigeschrammt? Es hätte ihm nicht viel ausgemacht, verhaftet zu werden. Er wäre sogar stolz gewesen.
In die Szenerie an der Baustelle kam Bewegung. Ein Mann kletterte auf den Bagger und reckte die Arme. Eine Frau gesellte sich zu ihm. Sie rückten ein Stück nach hinten, hielten sich am Führerhaus fest, ließen sich zur Seite hängen und schrien etwas zu den anderen, die unten standen. Die Frau knöpfte ihre Latzhose auf. Ein Mann fotografierte. Vielleicht würde das Bild in der nächsten Ausgabe der Zeitschrift abgedruckt werden.
Jetzt machten sie eine Gruppenaufnahme. Acht Männer und Frauen in verschmutzten Jeans und Latzhosen. Sie lagen sich in den Armen und lachten. Da, eine Frau erschien, es war Marise, und rief der Kommunardin in der Grube etwas zu. Diese kletterte über die Holzbohlen nach oben und verschwand mit der SD-Leiterin.
Wenn er nicht einziehen würde, könnte er in Hamburg einen Artikel über seinen Besuch am FH schreiben. Wintjes vom *Ulcus Molle* interessierte sich. Ihm fiel eine Überschrift ein: ‚Firma für freie Sexualität im Kosmos der Ekstase'. Naja, ‚Firma' klang zu kapitalistisch. Die KO war doch klar links. Auf jeden Fall ging es um Ekstase. Und dann um Bewusstsein. Man erweiterte sein Bewußtsein - es konnten aber auch Abspaltungen vom Ego passieren. Das klang interessant, ja gefährlich, da lag ein echtes Problem.
Die Spinne erschien wieder am oberen Rand des Netzes. Der Faden, den sie gezogen, bevor er sie vertrieben hatte, war deutlich zu erkennen. Sie hatte einen Schritt getan, um ihren Lebensbereich zu verbessern, und sie würde gleich weiterarbeiten. Und er würde sie nicht wieder stören.
Er betrieb auf seine Art Millimeterarbeit. Die Bekannten aus der Polit-Szene hielten ihn für verrückt. Und er war es auch. Nicht im klinischen Sinn. Vielleicht war er aber auch nicht ganz so verrückt, wie manche Leute annahmen. Die Genossen von der ‚Schwarzen Hilfe' und die Leute vom ‚Kommunistischen Bund' waren zu feige, um sich hierher zu wagen. Sie wollten von ihrer ideologischen Schiene nicht herunter.

Plötzlich war die Spinne wieder verschwunden. Er hatte einen Fuß ausgestreckt und war versehentlich gegen den Halm gekommen, an dem das Netz befestigt war. Vorsichtig faßte er an das Blatt, drehte es zur Seite, und tatsächlich, das Tier saß in einem Hohlraum, der durch eine Wellung des Blattes entstanden war. Unmerklich zuckten die feinen Beine, hinter denen ihr Körper verschwand. Langsam drehte er das Blatt wieder in die alte Stellung.

Immer diese Peinlichkeiten! Durchschauten ihn die Kommunarden?

Er umarmte eine Frau und hatte das Gefühl, als stünde eine Wand aus Watte zwischen ihnen. Er war fixiert auf sein Glied, wartete ob es steif wurde. Eine hatte ihn gefragt, weshalb er so streng blicke. Er hatte sich verteidigen wollen, aber die Frau war nicht darauf eingegangen, sondern hatte ihm empfohlen, mehr SD's zu machen. Die Frage war nur, was er jeden Tag in der Mitte machen sollte. Ihm fiel nichts ein, wenn alle ihn anstarrten. Für Politik und Poesie interessierten SD-Leiter sich nicht, und mit sexuellen Erfahrungen konnte er nicht aufwarten.

Als Kind hatte er gelernt, sich für alles zu bedanken und stets höflich zu sein. Wenn Verwandte zu Besuch gekommen waren, war er vorgeführt worden wie eine Hündchen. ‚Ja-was-macht-denn-der-Roobert? Ei-ei-ei.' In der KO war so etwas undenkbar. Hier wurden keine Menschen dressiert. Im Gegenteil. Hier lachte man über Bravsein und Nettigkeiten.

Tiere hatten es einfach, zum Beispiel die Spinne. Ein winziges System aus zusammengesetzten Teilen. Hatten Spinnen Gefühle? Wieso nicht! Sie verfügten bloß über keine Sprache, die ein Mensch verstand.

Plötzlich hörte er hinter sich ein Geräusch. Jemand hatte die große Eingangstür vom Schüttkasten zuschlagen lassen und kam nun an der Mauer entlang, näherte sich seinem Versteck. Zweige raschelten, er sah einen Kopf. ‚Hallo!'

Eine Frau gesellte sich zu ihm. Sie war aus der Gästegruppe, eine kleine Französin mit lockigen schwarzen Haaren.

‚Was machst du denn hier?' – ‚Das Gleiche wollte ich dich auch fragen!'

Sie setzte sich neben ihn, die Beine im Schneidersitz gekreuzt. Ihr rechter Oberschenkel berührte sein linkes Bein.

Eigentlich wollte sie meditieren.

‚Geht das nicht auch im Schüttkasten?'

-‚Na ja. Wenn ich dort meine Übung mache, glauben sie am Ende, ich gehöre zu einer Sekte... Ich hab eine lange Reise vor mir, fahre heute zurück nach Frankreich.'

Jeanette sprach fließend Deutsch. Sie hatte gerade erfolgreich eine Fremdsprachenschule abgeschlossen.

‚Hey, wo warst du neulich gewesen? Nach dem SD-Kurs?'

Jähsinn rückte näher an die Frau heran. Sie legte ihren Oberschenkel auf seinen Schoß.

-‚Weißt du, was ich glaube? Du hast Angst. Vor Frauen. Hast du schon mal mit einer gebudert? ... Komm mit!'

Sie nahm seine Hand.

Jähsinn wurde heiß und kalt zugleich.

Jeanette legte ein Bein auf seinen Schoß und beugte sich mit dem Oberkörper auf seine Seite. Er umschlang sie mit den Armen und drückte sie an sich. Sie fielen übereinander. Jeanette lachte.

-‚Komm jetzt.'

Sie standen auf und umarmten sich. Er spürte ihre weichen Brüste. Sie nahm eine Hand von ihm und führte sie unter ihre Bluse.

-‚Komm endlich.'

Er drückte sie noch einmal, küsste sie, umfasste ihren Hintern und drückte ihn an seinen Unterkörper. Sein Geschlecht begann sich zu regen.

Sie nahm seine Hand und zog ihn. Vor der Mauer umarmten sie sich wieder und gingen eng umschlungen auf dem schmalen Streifen zwischen der Wand des Schüttkastens und den Sträuchern und Brennesseln.

‚Bis gleich!'

Jeanette verschwand im Duschraum. Er zog sich aus und rutschte in seinen Schlafsack.

‚Hallo!' Jeannette kam, nur mit Slip bekleidet, durch die Schwingtür und legte Handtuch und Toilettentasche ab. ‚Ich darf nichts vergessen!' Und schon war sie bei ihm. Lachend.

-‚Na, mein Oberprimaner... Hey!...'

Er schätzte Jeanette auf Ende zwanzig. Er wollte sie nicht danach fragen.

Sie zog den Slip aus und kuschelte sich von hinten an ihn. Er nahm das Kondom, das er für alle Fälle am Kopfende der Matratze verstaut hatte, und schob es über seinen Schwanz.

-‚Na, mein lieber Anfänger!' sagte sie, richtete sich halb auf und küsste ihn auf die Brust und lachte wieder.

Jähsinn schlug das Herz bis zum Hals. Wenn *er* jetzt nur nicht umfiel!

Jeanette umschlang ihn und presste ihm ihre geöffneten Schenkel entgegen. Sie bugsierte sich über ihn, stützte sich mit einer Hand ab und führte mit der anderen seinen Schwanz ein. Sein Penis in einem Kondom und in einer Frau. Das war neu. Es fühlte sich eng an. Aufregend.

-‚Na?' Sie lächelte und bewegte sich hingebungsvoll.

Robert machte ein paar Bewegungen, etwas unsicher, küßte wie wahnsinnig Jeanettes Mund, dann ihre Brüste, drückte die Brüste, und dann spürte er auch schon, wie es ihm die Schulter herunterrieselte und er ließ es kommen, drückte unten noch etwas. Jeanette ließ in ihren Bewegungen nach.

Er hatte es geschafft!

Er hätte jubeln mögen. Neben ihm lag ein wunderbares Wesen, das ihm endlich ermöglicht hatte, einen Hit zu landen. Er schaute sie, die sich mittlerweile von ihm abgerollt hatte, von der Seite an und versprach innerlich ewige Treue. Das weibliche Wesen mit den dunklen Haaren und den fein geschwungenen Lippen hatte aber keine Zeit mehr.

Ob sie denn nicht Adressen tauschen könnten?

-‚Hmm, ja, naja, wieso nicht?' Allerdings glaube sie nicht, daß sie ihn in Hamburg besuchen werde.

Aber er könne doch schreiben? – ‚Klar!'

Jähsinn holte aus der Tasche ein Notizbuch und war stolz, mit einem Kondom auf seinem noch halb erigiertem Schwanz ein paar Meter zu gehen. Sie schrieb ihre Adresse in sein Büchlein und er seine auf eine andere Seite und riß das Blatt heraus und gab es ihr.

‚Sag mal!' Ihm fiel plötzlich etwas ein. ‚Weißt du, wo die Gedächtnistafel von dem Treffen zwischen Friedrich dem Großen und dem französischen Philosophen steht?'

-‚Wie bitte?' Jeanette hatte noch nie etwas davon gehört.

‚Aber der FH ist doch ein geschichtsträchtiger Ort, da war schon Friedrich der Große. Deshalb doch auch der Name. Oder?'

Jeanette sah ihn eigentümlich an, schräg von der Seite, und dann, als er die Augenbrauen hochzog, lachte sie plötzlich schallend.

-‚Glaubst du, daß die Geschichte wahr ist? Ich glaube, da hat dir jemand ein Märchen erzählt.'

Robert war nicht zum lachen zumute.

-‚Entschuldige, ich wollte dich nicht verletzen. Aber - da fällt mir ein, jemand sagte mal, Leos Mutter stamme aus einem Adelsgeschlecht. Von Bardenbruch oder … oder Elbenbruck? So ähnlich jedenfalls.'

‚Das klingt nach Norddeutschland oder DDR.'

-‚Ich weiß nicht mehr!'

Jeanette war aufgestanden und zog sich an.

-‚Zum Glück hab ich schon alles gepackt.'

Zwei Gäste kamen in den Raum. ‚Ah gut, ihr fahrt auch mit?'

Jähsinn hatte sich wieder hingelegt, unschlüssig, ob er sich anziehen und Jeanette begleiten sollte.

Die Geliebte hatte es auf einmal eilig, nach oben zu kommen.

Der VW-Bus wartete schon.

Sie beugte sich zu Robert und sie küssten sich noch einmal. Auch die beiden Männer kamen zu ihm und umarmten ihn. Tschau, tschau.

Robert war seelig. Die drei verließen mit Rucksäcken und Koffern den Schlafraum und gingen den Gang zur großen Tür hinunter. Er hörte das Klappern von Jeanettes Holzsandalen. Er rutschte auf der Matratze zur Seite und konnte sehen, wie sie an den Bäumen vorbei zum Weg gingen.

Er lehnte sich zurück und wäre vor Freude am liebsten auf die Knie gegangen. In Gedanken schlug er einen Salto. Das Leben hatte einen Sinn. Jeanette, Jeanette, schon morgen schreibe ich dir!

6 Absturz

Robert lief wie in Trance über den Friedrichshof. Er schilderte sein Erlebnis am SD-Nachmittag und alle applaudierten.

Noch zwei Tage…

Um halb sieben wurde geweckt. Robert war bereits wach, blieb aber in seinem Schlafsack. Eine Jungkommunardin –das Mädchen aus dem Office– ging herum und weckte alle, die noch nicht auf waren. Sie beugte sich zu ihnen und umarmte sie. Einigen flüsterte die Fee etwas ins Ohr. Diese Umarmung wollte er nicht versäumen. In den Tag gewiegt zu werden war ein kleines Wunder.

Der Engel mit der frechen Mecki-Frisur schwebte zu den Vorhängen, zog sie auf und verwies im Tonfall einer Marktschreierin auf das Frühstück und die Arbeitsgruppen.

Während die anderen Gäste gähnten und sich räkelten, im Schneckentempo aufstanden und benommen zwischen den Matratzen umhertorkelten, um hier eine Sandale zu suchen und dort ein Handtuch hervorzukramen, war Robert bereits gewaschen und angezogen. Am Abend zuvor hatte er sich Arbeitsschuhe und einen verschlissenen Overall ausgeliehen, um nach dem Frühstück beim Bau der Kläranlage zu helfen.

Er freute sich darauf, mit anzupacken.

Es stellte sich jedoch heraus, daß an der Kläranlage nichts zu tun war.

Der LKW mit dem Beton hatte sich verspätet und würde erst am Nachmittag kommen. Alles hatte sich verzögert. Er konnte in der Küche mitanfassen, abwaschen und das Mittagessen vorbereiten, oder im Garten aushelfen. Er entschied sich für die Küchenarbeit. Die Zeit verging im Nu.

Nach dem Mittagessen war zwei Stunden Pause, in denen die Gäste und Kommunarden puderten. Er fand keine Partnerin, aber das störte ihn nicht.

Um drei begannen die Kurse. Die Gästegruppe machte ihren SD-Nachmittag, gleichzeitig trafen sich andere, kleinere Gruppen, um sich voreinander darzustellen und zu vorgegebenen Themen zu äußern. Wenn man einen bestimmten Wissensstand erreicht hatte, ging es um Verfeinerung. Natürlich in einer ekstatischen Weise. Alles wurde mit dem ganzen Körper zum Ausdruck gebracht.

Marise war bester Laune, schwebte förmlich. Nachdem mehrere Männer und Frauen in die Mitte gegangen und ihre Darstellungen gemacht hatten, zogen sich alle bis auf die Unterhosen aus und legten sich auf den Teppich. Nebeneinander und quer, einige auch ineinander verschlungen. Sie stellten eine Menschen-Pyramide dar, eine lebende Skulptur. Robert genoß es, andere zu berühren, angefaßt zu werden. Scheinbar zufällig konnte er überall hinfassen. Eine Frau erlaubte ihm, genau dort anzufassen, wo er sich früher nicht getraut hatte.

Nach dem Kurs stand Marise bei einer Gruppe Gäste.
-‚Wer hot'n noch net g'pudert?'
Zwei Männer und eine Frau meldeten sich.
-‚Wos'n los, Frauen? Wollt's ihr die Männer ... Hey, seid's net so ... '
Die SD-Leiterin war umwerfend herzlich, wenn sie gut gelaunt war.
Die Frau, die bisher allein geschlafen hatte, sagte, daß sie keine Lust habe. Es sei doch auch so oke.
-‚Wos' dönn mit Robert?'
Er bekam einen roten Kopf.
-‚Na – hey – brauchst dich net zu verkriechn. Wos'n los?'
Eine Frau sagte, er sei verliebt.
-‚Na Robi, die kleine Französin? Ist eh in Ordnung.'
Sein Gesicht nahm die Farbe einer Tomate an.
Einige Frauen lachten, den Männern aus der Gästegruppe schien es peinlich.
-‚Is scho guat, beruhige dich!'
Marise ging zu Robert und wollte ihn in den Arm nehmen, aber er schubste sie.
-‚Was? Na Hallo!'
‚Ich finde es zum Kotzen, hier vorgeführt zu werden!' schrie Jähsinn, der auf einmal das Gefühl hatte, den Boden unter den Füßen zu verlieren. ‚Dieses ganze Theater, es ist alles nur Theater!'
-‚Schade, der SD-Nachmittag ist leider zu Ende. Aber vielleicht solltest du am Abend, wenns der Leo erlaubt, noch einmal in die Mitte gehn. Ein tätlicher Angriff auf eine SD-Leiterin sollte vielleicht aufgearbeitet werden? Oder möchtest noch eine Einzel-Analyse?'
Jetzt kamen auch noch andere Gäste und Kommunarden in den großen SD-Raum. Fast die gesamte Hamburger Gruppe. Sie schienen sofort zu bemer-

ken, was passiert war.

Es war ihm wahnsinnig unangenehm.

Marise rauschte davon. Sie lachte und schien den Vorfall schon wieder vergessen zu haben, während sie mit den Hamburgern nach draußen ging. Es hieß, daß sie demnächst an die Elbe kommen werde, wenn die Gruppe noch größer geworden und ein neues Domizil gefunden haben würde.

Robert fühlte sich miserabel. Alles war prächtig angegangen seit der Verabredung mit Jeanette, und jetzt das!

Beim Abendessen gab es Selbstdarstellungen, aber darüber hinaus passierte nichts Besonderes. Marise saß, mehrere Tische entfernt, bei Feiler.

Jähsinn hatte sich zu einer Gruppe Langzeitgäste gesetzt, die als besonders fortgeschritten galt. Sein ‚Mißgeschick' schien sich bereits herumgesprochen zu haben.

-‚Gib nichts darauf', sagte ein Mann.

-‚Mach eine Selbstdarstellung darüber!' sagte ein anderer.

Jähsinn war sich nicht sicher, ob er an seinem letzten Abend am großen SD-Event teilnehmen sollte. Er hatte ein schlechtes Gewissen. Offenbar litt er an schweren Aggressionen.

Und dann gab es auch noch Ärger mit einer Hamburgerin.

Biggi, eine Schlanke mit strohblondem Haar, lag nach dem Abendessen mit ihrem Lover zusammen, schaute zu Jähsinn hinüber und machte sich lustig. Ihr Typ grinste. Was hatten die beiden nur? Sie flüsterten miteinander. ‚Die sind zu zweit!', dachte Jähsinn und verkroch sich im Schlafsack. Er versuchte normal zu erscheinen und steckte seinen Kopf vorsichtig oben heraus. In dem Moment sagte Biggi ‚Aber nicht schubsen!' und lachte. Jähsinn versuchte herauszufinden, ob sie ihn gemeint hatte, aber das Paar umarmte sich und hatte keinen Blick mehr für ihn.

Plötzlich musste er weinen, Tränen schossen ihm ins Gesicht. Er rutschte noch tiefer unter den schützenden Stoff. Es ging nicht mehr, etwas war zusammengebrochen. Das Pärchen puderte, und ihm schossen Sturzbäche aus den Augen, ein wahres Tränenmeer. Als ob ein Stausee aufgebrochen war. Es riß ihn fort. Er kannte sich nicht aus und spürte nur, daß es gut war, loszulassen. Wie hinter dichtem Nebel nahm er wahr, daß Biggi und ihr Lover fertig geworden waren, er meinte sogar, ein ‚Hey komm mit', an ihn gerichtet, zu vernehmen, aber er wollte nicht. Nicht jetzt rauf und die ganze Sache noch einmal vor hundert Männern und Frauen durchspielen. Er trieb weiter im Tränengewoge. Der SD-Abend fing an und er heulte. Er heulte und heulte und wollte nicht mehr aufhören. Sie konnten da oben ohne ihn tanzen und schreien. Er weinte Springfluten, den Rheinfall von Schaffhausen. Eine Kommunardin kam in die Unterkunft. Er genierte sich. Die Frau ging durch die

Räume, um nachzuschaun, ob noch jemand auf den Matratzen lag. Alle sollten an dem Abend teilnehmen, vor allem die, die am nächsten Tag abreisten. Nein, er wollte nicht. Die Frau ging wieder nach oben. Es war ihm peinlich. Nur nicht vor anderen weinen! Er schämte sich ... und widmete sich noch eine Runde seinen Tränen. Er war der letzte Dreck, ein Versager, aggressiv, ein Verbrecher, dazu noch undankbar, denn er hatte hier zum ersten Mal gepudert, und nun sonderte er sich schon wieder ab. Die verdammten Hamburger! Die Frau hatte ihn mit ihrem Macker ausgelacht. Wenn er etwas hasste, dann waren es Frauen, die ihn auslachten. Etwas fehlte ihm, na klar, ihr Typ war stärker, muskulöser gebaut wahrscheinlich hatte er einen größeren Schwanz. Na und! Selbst wenn meiner nur zwei Zentimeter mißt, kann dir das egal sein, dachte er wütend. Der Gedanke stimmte ihn beinahe wieder versöhnlich. Er war ein Underdog, ein Wixer. Nein, nicht ganz. Er würde Jeanette davon schreiben. Diese Biggi gehörte zu einer privilegierten Kaste. Na schön! Sollte sie sich doch einbilden, etwas Besonderes zu sein. Bis hierher war er gekommen, er würde bestimmt nicht, wie Helenes Ex-Lover, mit einem Male krank werden. Scheiße. Weinen tat gut. War er auch ein Nobody oder schräger Vogel, er würde etwas daraus machen.
Ausgerechnet jetzt bekam er eine Erektion.
Ich hasse diese Ziege! Und alle Hamburger Kommunarden. Er malte sich aus, wie ein Feuer die Räume der Gruppe in Schutt und Asche legte. Die Männer und Frauen irrten verzweifelt über die Straße, schreiend und mit rotgeweinten Augen. Und Marise? Die sollte sich schleunigst in ein Krankenhaus begeben und sich behandeln lassen. Hahaha. Wahrscheinlich war sie bis an ihr Lebensende traumatisiert durch seinen Stoß.
Mit einem Mal fühlte er sich sicher. Er gehörte sich selber. Jeanette! Er kramte sein Notizbuch hervor und vergewisserte sich, daß er ihren Namen und die Anschrift auch tatsächlich aufgeschrieben hatte. Beruhigt legte er sich wieder auf den Schlafsack und rutschte hinein.
Noch eine Nacht... Von der kreischenden Meute über ihm trennten ihn zwei Meter fünfzig und eine Beton-Decke.
Noch einen halben Tag Grenzerfahrungen, noch zehn oder elf Stunden im Fegefeuer der Peinlichkeit. Jeanette ... allein ihretwegen hatte sich der Besuch gelohnt. Man durfte sich nicht einreden, den Rest des Lebens verklemmt zu sein.

Er zog die dunkelblauen Vorhänge zu und legte sich wieder hin.

Die Woche war hart gewesen. Und wenn schon! Um im Kapitalismus zu überleben, musste man auch härteste Bewährungsproben durchstehen. Und dies war eine. Hauptsache, er machte etwas daraus, lernte hinzu. War er tatsächlich ein Buchhalter, wie die Colette meinte? Egal! ‚Jetzt erst recht', dachte er. Er würde einen ganzen Aktenordner anlegen mit seinen Erlebnissen. Jeden Tag, jede Stunde und Minute fein säuberlich beschreiben mit allen kleinen und großen Dingen.

Er stand auf, füllte im Waschraum einen Becher mit Wasser und kippte ihn in den Schlafsack der Hamburgerin. Rache ist süß!
Man durfte sich nicht einschüchtern lassen.
Helenes Freund hatte es zu eilig gehabt. Er war bei seinem Hechtsprung in das Kommune-Leben gegen einen Felsen gestoßen. Das würde ihm nicht passieren. Ein paar Blessuren – oke. Aber wenn eine Frau ihn auslachte, konnte er zum Schwein werden.
Er nahm seinen Schlafsack und zog ins Nachbarzimmer. Das Geschreie und Gestampfe war hier weniger laut zu hören.
Diese Leute, die ihn verarschten, sollten ihn noch kennen lernen. Er malte sich aus, was er in Hamburg beginnen würde – und schlief ein.
Als Kind war er Laterne gegangen. *Sankt Martin, Sa-hankt Mar-tin, Sa-hankt Martin ritt...* plötzlich fing seine gelbe Laterne Feuer, es ging rasend schnell, eine Rauchsäule stieg hoch, ihm war noch gewesen, als ob die Augen der Sonne sich verzogen hätten, als sei sie traurig. Es gab ein großes Geschrei, aber der Zug ging weiter. Er fühlte, wie sich ihm die Brust weitete. Plötzlich lag er auf einer weichen Unterlage und ein altertümlich gekleideter Mann trat auf ihn zu, der einen Dreispitz auf dem Kopf trug und einen elegant geschnittenen violett schimmernden Mantel mit Verzierungen anhatte. Auf seinen schwarzen Lackschuhen waren silberne Schnallen, aus den Ärmeln des Mantels schauten weiße Rüschen hervor. Mit einer eleganten Bewegung zog er eine Dose aus der Tasche, lächelte fein und puderte den in einem rosafarbenen Himmelbett liegenden Jähsinn ein. Er schüttelte den metallenen Behälter und es kam immer mehr Puder heraus.
Ihm war, als ob das ganze Zimmer in Bewegung geriet, wenn der Mann mit Wucht die Dose schüttelte. Der Mann beugte sich über ihn –oder war es eine Frau? Jähsinn war plötzlich unsicher- und knöpfte ihm Hemd und Hose auf. Heraus rutschte ein länglicher hellblauer Ballon mit einer Verjüngung an der Spitze. Der Mann oder die Frau holte wieder die Dose hervor und puderte den Ballon ein. Es machte ihm sichtbar Spaß, zu pudern. Er –ja, es war ein Mann, er konnte Bartstoppeln erkennen! -klatschte lässig in die Hände, und mit einem Mal erschienen Hofdamen in erlesenen Kostümen und fürstlich gekleidete Männer, die sich gegenseitig einpuderten und Riesenspaß hatten. Der Mann mit dem Dreispitz gab Anweisungen und sie puderten, was das Zeug hielt. Die Männer hielten Luftballons und Würste in der Hand, die Frauen Vogelnester. Etwas an den Nestern war atemberaubend, die Frauen

kicherten wie verrückt. Die Männer und Frauen in den altertümlichen Hosen und Gewändern tanzten im weißen Staub und gingen, als sie nur noch undeutlich in der Puderwolke zu erkennen waren, auf Zehenspitzen und flüsterten. Der mit dem Dreispitz gab ein Zeichen und sie schlichen von dannen, psst machend und ironisch lächelnd. Plötzlich tauchte ein Schaufelbagger auf, Robert saß am Steuer. Eine Frau kam auf ihn zugelaufen auf dem Weg zum Schüttkasten. Er rammte sie mit voller Wucht und fuhr weiter. Oben am Schüttkasten besann er sich und setzte den Bagger zurück. Er weinte. Die Frau war tot. Als er jedoch zu der Stelle kam, an der er sie mit fürchterlicher Wucht gerammt und beiseite gestoßen hatte – sie war wenigstens zehn Meter weit geflogen – trat sie plötzlich aus einem Brennesselfeld, machte Bewegungen wie eine balinesische Tempeltänzerin und lächelte in sich hinein. Robert stieg vom Sitz des Schaufelbaggers, um nachzusehen, ob die Tänzerin aus Fleisch und Blut war oder vielleicht nur eine Puppe, da machte sich der Bagger selbständig und fuhr langsam weiter -er hatte vergessen, ihn abzustellen! Mit einer hastigen Bewegung sprang er zu der knallgelb leuchtenden Maschine, versuchte aufzuspringen – und wurde wach.
Er war von der Matratze gerutscht.
Robert rappelte sich zusammen und legte sich kerzengerade auf die Matratze, drückte seinen Kopf tief in das Kissen unter dem Schlafsack und war bald wieder weggetaucht.
Er befand sich über dem Sarg einer kürzlich verstorbenen Heiligen, um den weinende Männer und Frauen versammelt waren. Ein Priester kam mit zwei Meßdienern und schwenkte ein Weihrauchfaß. Er schwebte auf dem Rücken liegend einen Meter über dem Grab. Alle weinten und er weinte mit. Ein guter Mensch war gestorben und er fühlte einen tiefen Schmerz und warmen Strom durch seine Brust sich ergießen. Litaneien wurden angestimmt. Ein Mann mit einem Dreispitz auf dem Kopf gab eine Zeile vor, und alle sprachen ihm nach. Der Zug bewegte sich einen sandigen und von Sträuchern und Brennesseln gesäumten Weg hinab und sie gelangten an das Grab. Der hölzerne und mit Blumen geschmückte Sarg wurde hinabgelassen, und er schwebte mit hinunter. Dann packte ihn jemand, während der Deckel des Sarges angehoben wurde. Mit einem Mal überkam ihn ein Grauen, etwas Entsetzliches musste in dem Sarg sein, etwas unvorstellbar Bösartiges, und er sollte dazugepackt werden – da wurde er wach.
Eine Frau beugte sich über ihn und sagte streng ‚Du hast wahnsinnig laut geschnarcht!'
Er entschuldigte sich. ... Ein Mann lachte ihm freundlich zu. ‚Schlaf gut! Aber am besten etwas später'...
Der SD-Abend war zuende. Einige schliefen bereits, während auf anderen

Matratzen geflüstert und gestöhnt wurde. Und dann die schnellen, rhythmischen Bewegungen, klatschende Geräusche. Er hatte sich schon fast daran gewöhnt.
Robert schlief ein drittes Mal ein und diesmal träumte er nicht. Zumindest konnte er sich am anderen Morgen nicht mehr erinnern.

- ‚Na Studioso!'
Eine Frau nahm ihn in den Arm. – ‚Näkst Johr wieda?'
Er wusste es nicht. Nein, eigentlich reichte es.
Die Frau war sehr herzlich. Offenbar war sein Vergehen noch nicht überall bekannt geworden.
Er umarmte sie und drückte einen Kuß auf ihre Wange. Sie lächelte und schaute ihn wie prüfend von der Seite an.
Sie waren nicht hinter seinem Geld her. Aber wollten sie tatsächlich ihn, Robert Jähsinn? Er hatte für die Woche mit Unterkunft und Verpflegung zweidert Mark bezahlt. Das war nicht viel. Na gut, man konnte ein paar Mark berechnen für das Mithelfen in der Küche, Handlangerdienste, aber insgesamt hatte er preiswert gelebt.

Biggi ging mit ihrem Lover vorbei und grinste.

-‚Na denn machs gut', sagte die Frau zu ihm, die zu der Gruppe der Langzeitgäste gehörte.

Er war stolz. Er hatte es eine Woche in der Kommune ausgehalten. Leos wilde Horde. Ur-Horde sagte Helene. Ur-Kommunismus. Urschrei. Zurück zum nackten Menschen. Ohne Stereoanlage, ohne Fernsehen, ohne Modeklamotten.
Verliebtsein zählte nicht, aber es gab da so einen Ausdruck, das ‚positive Liebesbedürfnis'. Wer es verspürte, war auf dem richtigen Weg.

Jeanette. Wo sie im Moment wohl war?

Vor der Abreise bekam er noch die neueste Ausgabe der KO-News und kaufte ein weiteres Exemplar, zum Weitergeben. Sie hatten am FH eine Kurve entwickelt, um die Entwicklung zu zeigen, die ein Mensch in der Gesellschaft und in der Kommune durchlebte. Eine mathematische Kurve, zur Orientierung. Am Anfang, auf dem Blatt oben links, ist der *unbewusste* und *verpanzerte Kleinfamilienmensch*. Er durchläuft, nachdem er Kommunarde geworden, die verschiedenen Phasen seiner Neuwerdung. Wenn er das Äußerste tat und gegen seine Verpanzerung anging, rutschte er auf der Kurve hinunter bis zu einem Punkt, neben dem ‚*Geburtserlebnis'* stand.

Wenn er dann weitermachte, das heißt in der Gemeinschaft lebte, sich selbstdarstellte und viele Beziehungen knüpfte, kletterte er auf der rechten Seite der Grafik hinauf und immer höher bis es nicht mehr weiter ging. Oben in der äußersten Ecke lag das Kommune-Paradies.

Er hatte einen kleinen Eindruck davon gewonnen.

Bis nach ganz oben hatten es nur Feiler und seine treuesten Anhänger geschafft.

Es war schon Mittag, aber sie saßen noch beim letzten gemeinsamen Frühstück. Jeder hielt eine Rede. Fünfzehn Männer und Frauen, die an einem Kurs teilgenommen hatten, reisten ab. Vier Gäste, die mit ihnen angefangen hatten, blieben länger. Ein Mann war schon nach zwei Tagen abgereist.

Jeder, der an diesem Tag den FH verließ, hielt eine Rede und bekam Beifall.

Vom Missgeschick am Vorabend sprach niemand.

Dann war es endlich soweit.

Er wurde mit dem Kommune-Bus bis Wien mitgenommen und an der Zentralstation abgesetzt.

Umarmungen und Küsse zum Abschied.

‚Den Weg zu deim' Gleis findest ja wohl allein, he!'

Lachende Gesichter...

7 Wilhelm Reich in Altona

Gemächlich passierte der Zug die langgestreckte Einfahrt und schob sich in die aus Stahlträgern und Glas zu einer Kuppel getürmte Halle des Hamburger Hauptbahnhofs. Jähsinn zog die Scheibe in seinem Abteil nach unten. Von einer Reklamewand flogen Tauben auf. *Meine e-Damen und e-Herren, auf Gleis e-zwölf hat in e-diesem Moment Einfahrt der e-ver-e-spätete Fernzug aus e-Wien.*

Im Gang stauten sich Reisende mit Koffern und Taschen. Er reichte einer älteren Dame das Gepäck auf den Bahnsteig. Kaum stand sie unten, winkte auch schon ein junges Paar. Auf Robert wartete niemand. Ihm war, als habe eine tiefe Veränderung mit ihm stattgefunden. Seine Schuhe und Hosen waren schmutzig, aber er trug sie mit leisem Stolz. Kein Reporter fasste ihn beim Arm, um seine sensationellen Erlebnisse zu hören.

In der Wandelhalle und auf einigen Bahnsteigen herrschte Hochbetrieb. Menschen auf dem Weg zur Arbeit, einige späte Sommerurlauber.

Eine äußerst attraktive Frau, die er nie zuvor gesehen hatte, warf ihm einen aufmunternden Blick zu.

Er ging zur S-Bahn auf der anderen Seite der Halle.

Das schäbige zweistöckige Gebäude in der Oeverseestraße sah aus wie immer. Auf dem Bürgersteig standen Mülltonnen Ein Mädchen saß in einem Hauseingang und spielte mit einer Puppe. Vor dem Haus stand Helmuts roter R4. Er nahm die grau lackierte Treppe mit wenigen Sätzen. Tatsächlich, sein Mitbewohner war in der Küche.

,Hey Mann'. Sie umarmten sich.

An Helmut hatte sich nichts geändert. Das lächelnde, beinah grinsende Gesicht, das nach der Begrüßung schnell wieder erstarrte, das zur Seite gekämmte und die Ohren halb verdeckende fettige Haar, der Ziegenbart und die Röte der Wangen, die sich bis zu den Schläfen hinaufzog.

Sein Mitbewohner hatte es eilig. Alles war soweit oke, bis auf einen Brief vom Hausverwalter. Sie müssten darüber sprechen, später. Er habe einiges in der Stadt zu erledigen.

,Und sonst?'

-,Ja danke. Gestern ist dein Brief angekommen.'

Robert ließ sich die Enttäuschung nicht anmerken.

Er müsse gleich zu einem Kumpel. Tja, wenn er das gewusst hätte …

Die Katze kam und miaute. Er beugte sich zu dem schwarzweiß gefleckten Tier, das sich an seinem Bein rieb.

- ,Bis denn! Sei mir nicht böse'…

Robert hörte die Haustür zuschnappen. Er ging zum Fenster und sah, wie sein Mitbewohner ins Auto stieg.
Auch in der Wohnung hatte sich nichts geändert. Auf dem Küchentisch lagen Zeitungen und Reklamesendungen.
Er verstaute den Schlafsack im Flur und ging in sein Zimmer, um den Koffer auszupacken, stopfte die schmutzige Wäsche in den Korb am Fußende des Bettes und machte es sich im Sessel bequem. Die Katze hatte ihn vom Flur aus beobachtet und huschte elegant auf seinen Schoß. Er streichelte das Tier, das sich zusammenrollte und ihn von der Seite anschaute, wie um sich zu vergewissern, ob *er* es auch war.
Er hatte noch eine Woche frei.
Die Katze schnurrte vernehmlich, aber er hatte keine Lust, ihretwegen zu faulenzen. Er wollte etwas tun, die neuen Erfahrungen vertiefen.

Er stand mit einem Ruck auf, ging ins Bad und stellte sich vor den Spiegel.
‚7 & 7' *is* von *Love* hatte nicht nur einen aufwühlenden Sound. Kurz vor Ende des Stücks war eine Atombomben-Explosion zu hören. Danach plätscherte das Stück noch ein paar Takte dahin. Es war nicht nötig, die Scheibe auszupacken. Die Guitarren fegten los auch ohne Plattenspieler.
Er nahm eine Schere und stutzte seinen Schnurrbart bis auf ein paar millimeterlange Borsten.
Sein Gesicht wirkte mit einem Mal persönlicher. Der Hals war zu lang. Er zog die Schultern hoch. Wenn er ein Hemd mit hohem Kragen trug, fiel es nicht auf.
Er wollte eine Bilder-Serie machen. Im Schreibtisch lag seine Minox mit Selbstauslöser. Wenn Helmut keine Lust hatte, würde er ein Stativ besorgen und die Sache allein bewerkstelligen.
Er drehte den Kopf nach links, zwinkerte. Nein, zu harmlos!.
Er drückte zwei Finger gegen die Wangen. Mut zur Häßlichkeit!
Links am Kinn war ein Muttermal.
Er presste die Augen zusammen, sperrte den Mund weit auseinander und fletschte die Zähne, zischte. Öffnete wieder die Augen.

Er stellte sich vor, auf einem Stuhl zu sitzen. Wenn die ersten Akkorde losfegten, würde er langsam aufstehn.
Oder sollte er einen Super 8-Film drehen? Die Kamera würde ihn in Großaufnahme erfassen und anschließend aufs Gesicht zoomen.
Seine Augenbrauen waren fein und dunkel, fast schwarz. Die Nase war schmal.
Seine Haut war an der Schläfe glatt. Am Kinn und auf der Nase hatte er Pickel und Verfärbungen, winzige Krater.

Zur Häßlichkeit brauchte es nicht viel Mut.
Am ehesten gefielen ihm noch die Lippen.
Er musste den Mund im richtigen Moment aufsperren, am besten während der Explosion.
Er legte den Kopf in den Nacken und schaute von oben herab, den Blick in unbestimmte Ferne, cool, wie der Sänger auf dem Cover der *Love*-LP.
Er klappte den Mund auf. Und zu. Langsam auf. Und wieder zu.
Und aufzu, aufzu, aufzu.
Mit einem Passfoto-Lächeln beginnen, brav und nett, und das Gesicht wie in Zeitlupe verzerren.
Das erste Bild aus großer Distanz. Allmählich näherkommen.
Die Oberfläche abtasten, das Maskenhafte durchstoßen
und UaaAAAAAAAAAAAhhhrrrrrrrRRRRRRRRRR!!!!!
Aus seinem Mund quollen Blumen und Buchstaben.

Und Stille. Entspannen, sich treiben lassen.

Posieren im Bett. Dedicated to Jeanette.

Er könnte auch Fotos aus der Kindheit verwenden.
Im Kleiderschrank musste ein Schuhkarton sein mit alten Aufnahmen, Postkarten, Tagebuchaufzeichnungen.
Tatsächlich.
Er fischte ein Gruppenbild heraus und hielt es ins Licht, um die einzelnen Gestalten besser erkennen zu können.
Der Junge vorne links mit dem schmalen Gesicht und den verschränkten Armen war er. Einen hellblauen Pullover hatte er getragen, darunter eine an der Hüfte knapp sitzende, im Bein weit ausgestellte graue Hose. Sein bestes Stück. Abgeschrägte Taschen. Vom Blümchenhemd war ein winziger Streifen sichtbar.
Dieses verdrehte, angestrengte Lächeln! Er meinte, das Katholische von seinen Augen abzulesen.
Die Aufnahme war vor der Schultreppe gemacht worden, 1966, an einem sonnigen Frühlingstag, kurz vor den Zeugnissen.
Eine Szene stieg in ihm hoch: Die helle Wand mit dem schlichten Kreuz in der Mitte, der Mathe-Lehrer in Schlips und Anzug, das Quietschen der Kreide... - und er vorne. Mutig, aber ohne Selbstvertrauen. Die Kameraden grinsten, wenn er an die Reihe kam. Alle wußten, daß er die Aufgabe nicht lösen würde. Was immer er an die Tafel schrieb – etwas war garantiert falsch. Und wenn nur ein Komma fehlte. Die Lage war hoffnungslos, aber nicht ernst. Irgendwann hatte er sich daran gewöhnt, in Mathe die Lachnummer zu sein.

Dann die Klingel zur Großen Pause. Der Lehrer brachte noch einen Schluss-satz heraus, schon wurden Stühle gerückt und die Kameraden stürmten los, um die dickste Stulle zu ergattern. Er hatte es nicht so eilig. Wenn er in die ausgebleichte Plastikschüssel griff, befanden sich nur noch wenige Schnitten darin.

Im Fenster der Küche stand eine schwarzgewandete Nonne und lächelte.

In den ersten Jahren war er ein guter Schüler gewesen. Dann war es abwärts gegangen. Vom ‚lebhaften, insgesamt ordentlichen Schüler' zum ‚Problem-fall'. Ständig müde und mit den Gedanken woanders. Wo er sich aufs Ler-nen konzentrieren sollte, schwirrte ihm Pop-Musik durch den Kopf. *'I see the rain, I see the raaii-iin', Marmelade.* Ein Song, der Schleifen ins Hirn malte. Cosinus- und andere Kurven waren nur lästig. Entsprechend sahen seine Zensuren aus.

Anfangs hatte er zu den Schülern gehört, die den Unterricht dominierten. Dann sackte er in der Notenhierarchie, mit jedem Zeugnis tiefer und zählte schließlich zu denen, die, in der Rangliste ganz unten stehend, eine eigene Art von Prominenz herausbildeten. *The Small Faces* standen mit ‚All or nothing' auf Platz 2 der englischen Top Twenty. *Das* war wichtig. Die Musiker trugen karierte Hosen und bunte Hemden. *Das* zählte. Die Klassenka-meraden gaben an mit Mädchen, die sie in den Ferien kennengelernt hatten, und rissen Witze. Sie hatten wild herumgeknutscht. Er konnte da nicht mit-halten. Schweine!, dachte er, und wünschte, selber ein Mädchen zu haben.

Am Wochenende traf er sich mit anderen Schülern, um Platten zu hören und Tonbänder zu tauschen. Sie schnitten die englische und holländische Hitparade mit und listeten Lieblingstitel auf. Einmal im Monat stellten sie ihre favorisierten Songs zu einer eigenen Top Twenty zusammen.

Damals fing er an, sich abzukapseln. Eine Entwicklung setzte ein, bei der er immer empfindlicher wurde und anfing, jedes Wort auf die Goldwaage legen. Er fühlte sich wie aus hauchdünnem Glas und wäre am liebsten nur noch daumengroß gewesen. Um unbemerkt zu bleiben, aber alles mitzube-kommen.

Jähsinn nahm ein Foto, das ihn als Messdiener zeigte.

Er ging in einer Reihe hinter anderen Ministranten. Seine linke Hand drückte in Brusthöhe auf das weiße Gewand, während er mit der rechten einen Stiel umklammerte, auf dem eine brennende Kerze steckte. Er hielt den Stab so schräg, daß es aussah, als tropfte das Wachs auf irgendwelche Kleider. Dabei schaute er völlig unbefangen in die Kamera, mit einem Blick, den kein Elend trübte. Die Aufnahme war älter als das Klassenfoto.

In den ersten Jahren war alles normal gewesen. Er war Teil des Ganzen gewesen, ohne sich den Kopf zu zerbrechen. Wörter wie *Kapitalismus* oder *Entfremdung* existierten nicht. Er betete regelmäßig, schwänzte keine Messe, ging zur Beichte. Auch das Gebot der Nächstenliebe hatte ihm eingeleuchtet. Er *hatte* versucht zu lieben. Auch wenn die Nächsten ihm zunehmend auf die Pelle rückten und Quälgeister wurden.

Er kramte im Karton.

Eine Aufnahme zeigte das Internat aus der Luft. Schulgebäude, Sportplätze, die Kirche aus dem neunzehnten Jahrhundert, Turn- und Schwimmhalle, der angegliederte Bauernhof, die Wohntrakte. Das Hauptgelände war von einem breiten Wassergraben umgeben.
Nach außen protzig, innen eine Fabrik für Neurotiker.
Bei der Eingansgpforte eine Handgranate zünden, stellte er sich vor, und dort, über dem Seitentrakt mit dem Klassenzimmer, Pakete ausklinken mit Schulbüchern, die an Händen und Kleidern festklebten. Es sollte höllisch stinken und Lärm machen. Wenn nicht Blut floß, dann wenigstens Ketchup, mit grünem Schimmel überzogen. Rache! …
Die Institution war ein Hort der Sauberkeit und Andacht. Lehrer und Erzieher hatten ihre Augen überall. „Lobet den Her-ren, den mäch-ti-gen König der Hee-re". Noch jetzt, Jahre später, wußte er Kirchenlieder auswendig. Wie blöd sie ihn gemacht hatten! Und dann die ständigen Kontrollen. Lange Haare waren subversiv. Einmal die Woche wurde geprüft, wer zum Friseur mußte. Der Hemdkragen hatte frei zu sein, kein Härchen durfte die Ohren bedecken. Nachts lauschte er unter der Bettdecke den Klängen seines Transistor-Radios, hörte englische Piratensender. Der Rhythmus von ‚My generation' riß ihn fort, aber morgens stand er wieder in der strahlend weiß getünchten Kirche und trieb angeödet in der Suppe der Kirchenlieder.
Alle lästerten über die strengen Regeln, aber keiner rebellierte offen. ‚Papst Pillen-Paul der Anti-Sexte' titulierte einer den Herrscher vom Vatikan und ritzte den Namen auf eine Schulbank. Es gab einen Skandal. Der Internats-leiter berief eine Klassenversammlung ein, die Bank wurde ausgetauscht. Ansonsten passierte wenig Aufregendes. Ein Halbjahr verstrich und es gab Zeugnisse. Irgendwann hatte man Geburtstag und näherte sich dem Tag, ab dem man rauchen und bestimmte Filme sehen durfte.
Draußen in der Welt lauerte das Böse und Gemeine. Einmal hielt Günter Grass im Nachbarort eine Rede. Die SPD schickte einen Bus, um den Schü-lern die Gelegenheit zu bieten, den Schriftsteller zu hören. Der Bus musste leer zurückfahren. „Lob ihn, o See-le, ver-eint mit den himm-li-schen Chööö-ren". Grass war ein Jugendverderber. Sie lasen heimlich in der 'Blech-trommel' die Stellen, wo sie verdorben werden sollten. Die Seiten waren wie

Oasen. Entsprechend sah das Buch aus. Einer schmuggelte ein dänisches Porno-Magazin in die Anstalt. Es änderte nichts daran, daß er schwitzige Hände bekam und Ängste entwickelte. Vor Mädchen, vor bestimmten Situationen. Er sah rot und wurde rot. Knallrot. Ein falsches Wort, ein Blick genügten.
Er bewunderte seine Klassenkameraden. Sie blieben einfach cool.
Er hasste seine Klassenkameraden.

Jähsinn legte die Bilder zurück in den Karton und wischte im Bad mit einem Tuch die Haare zusammen. Ihm kam eine Idee.
Er holte einen Filzstift und malte eine Explosion auf den Spiegel. Und ging zurück in sein Zimmer und legte sich aufs Bett.
Er verschränkte die Arme unter seinem Kopf und starrte auf die weiß gestrichene Decke. Wenn er den Blick lang genug verweilen ließ, wurden die grauen Felder und Punkte zu winzigen Figuren und Gesichtern. Er nickte ein. Ihm war, als blickte er auf seinen eigenen Schädel, der rund war wie ein aufgeblasener Ballon. Sein Körper hatte winzige Gliedmaßen. Melodien strömten durch Nase und Mund und verformten den Kopf. Wasser schlug Wellen und erzeugte Ausbuchtungen. Blitze zuckten, Knallkörper explodierten und der Kopf verformte sich stärker. Seine Haut war gezeichnet wie eine Landkarte, mit Straßen, Orten, Gebirgszügen. Plötzlich eine andere Szene. Er saß in der Ecke eines Abteils und starrte vor sich hin. Ein Zug ratterte durch eine Landschaft mit Weinbergen und vereinzelt stehenden Gehöften. Ein engelgleiches weibliches Wesen saß auf der Lokomotive und hielt Blechbüchsen in die Höhe, die auf einer Schnur aneinandergereiht waren. Glocken läuteten. Die Fee hängte die Dosen aus dem Fenster und aus den lustig im Wind fliegenden Behältern stiegen winzige glatzköpfige Zwerge. Sie hangelten sich an der Schnur zum Waggon und drangen plötzlich in die Abteile ein. Die Männer und Frauen lachten, neckten sich, schnitten Grimassen, kicherten, winkten. Mit einem Mal saß eine große dicke und stark behaarte Frau auf ihm – und er wurde wach.
Die Katze tappte auf ihm herum. Er riß die Augen auf. Muschi starrte ihn an.

Jemand war im Flur und ging ins Bad.
-‚Ey, was soll das?'
Helmut war zurück.
‚Schon Wilhelm Reich hat festgestellt, daß wir voller Aggressionen sind.'
-‚Na und.'
Helmut kam aus dem Bad.
-‚Findest du die Kritzelei nicht übertrieben?'
‚Ich kann dir nicht das Buch und die Seitenzahl sagen.'

-‚Kein Wunder. Reich hat nicht über Wolken und Explosionen geschrieben.'
‚Vielleicht. Aber er schrieb über Menschen im Kapitalismus. Der Körper verhärtet sich, verkrampft.'
-‚Schon möglich. Aber durch Schmierereien ändert sich nichts daran.'
Jähsinns Mitbewohner ging in die Küche und kehrte mit zwei Bierflaschen zurück.
-‚Und sonst? Ein anderer Mensch geworden?'
‚Ich hab dir doch geschrieben.'
-‚Hat es sich gelohnt?'
‚Am besten fährst du selber hin.'
-‚Ach weeßte.. solange ich mit Tina zusammen bin...'
‚Mach dich nicht abhängig von deiner Freundin!'
-‚Wenn sie mitkommt, ist die Beziehung zu Ende.'
‚Fahr ohne sie!'
-‚Der Feiler ist'n autoritärer Lappen.'
‚Er hat die ganze Sache aufgebaut.'
-‚Ich verstehe nicht, wie du in ner anarchistischen Gruppe mitmachen kannst und jetzt für so n autoritären Laden bist.'
‚Du siehst das zu einseitig. Der Feiler ist ne Art Chef, aber auch grundsätzlich gegen unser Gesellschafts-System.'
-‚Das glaubst du selbst nicht.'
‚Und ob. Feiler will die totale Umwälzung.'
-‚Und dazu braucht er andere.'
‚Sei nicht so fixiert auf den Mann! Die KO besteht aus über dreihundert Mitgliedern. Außerdem sind da ständig Gäste.'
-‚Erzähl das mal deinen Genossen. Den ehemaligen - oder was!'
Helmut ging in die Küche.
-‚Scheiße! Verdammte Katze!'
Er riß ein Stück Papier ab, wischte damit über den Boden, fluchte und kam mit einem Brief zurück.
Jähsinn las, daß das Haus, in dem sie wohnten, abgerissen werden sollte. Im nächsten Jahr. Die Verwaltung würde den Mietern anderen Wohnraum anbieten.
‚Na wenn schon, wir haben noch ein Jahr. Aber vielleicht zieh ich sowieso aus.'
-‚In die Kommune?'
‚Ich weiß nicht. Aber um noch mal auf den Chef zu kommen: Gleichmacherei bringt auch nichts. Es gibt unterschiedliche Grade von Kompetenz. Wie soll einer eine KFZ-Werkstatt leiten, der von Autos keine Ahnung hat?'
-‚Es geht nicht um Autos, sondern um Menschen.'
‚Ach nee!'

-‚Man kann eine Kommune auch anders strukturieren. Oder meinetwegen leiten. Zum Beispiel mit einem Räte-System. Wie in München, 1919, nicht mal sechzig Jahre zurück.'
Helmut holte aus der Küche Brot und Aufschnitt.
‚Finde ich toll, daß du mich bedienst.'
-‚Morgen ist der Herr Kommunarde an der Reihe!'
‚Übrigens hab ich eine Frau kennengelernt.'
-‚Na wirklich?'
Robert war es plötzlich peinlich, über Jeanette zu tratschen.
‚Ich wills dir aber nicht haarklein erzählen.'
-‚Ein paar Informationen kannste schon rüberschicken.'
‚Oke, sie kommt aus Frankreich. Ist'n paar Jahre älter als ich.'
-‚Interessant!'
Sein Mitbewohner ging ihm mit einem Mal auf die Nerven.
Etwas an ihm wirkte schmierig. Wie er das Brot mit Margarine bestrich und schon in Gedanken bei dem zerstückelten Fisch in Tomate war, den er aus der Büchse puhlte, mit dem Messer herauskratzte und anschließend die Büchse zur Seite hielt und die Sauce darübertropfen ließ. Diese Gier. Lag es an den fettigen Haaren oder war es die Brille, durch deren dicke Gläser Helmuts Augen so überdimensional wirkten? Wieso hatte er eigentlich ein Foto von Wilhelm Reich neben dem Bücherregal hängen?
-‚Wir haben keine Milch mehr.'
Als ob die Katze ihn verstanden hätte, stand sie auf einmal in der Tür und schmiegte sich gegen den Rahmen, der einmal weiß gewesen.
Andererseits imponierte Helmut ihm. Er hatte früher geboxt, mit regelmäßigem Training, Sandsack und allem Drum und Dran. Einmal waren sie gemeinsam zum Heiliggeistfeld gegangen. In einem großen Zelt war der Ring aufgebaut, davor hatten Holztische und Klappstühle gestanden. Auch ein deutscher Amateurmeister war angetreten. Helmut kannte ihn vom Training. Nach den Vorkämpfen jüngerer Boxer waren zwei Mannschaften in den Ring geklettert, die eine in viel zu weiten roten Hosen und schmalen Hemden, die andere in ebenso seltsam proportionierten blauen Hosen und gelben Hemden, und hatten die Verlesung der Namen über sich ergehen lassen. ‚Alles Show', hatte Helmut geflüstert. ‚Was meinste, wie es in denen rumort.'
Helmut lutschte seine öligen Finger ab und saugte die Bierflasche leer.
-‚Soll ich noch was mitbringen?'
Robert zog einen Geldschein aus dem Portemonnaie.
‚Wir brauchen auch Katzenfutter.'
Helmut ging in die Küche und holte eine Einkaufstasche.
Sie teilten sich die Ausgaben für das Essen.
Jähsinn blätterte in der Zeitung. Es hatte Hausdurchsuchungen gegeben.

Und demnächst sollte der Prozeß gegen die Männer beginnen, die die Botschaft in Stockholm in die Luft gejagt hatten. Der eine von ihnen war mehrmals bei Treffs der ,Schwarzen Hilfe' gewesen.

Helmut war *links*, aber was hieß das schon? Er gab Geld für Marken-Hemden aus und fand nichts dabei, mit seiner Freundin einen Ball zu besuchen. Er ging regelmäßig ins Kino und konnte sich ohne Probleme auf wissenschaftliche Bücher konzentrieren. Vor eineinhalb Jahren hatten sie sich kennen gelernt, als er eine Wohnung suchte, und gut verstanden. Oberflächlich. Der Einkauf funktionierte, auch das Saubermachen.

Sein Mitbewohner kehrte vom Bolle-Markt zurück und verstaute die Sachen im Kühlschrank. Er knackte eine Flasche Bier, nahm einen Schluck und rülpste vernehmlich. Dann füllte er Whiskas in den Freßnapf.
Die Katze machte sich darüber her, als hätte sie seit Tagen nichts bekommen.
Robert zeigte Helmut die KO-News, woraufhin sein Mitbewohner ein Heft aus seinem Zimmer holte.
-,War gestern in der Post. Der neue *Ulcus Molle*.'
,Ist von mir was drin?'
-,Ja, ein Gedicht.'
Helmut holte ein Päckchen Tabak aus der Tasche und begann zu drehen.
-,Sag mal ... Gibt's bei der Aktionsanalyse ne bestimmte Technik?'
,Hmm ... je nachdem, was du darunter verstehst ... na ja, es gibt bestimmte Abläufe ...'
-,Wie?'
,... es kommt vor allem aufs Atmen an. Erst schreien die meisten, aber dann werden sie klein, fangen an zu weinen wie ein Kind. Bilder steigen hoch.'
-,Hast du auch geweint?'
,Nicht bei der Aktionsanalyse.'

Jähsinn unterdrückte ein Stöhnen. Sollte er alles bis in winzige Details nacherzählen?

-,Also... ich finde die KO nicht schlecht, aber da sind'n paar Haken. Letzten Endes muß die ganze Gesellschaft geändert werden. Es ist nicht damit getan, daß ein paar Leute größere Betten bauen und säckeweise Kondome kaufen, vastehste! Wenn nicht die ganze Gesellschaft geändert wird, Alter, geht es dem Einzelnen genauso dreckig wie zuvor.'
,Aber einer muß doch anfangen mit dem Ändern.'
Helmut blätterte in den KO-News.

-‚Eine Kommune gründen – oke. Aber die Zweierbeziehung auflösen? Wilhelm Reich war verheiratet!'
‚Feiler auch.'
-‚Na also! Ewige Treue ist Quatsch, aber die Ehe kannst du nicht abschaffen. Der homo sapiens ist nun mal so gestrickt, daß er einen Menschen, den er liebt, für sich allein will. In Rußland haben sie es versucht und sind auf dem Bauch gelandet.'
Helmut stellte die Flasche auf den Tisch.
-‚War nicht die Kollontai dabeigewesen, Lenins Ex? Ein paar Monate, und das Experiment war tot. Die Leute wollen nun mal heiraten. - Schau her.'
Er reichte Jähsinn das Heft. Ein langhaariger Mann trug eine Armbinde mit drei schwarzen Punkten.
‚Hat das mit mir zu tun?'
-‚Die andere Seite!'
Neben dem Blinden war ein Artikel über die KO abgedruckt. Die Vollversammlung eines Frauen-Zentrums hatte die Kommune-Frauen, die sich an dem Zentrum beteiligten, ausgeschlossen.
‚Na und? Ist doch klar, daß den Leuten Wind ins Gesicht bläst.'
-‚Die treten derart massiv auf, großkotzig.'
‚Was heißt großkotzig? Sie haben was aufm Kasten!'
-‚Wer hat das nicht? - Was macht eigentlich die Arbeit in der Anstalt?'
‚Ich muß nächste Woche wieder hin.'
Helmut warf mit einem Schwung das Heft auf den Tisch und traf die Fischdose.

8 Der Heidelberger Affe

Jähsinn blieben noch fünf Tage, bis er wieder zur Arbeit musste.
Er kaufte eine Kladde, um Fotos einzukleben.

1970 bedeutete einen Einschnitt. Er hatte knapp das Abitur geschafft und endlich das Internat hinter sich gebracht.
In Heidelberg fand er ein Zimmer und immatrikulierte sich an der Uni. Die erste eigene Bude, auch wenn sie an einer lauten Straße lag. Seine Vermieterin war eine ältere Dame. Sie kochte nicht selber, sondern wurde von einem Essendienst beliefert. Auf einmal vermisste er den geregelten Betrieb der großen Gemeinschaft, das mitunter fröhliche Treiben im Speisesaal.
Statt Vorlesungen zu besuchen, ging er zu Demonstrationen. Gegen den Ka-

pitalismus, gegen den Vietnam-Krieg. Einmal trug er ein großes Porträt von Dutschke. Am nächsten Tag fand er in der Zeitung ein Bild, auf dem er zu sehen war. Stolz schnitt er den Artikel aus.

Politik war eine klare Sache. Hier zählten Tatsachen. Der Feind stand oben und war rechts. Und man konnte Gefühle rauslassen. Die Gefahr, bei einer Peinlichkeit ertappt zu werden, war gering.

Er wurde auch jetzt häufig rot und sah rot. Rote Fahnen, das Neue Rote Forum. Er meldete sich an für ein Seminar *Ökonomie und Klassenkampf.*

Er hatte keine Freundin und noch nie mit einem Mädchen geschlafen. Er träumte davon.

Liebe. Die große. Die wahre. Liebe war ein sanftes, gütiges Wesen. Ein bißchen Frau Holle, ein bißchen karibische Klasse, ein Hauch schwedische Rasse. Etwas Besonderes, fernab von der Masse.

Er fand sich zu dünn, seine Nase zu spitz, die Haut zu picklig und den Schwanz zu klein.

Er wäre gern ein starker Mann gewesen, ein echter Typ. Einer, der einfach rausging und Leute traf, ohne eine Wolke quälender Probleme mit sich zu schleppen.

Die Jahre in Heidelberg waren hart gewesen, vor allem am Wochenende, wo ihm brutal klar wurde, daß er allein war. Manchmal unterhielt er sich mit seiner Vermieterin. Sie drehte das Radio leise, wenn er ihr Zimmer betrat. Oft wünschte sie, nicht gestört zu werden.

Jähsinn schnitt Teile eines Stadtplans aus, um die Wege nachzuzeichnen, die er gegangen war.

Morgens war er spät aufgestanden, selten vor neun. Nach einem hastig in seinem Zimmer eingenommenen Frühstück schaute er in den Briefkasten, holte die Reklamezettel heraus, steckte sie in die Mülltonne und machte sich auf den Weg in die Altstadt.

Er schlenderte über die Hauptstraße von Heidelberg, stellte sich in der Unimensa nach einem Mittagessen für eine Mark siebzig an und lauerte auf Gelegenheiten, sein Herz zu verlieren. So hieß doch ein Schlager! Er hoffte, dass *es* endlich passierte. Es war anstrengend, ständig nett zu sein. Er schaute Mädchen hinterher, traute sich aber nicht, sie anzusprechen.

Einmal fing er ein Gespräch an mit einer jungen Frau, die in der Mensa die Tische wischte. Er verabredete sich mit ihr, aber sie kam nicht zum vereinbarten Treff.

Er ließ sich die Haare wachsen und einen Bart stehen. Man sah nun nicht mehr sofort, wenn er rot wurde.

Moralisch war er das integerste Wesen, das auf dem Erdball existierte. Das

Wörtchen ficken wäre ihm nie über die Lippen gekommen. Es auch nur zu denken! Jede Bezeichnung *dafür* war eine Kränkung. Das hatte doch nichts mit Liebe zu tun! Aber eines Tages würde er seinem Glück begegnen und im siebten Himmel landen –zumindest in der Nähe. Er würde nie sexuelle Probleme gehabt haben.
Schüchternheit war peinlich und keine Freundin zu haben noch mehr.
Statt zum Klassenkampf-Seminar ging er in den Plattenladen um die Ecke. Wenn es ihm schlecht ging, hörte er Beat-Musik. Nach vier Wochen mußte er eine neue Nadel kaufen.
Oft schlief er schlecht. Sein Bett war ein Schlachtfeld nervöser Gedanken.
Einmal träumte er, wie der Heilige Geist sich bei ihm einquartierte. Er drang auf einem Licht-Strahl in sein rechtes Ohr ein und verwandelte sich im rosa schimmernden Gehörgang in ein Männlein, das mit einem Skalpell das Trommelfell aufschnitt. Es verursachte keinen Schmerz. Durch die Öffnung marschierten fingergroße Handwerker ein. Sie begannen, die gesamte Inneneinrichtung umzubauen. Neben den zehn Geboten in Luxusausgabe hatten sie Jesu Dornenkrone mitgebracht. Und mit Schrauben in seinem Hirn befestigt. Zur Kontrolle stellten sie eine Überwachungskamera auf. Das Männlein mit der getönten Brille und den glatten Gesichtszügen verabschiedete sich mit den Worten: ‚Un net onaniere! D'r Jesus hat auch kein' Sex g'habt!'
Als er aufwachte, griff er an sein Ohr. Es tat weh. Das Ohropax war verrutscht.
Dann der Griff zum Bleistift. Zum ersten Mal notierte er einen Traum.
Tatsächlich onanierte er nur noch selten. Jahrelang hatte er einen hohen Verbrauch an Tempotaschentüchern gehabt und immer wieder von seinem Taschengeld abgezweigt, um Material für die Spurenbeseitigung nachzukaufen. Es nützte nichts. Und irgendwann erschöpfte sich die Lust. Vor allem beunruhigte ihn: Was würde jenes holde Wesen sagen, das an einem unbekannten Ort auf ihn wartete?
Er musste sich rein halten - dabei war er ein schwerer Sünder.
Wenn man es *bewußt* tat, war es nicht mehr Onanieren, sondern Masturbieren. Der direkte Schritt in die Hölle. Er *hatte* es bewußt getan und damit eine Todsünde begangen. Und nicht nur einmal. Und dann, bei der Beichte, hatte er versucht, zu bereuen. Nur echte Reue zählte. Es kam auch auf Tiefe an, tiefe Reue. Wie man dorthin gelangte, war nicht klar. Auf jeden Fall gab es hier kein Theater! Gott sah, wenn man mogelte. Robert war ehrlich. Meistens. Eigentlich brauchte er keine Überwachungskamera.
Auch seine Mutter versuchte ihn zu kontrollieren. Sie steckte in seinen Gedanken, sie hatte sich in seine geheimsten Wünsche eingeschlichen. Sie meinte es gut mit ihm. Behauptete sie. Sie waren ein Herz und eine Seele – aus Stacheldraht. Sie ließ ihn nicht los. Er implodierte, wenn sie anrief. Er

kochte vor Wut. Seine Mutter sollte froh sein. Er war zwar nicht mehr der liebe Junge, aber auch noch nicht völlig verdorben. Auf diese unterste Stufe der Charakter-Hierarchie war er nicht gesunken.

Er versuchte Probleme zu bewältigen, indem er einen guten Eindruck machte. Auf dem Gebiet war er nicht zu schlagen. Dabei wurde er immer kopfiger. Etwas stimmte nicht. In ihm wuchs ein affenähnliches Wesen heran, eine falsche Kopie seiner selbst, ein Tier mit seltsamen Manieren. Es war lästig. Es war peinlich. Der Affe war frech. Der Affe schrie. Das Tier war nicht dressiert. Nach außen drang nicht viel. Der Kopfmensch versuchte verzweifelt, das aggressive Wesen an die Leine zu nehmen.

‚Ach, Pubertät‘, sagte der Vater bei einem Besuch, ‚jeder ist mal wütend, das gibt sich irgendwann‘. Die Mutter meinte, er hätte zu wenig Schläge bekommen.

Er war noch immer Katholik, auch wenn er nicht mehr zur Kirche ging.

Oben Kopf und sauber, unten Bauch und schmutzig.

Die Haare schulterlang, der Bart struppig. Und innen?

Er konnte die zehn Gebote nicht rausschmeissen und die Überwachungskamera nicht abstellen.

Ein *Sozialistisches Patientenkollektiv* bot Beratungsstunden an.

Nach außen schien alles in Ordnung. Dabei spürte er, wenn der Affe aufwachte. Er langweilte sich. Ein Monster wuchs heran. Und störte Jesus in seinem Leid. Und machte sich über die zehn Gebote lustig.

Dabei gab es auch Dinge, von denen er fasziniert war.

Jähsinn las von Fritz Teufel und anderen Männern, die wilde Aktionen veranstalteten. Ob es am Namen lag oder woran auch immer: Der Affe interessierte sich. Er war mit einem Mal hellwach. Es gab da auch eine Kommune. Er war schwer beeindruckt. Ebenso der Affe. Jesus hätte auch bestimmt nichts dagegen gehabt. Unangenehm waren nur die Frauen. Zu viele Frauen. Eine hätte vollkommen gereicht.

Irgendwo musste es einen Ausweg geben aus den Peinlichkeiten, eine Alternative zur katholischen Inneneinrichtung.

Eines Tages stieß er im ‘Spiegel‘ auf etwas Schreckliches. Es war weder ein Märchen noch ein Wunder. Es war so scheußlich, daß keine Überwachungskamera und auch nicht die zehn Gebote in Luxusausgabe verhindern konnten, daß seine Seele, die er aufopferungsvoll sauber gehalten hatte, schmutzig wurde. Jesus nahm die Dornenkrone ab, um besser sehen zu können. Der Affe schaute gebannt auf die Zeitung und las mit.

Ein Mann namens Leo Feiler ließ Tiere schlachten und kippte die Innereien über Menschen. Eine nackte Frau lag auf einer Matratze und wurde mit Blut und Gedärmen besudelt. Und dann entleerte der Mann auch noch den Inhalt seiner Blase und seines Darms darüber. Er tat das Schlimmste, was vorstellbar war. Und er lebte auch in einer Kommune. Drehte Filme. Die Menschen dort mussten alle völlig versaut sein.

Er war empört. Der Affe war fasziniert. Jesus war erschrocken. Es dauerte geraume Zeit, bis er sich die Dornenkrone wieder auf den Kopf setzte.

Etwas war total durcheinander geraten.

9 Bakunin hat recht

Über Alt-Heidelberg thronte, umschmeichelt vom schattigen Grün des Berghanges, die berühmte Schloßruine. Die Postkarten-Diva präsentierte sich dezent mit ihrer grauen Fassade. In großen Gruppen zogen Touristen die breiten Treppenstufen hinauf. Vor den Eisständen bildeten sich Schlangen, bei den Souvenirverkäufern klingelte es in der Kasse. Plötzlich rief ein Mädchen aufgeregt ‚Vati schau mal!'. Alle blickten nach oben. Ein Sportflugzeug zog mit sanftem Dröhnen eine Schleife und hinter sich her ein Tuch mit der Aufschrift *Nivea-Creme*.
Er hatte es mit einem Mal eilig gehabt, wieder nach unten zu kommen.
Er hasste Reklame und wollte nicht in den Sog des Tourismus geraten. Er mied die Neckarwiesen, auf denen Halbnackte sich in der Sonne räkelten, und setzte sich in den Schatten eines winzigen Straßencafes. Auf seinem Schoß die Rhein-Neckar-Zeitung. Er nippte an einem Zitronensaft und beobachtete Passanten: junge Mütter mit Kindern, Studenten, Touristen in Sandalen und kurzärmeligen Hemden, eine japanische Reisegruppe mit unzähligen Fotoapparaten. Ein alter Mann kam mit vollgepackten Plastiktüten angehumpelt und lächelte. Meinte er ihn? Er drehte sich um. Hinter ihm war niemand. Als zwei Kommilitonen vorbeigingen und ihn grüßten, freute er sich fast zu Tode. ‚Hey, setzt euch', bat er sie und rückte zwei Stühle heran. Sie winkten ab: ‚Keine Zeit!'
Aufrührerische Ideen gingen ihm durch den Kopf. Alles ist möglich. *Alles.*
Man muß sich nur losreißen von den Verhältnissen, die einen kaputt machten. Die Gesellschaft war zutiefst ungerecht. Man musste sich verweigern. Widerstand ja, Karriere nein.
Er gab Unterdrückung, auch wenn die Gesichter auf den Plakaten noch so strahlten. Jedes System erzeugt Privilegierte.
Kapitalismus bedeutet, daß alles zur Ware wird. Geld als höchster Wert. Die katholische Kirche war auch nicht besser. Sie betrieb ihre Repression auf ei-

ne spezielle, besonders hinterhältige Art. Gott und der Staat. Bakunin hatte recht. Sowohl Kirche als auch Staat waren Unterdrückungsapparate.
Eine Frau setzte sich an seinen Tisch. Sie trug einen geblümten Rock, der bis zu den bestickten Mokassins hinabreichte. Auf ihrem Kopf, der von langen, schwarz gefärbten Haaren gerahmt war, saß ein hellbrauner Hut aus den fünfziger Jahren, leicht abgenutzt, mit einem Anstecker, der aus einem roten A mit einem Kreis darum bestand. An jedem Finger trug sie mindestens einen Ring. Ihre Fingernägel waren türkis angemalt. Sie bestellte einen Kaffee. Er bot ihr eine Zigarette an. Sie schenkte ihm ein Lächeln, holte ein Feuerzeug aus einem kleinen Beutel und sie rauchten gemeinsam. Als er sich nach zwei Minuten überlegt hatte, wie am besten ein Gespräch anzufangen, kam von der gegenüberliegenden Seite eine jüngere Frau herübergelaufen, außer Atem. ‚Mensch', sprudelte sie los, ‚bin ich froh, daß du gewartet hast!'
Die Frauen gingen in das Innere des Lokals, um zu bezahlen.
Im Kapitalismus, dachte Jähsinn, und es tat weh, jetzt weiterzudenken, angestrengt, bei den Temperaturen, er fühlte sich unnormal, ernsthaft zu denken, im Kapitalismus kulminieren die ökonomischen und gesellschaftlichen Widersprüche, die untrennbar zusammengehören. Ohne zu explodieren. Keine Revolution. Jedenfalls nicht in Deutschland. Auch wenn ständig davon geredet wurde.
Er zahlte und warf die Zeitung in den nächsten Mülleimer.
Alles müsste anders werden. Bis in die feinsten Verästelungen der Gesellschaft. Man musste mit den Leuten ins Gespräch kommen. Das war der Anfang. Dann baute man ein Netzwerk auf, in das sich jeder persönlich einbrachte. Das Individuum bildete die kleinste Einheit. Dann kam die Gruppe, anschließend die Bezirkskonferenz und, auf der nächsthöheren Ebene, die Regionalversammlung. Mit einem Umsturz würde die Arbeit eine neue Stufe erreichen. Trotzkis permanente Revolution. Der lange Marsch durch die Institutionen. Na ja, Spaß sollte es auch machen.
Ein Sponti-Flugblatt höhnte ‚Der lange Marsch durch die Illusionen'.
Mit einer Veränderung der ökonomischen Verhältnisse war es allerdings nicht getan. Es gab nichts Langweiligeres als den Wirtschaftsteil der Zeitung.

Er erinnerte sich an eine Situation, wo er auf der Neckarbrücke gestanden und düster in die Ferne geblickt hatte. Aus einem Koffer-Radio plärrte *All you need is love'*. Unten auf der Wiese lagen hunderte Menschen in Badeanzügen, sicher auch einige Kommilitonen. Die ließen es sich einfach gutgehn.
In Südamerika gab es die Tupamaros. In Deutschland die Rote Armee Fraktion. Da machten auch Frauen mit.
Er wollte den Kriegsdienst verweigern.
Rudi Dutschke war stark. Der Mann meinte es ernst, er lebte seine Überzeu-

gung, war glaubhaft. Rudi war bei einem Attentat verletzt worden.

Jähsinn ballte die Faust und hätte sie am liebsten zum Himmel gereckt. Wer keine Rede vor hunderten Menschen halten konnte, musste nach anderen Möglichkeiten suchen, um den Umsturz voranzutreiben. *Revo-luu-schen NOW!* sangen *Tomorrow.* Ob sie es ernst meinten? Es gab Leute, die sich einen Jux machten aus Umsturz und Protest. In Holland hatte sich ein Radikaler im Stadtparlament durch einen Weihnachtsmann aus Schokolade vertreten lassen.

Er bog in die Bahnhofstrasse ein. Unter dem Schaufenster des Bäckers prangte ein krakeliges *„Ami go home".* Klein stand darunter *„& Nehmt die CDU gleich mit!"*

Im Internat hatte ein Priester erzählt, Dutschke leide unter Minderwertigkeitskomplexen. Dieser stechende Blick. Und dann die heisere Stimme! Sicher hatte er aus diesem Grund eine Kugel in den Kopf bekommen. Ein guter Deutscher duldet keine Minderwertigkeitskomplexe.

Jähsinn schloß die Wohnungstür auf. Im Zimmer war es angenehm kühl.

Etwas mußte sich grundlegend ändern.

Endlich radikal NEIN*!* sagen. Endlich das Unglücklichsein loswerden, wenigstens eine Ecke davon. Sein Kopf war zum Bersten voll mit Ideen, aber wo anfangen? Sollte er die Sprechstunde des Sozialistischen Patienten-Kollektivs aufsuchen?

Er hatte keine Lust mehr, sich mit dem Studium herumzuquälen. Einige Male war er zum Germanistik-Seminar gegangen und selbst hier an höhere Mathematik geraten. Zahlenreihen, komplizierte Sätze mit einer ihm unbegreiflichen Logik. Die systematische Aufteilung der Sprache. Er konnte sich nicht auf wissenschaftliche Texte konzentrieren. Irgendwie passsten sie nicht in sein Hirn. Bleiwüste, dachte er abfällig. Es war Zeit, abzubrechen, aufzuhören. Exmatrikulation und aus, vorbei!

Er kam nicht aus sich heraus und spürte, wie das Tier in ihm wütete. Er implodierte vor Haß und malte sich aus, mit einer Axt ins Internat zu marschieren, um alles kurz und klein zu schlagen. Heimlich freute er sich, wenn er von irgendwelchen Bombenexplosionen las. Killer waren unterwegs, die stellvertretend für ihn töteten. Er fühlte sich wie gelähmt. Mauerblümchen. Neunzehn und ein Wrack. Nach außen normal. Seine Tage waren wie Streichhölzer. Am Kopf verglüht, das Holz kaum beschädigt. Wenn er sich umbrachte, würde kein Hahn nach ihm krähen. Nur seine Mutter würde ein Riesentheater machen.

Vor dem Genuß von Drogen war er eindringlich gewarnt worden. Ein Studienkollege rauchte regelmäßig Haschisch. Nur selten zog er mit am Joint.

Über der Heizung neben dem Fenster hing ein Jimi Hendrix-Poster. In einem Anfall von Liebe setzte er dem Musiker einen Schmetterling ins Haar, malte Blumen auf die Tapete, zerbrach einen Spiegel und klebte die Scherben zu einem Baum zusammen. Auf einen Zweig setzte er Tarzan. Unten am Stamm stand Donald Duck mit seinen Neffen. Die Lautsprecherboxen drapierte er mit dunklem Stoff, so daß sie wie Berge aussahen. Auf dem Gipfel saß Goofy und angelte.

Auf die Wand gegenüber klebte er ein Poster von Jeanne Moreau.

Die sechziger Jahre waren seine Zeit gewesen. Die Anfänge des Beat.

Beatles- oder Stones-Fan war jeder. Ihn zog es zu anderen Gruppen. Die neue Single der Kinks war von Null auf Platz 10 hochgeschnellt: ‚*Till the end of the day’*. Es elektrisierte ihn. Wenn die Davies-Brüder ihre Guitarren-Riffs setzten und Ray mit näselnder Stimme *,we do as we please yeaah!’* sang, schwebte er himmelwärts. Oder *The* Yardbirds. Wenn sie ihren kantigen Rhythm’n Blues aufs Tapet brachten, krachte es im Gebälk. Ein verborgener Vulkan rumorte und fing an, bunte Lava zu spucken. *,Shapes of things’:* Eine Sonne glühte auf und im Fenster verfingen sich breite Licht-strahlen. Er ritt auf farbigen Bahnen aus Luft. Man musste nur daran glauben, daß alles möglich war. *Alles.* Und sich aufraffen, etwas zu machen. Es *tun.* Von selber änderte sich nichts. Die Welt konnte von einem Augenblick auf den nächsten freundlicher aussehen, wenn man den richtigen Kick erwischte.

Er nahm eine LP der *Swinging Blue Jeans* aus dem Regal.

Von der Decke hingen blauweiße Plastiktüten von Aldi. Supermann düste rum, violett angemalt, mit einem frechen Grinsen. Er war auf dem Weg zu ei-nem Rendezvous mit einem Engel.

‘Make me know you’re mine’. Er liebte die Hall-Effekte der Swinging Blue Jeans. *,Make me FEEL’* – sie schrien, wild und kontrolliert zugleich. Es summte in seinem Schädel vom düsteren Baß und schräg peitschenden, schrill gegen die Baßlinie zwitschernden Guitarren-Beat. Der Nachhall der Musik brachte seine Gehörgänge so zum Schwingen, daß der Sound sich verselbständigte und das Stück von alleine weiterlief. Die Platte war zuende, aber es war nicht nötig, die Rückseite aufzulegen. Es vibrierte in ihm wie feines Lametta.

Im Herbst 71 hatte er Arbeit in einer Gärtnerei gefunden und angefangen, Gedichte zu schreiben.

10 One poem a day keeps the doctor away

Ein Kollege schenkte ihm ein Buch über DADA. Er war begeistert. Hier war ein anderer Ansatz als im Deutschunterricht. Vieles verstand er nicht, aber das hinderte ihn nicht, im Gegenteil; gerade am Unverständlichen entzündete sich seine Phantasie. Man mußte sich trauen, gegen den Strich zu bürsten. Übertreiben. Es war kinderleicht, schräge Bilder zu produzieren. Rückwärts buchstabieren, übermalen, herumkritzeln.

Aus Denken wurde nekneD, aus Seeigel Seh-Igel, dann legl-heS. Riesige Augen. Darauf eine Taucherbrille. *In die Realität eintauchen, verdammt noch mal! Tmmadrev hcon lam!*

Man verletzte die andressierten Schreibregeln, schon war man kreativ.

Tief kreatief.

Offenbar ging es gegen die Sprache selbst, auch wenn es Jähsinn Mühe kostete, bei diesem verrückten Gedanken nicht selber verrückt zu werden. War nicht im Anfang das Wort gewesen?

Er besuchte in Karlsruhe mit Günter eine Dali-Ausstellung. Und übermalte anschließend ein Poster des Malers mit fettem Schwarz, sparte nur das bedeutungsschwangere Ruderboot aus. Sein eigener Kahn hatte einen Motorschaden und dümpelte über den Untiefen abstrakter Begriffe.

Da mußt du durch, sagte Günther, den er in der Gärtnerei kennengelernt hatte.

‚Mit Schwimmflossen oder ohne?' Hahaha.

Sturm und Drang, fand Günther. Laß es krachen. Poesie ist kein Professor, Klausuren gibt es nicht.

Günter war gut drauf. Na, er hatte auch eine feste Freundin.

In einem Physikbuch fand er ein Heiligenbildchen und klebte es Jimi Hendrix aufs Auge.

Bald sah er sich als Underground-Poeten. Er kaufte auf dem Flohmarkt eine zitronengelbe Schiebermütze und schob seine Sonnenbrille auf die Nasenspitze, um vor dem Spiegel zu üben.

Jähsinn fand im Schuhkarton ein Vokabel-Heft mit einem Gedicht: *Die flackrige Kerze / entfacht wilden Sturm / mit 10 000 Watt im Elfenbeinturm / House burning down / Hendrix ist ein Clown, der - zaubert.*

Eines Nachts sprach er in einer Kneipe eine Frau an und zeigte ihr einige Gedichte. Beim Lesen schmunzelte die Studentin, die er in der Uni-Mensa einmal gesehen hatte, und lobte ihn. Aber plötzlich hatte sie es eilig, aus dem Lokal zu kommen.

Sein Kollege zerlegte die Gedichte in ihre Bestandteile.

Na und? dachte Jähsinn. Was nützt einem die Poesie, wenn man keine Freundin hat.

Er zerschnitt seinen abgelaufenen Personalausweis. Auch das lockte keine Fee.

Günter schenkte ihm einen Gedichtband von Rolf-Dieter Brinkmann. Sätze wie Blumen, ganze Beete kunstvoll angelegt. Der Mann brachte es echt auf den Punkt. Erneut lief Jähsinns Feder heiß.

,Kannst du nicht politisch schreiben?' fragte ihn eines Tages ein Bekannter. Björn studierte Romanistik und gab die Zeitschrift ,Benzin' heraus. Sie machten eine Nacht durch. Am Morgen kam ihm der geniale Einfall: Auf einem Bierdeckel arrangierte er ein Treffen zwischen Che Guevara und Tarzan. Der Revolutionär, mittlerweile ergraut, lebte in der Landkommune von Ernesto Cardenal. Auch Groucho Marx kreuzte auf und sie spielten Doppelkopf. Neun Zeilen.

-,Nicht schlecht', fand Björn. ,Ein Text ist eine Einzimmer-Wohnung mit Klo im Flur. Vielleicht noch ein winziger Garten. Da steht ein Tisch, darauf ein leerer Teller".

Er hätte Björn gerne öfter getroffen, aber der hatte nie Zeit.

Und dann schmiß Günter auch noch den Job in der Gärtnerei und zog nach Mannheim. Seine Freundin erwartete ein Kind. Günter fand schnell eine neue Arbeit. Keine Zeit mehr für Lyrik.

Jähsinn stellte Collagen her. Betende ritten auf Kampfflugzeugen, die mit Bomben vollgepackt nach Vietnam flogen. Oder er setzte den Papst aufs Klo und ließ ihn fromm lächeln. Vor ihn stellte er eine nackte Frau, die ihre Beine spreizte. Seine Kontrollstelle meldete sich.

Sobald er eine Obszönität dachte, bekam er ein schlechtes Gewissen.

Oben Kopf und sauber, unten Bauch und schmutzig.

Er fing an, Underground-Zeitschriften zu lesen. Über einen Versandhandel in Bottrop bezog er Hefte, in denen Jungautoren publizierten. Er brachte im ,*Ulcus Molle*' und ,*Stacheldraht-Baby*' zwei Gedichte unter und feierte mit Tarzan, Jeanne Moreau und Jimi Hendrix den Erfolg. Jeder noch so kleine Erfolg brachte einen Kick. Er war ein Held. Den Mächtigen Paroli bieten, das anerzogene Weltbild attackieren. Und Spaß haben, darauf kam es an. Irgendwie ging es immer weiter. Er zerschnibbelte Zeitungen und fügte die Fetzen neu zusammen. Ein Mann mit einem riesigen Bleistift, den er in der Hüfte hielt wie ein Maschinengewehr, verschoß Buchstaben.

Er blätterte in U-Comix und hörte Sixties-Platten. *The* Sorrows, *The* Downliner Sect, *The* Lords, ja doch, die Lords waren Deutsche, aber sie brauchten sich nicht zu verstecken. ,*Que sara*' hatte Rasse und ,*Shakin all over*' war

Klasse. Keine Band brachte das Stück besser. Am heißesten war *,Let me in'*
von den *,Sorrows'*, fünf Jahre alt und immer noch Wahnsinn. Wenn der Baß
loslegte, E-Guitarren und Schlagzeug einsetzten wie ein Hornissenschwarm,
nach oben rauschten und immer härter zuschlugen: Es war Musik und Sex in
einem. Der Moment, wenn das Grund-Motiv wiederkehrte und Schlagzeug
und Guitarren wie entfesselt zum Höhepunkt trieben: Man spürte es förmlich
klatschen, wenn die Sologuitarre jubelnd emporschoß, um mit einem
knappen Dankgebet ihren samigen Honig zu verschleudern.
Wie gut, daß es *Captain Beefheart* gab. Der Mann schrieb auch Gedichte. Es
ging nicht um Goldene Schallplatten, sondern um Magie.
Jähsinn bewunderte Schriftsteller, die Musik in ihre Poesie einfließen ließen
wie *Ed Sanders* und die *,Fugs'*. Sie waren nicht nur Poeten, sondern gaben
Konzerte, brachten Platten heraus. Und sie engagierten sich politisch.
Es kam darauf an, dranzubleiben an der eigenen Geschichte, mochte sie
auch erbärmlich sein. Er brannte. Er schrieb gegen Internat und alles Katho-
lische an. Die Mechanismen der Dressur unterbinden, das Programm stop-
pen.
Um in der Gegenrichtung Land zu gewinnen.
One poem a day keeps the doctor away.
Schreiben war wie Gehen und Ausrutschen. Wenigstens auf dem Papier
rumsausen, wenn ansonsten alles ins Stocken geriet. Es war besser, sich
Beulen zu holen als bei lebendigem Leib zu verfaulen. Zwischen Pop und
Dada. Zwischen Harmonie und Dissonanz. Es war auch ein körperlicher Pro-
zeß. Buchstaben riefen mikroskopisch kleine Veränderungen in einem
hervor.
Aber irgendwo war auch alles x-beliebig. Er produzierte Chaos.
Man musste es positiv zu sehen.
Wenn man schöpferisch war, lenkte es einen davon ab, daß man sich mies
fühlte.
Es gab Momente, da fielen die Ekstasen um wie Papierservietten. Der Kopf
siegte, die Kontrollstelle im Schädel meldete sich unnachgiebig.
Um zu vermeiden, wie ein Hamster im Laufkäfig zu enden, musste er
noch stärker aus sich herausgehen. Oder den Laufkäfig zerstören.
Über den *Ulcus Molle* kam er an Adressen von Dichtern und anderen Kre-
ativen. Er plante, eine eigene Zeitschrift herauszugeben, den *,Beulenspiegel'*.
Aber dann verlor er den Gärtner-Job und legte das Zeitschriftenprojekt auf
Eis. Später bearbeitete er Akten im Sozialamt. Bis er wegen unleserlicher
Schrift entlassen wurde.
Der Rausschmiß war ein hübscher Klecks in der Künstler-Biografie.
Und dann kündigte ihm auch noch seine Vermieterin.
Das hatten schon echte Genies erlebt.

Für ein Jahr kehrte er zurück zu den Eltern.

Sie lebten in einer westfälischen Kleinstadt in einem hübsch verklinkerten, von Blumenrabatten umgebenen Haus. Ringsum hatten strebsame Handwerker und Beamte gebaut. Morgens fuhren sie zur Arbeit, nachmittags hegten sie ihre Miniatur-Landschaften mit Windmühle, Gartenzwerg und Vogelhäuschen, abends gingen die Jalousien herunter. Man konnte die Uhr danach stellen.

Robert Günther Theodor Jähsinn saß im Lehnstuhl des verstorbenen Großvaters und versuchte Pfeife zu rauchen. Obwohl ihm die Eltern lästig waren, hatte er sich bei ihnen eingenistet. Er schaute jeden Abend die Tagesschau, verpasste keinen Weltspiegel und fing an, sich für Borussia Dortmund zu interessieren. Selten ging er aus dem Haus.

Einmal schenkte ihm eine Verkäuferin auf dem Wochenmarkt einen Korb Erdbeeren. Als er in der nächsten Woche wieder zu dem Stand ging, erfuhr er, daß sie nur aushilfsweise arbeitete.

Tagsüber schrieb er Gedichte, archivierte Platten und Tonbänder und stellte Hitparaden zusammen. Die besten Sängerinnen, die wildesten Bands.

Es war peinlich, wenn die Mutter aufs Zimmer kam. Als ob sie eifersüchtig war auf seine Plattensammlung. Es kam zu Wortgefechten und lautem Gezänk. Er kochte vor Wut und schämte sich danach. Sein Vater hielt sich aus dem Kleinkrieg heraus und ließ nur ab und zu die Bemerkung fallen, er solle endlich etwas *Vernünftiges* anfangen. Wenn er abends von der Post kam, kümmerte er sich um seine Rosen.

11 Helene Hamburg

Sein Antrag auf Wehrdienstverweigerung wurde abgelehnt und er eingezogen nach Buxtehude. Er verweigerte den Fahneneid, ab und zu auch Befehle, schob tagsüber eine ruhige Kugel im Ersatzteillager und engagierte sich im Arbeitskreis Demokratischer Soldaten.

Nach der Entlassung mietete er ein Zimmer in Hamburg. Und machte eine wichtige Bekanntschaft.

Über einen Freund lernte er Helene Täuber kennen. Die Frau mit dem herzlichen Lachen und dem großen Busen gab in einer Wohngemeinschaft Empfänge. Sie war überaus gastfreundlich und las aus ihrem Buch ‚Hausfrau der Nation oder Deutschlands Supersau'. Viele Gedichte reimten sich und waren lustig. Gesänge mit Herz, die aufs Geschlecht zielten. Ein Kreis aus Freunden, Neugierigen, vielen Schwulen, aber auch Heteros, unbekannten Künst-

lern und Spießern ließ sich von der Dichterin in den Bann ziehen.
‚Auf der Spitalerstraße / stehe ich auf einer Bank / und rundum die spitteligen Figuren, / die hören meinen Sang. // Das heißt, sie können nicht hören, / sie glotzen und nehmen mich wahr. / … sie nehmen, was sie sehen, für bar. // Sie sehen eine alte Schlampe / mit kaputten Schuhn und wabbriger Brust, / und die will ihnen was erzählen / von Gefühlen und sexueller Lust?“
Sie konnte wunderbar vortragen. Und provozieren. Er staunte.
Die Frau war politisch, hielt aber nichts von Parteien. Sie redete über Sexualität wie über Kaffee und Erdbeertorte. Sie nahm kein Blatt vor den Mund und wirkte, selbst bei scharfer Kritik an der Gesellschaft, überaus animierend.
So etwas hatte er noch nicht erlebt. Die Szenerie lebte. Lauter gescheiterte Existenzen versuchten etwas für ihre Entwicklung zu tun. Aus sich herausgehen, über den eigenen Schatten springen, darum ging es.
Helene nannte es *‚Entfickeln‘.* Ein kleiner, aber wichtiger Unterschied.

Bald gehörte er zum Besucherstamm.

Helene war ständig in Bewegung. Sie kam mit jedem in Kontakt, ließ sich überall anregen. Eines Tages überwarf sie sich mit ihrem Liebhaber und zog in eine winzige Keller-Wohnung. Auf die Tür schraubte sie ein Schild: „Institut für Sexualinformation“. Helene machte sich zur Aufgabe, den Menschen die Rückseite des Spiegels vorzuhalten. Sie forschte auf einem Gebiet, wo es Pornografie gab und, wenn auch von Ausrottung bedroht, immer noch Tabus. Nebenbei angelte sie sich auf diesem Weg ihre Lover.
Über den Versandhandel in Bottrop bezog er inzwischen die KO-News, die Zeitschrift der Kommune-Organisation des Leo Feiler.
Die Frau in der Sierichstrasse war begeistert. Sie verschlang die Artikel und beschloß, zum Friedrichshof zu fahren. Ihr neuer Liebhaber, Uni-Dozent und fünfzehn Jahre jünger als sie, begleitete sie. Beide kamen voller Enthusiasmus zurück. Bernd löste seinen Hausstand auf und fuhr gleich wieder zum Zentrum in der Nähe Wiens, um für immer in die Kommune einzuziehen.
Wahnsinn!, dachte Jähsinn, und schrieb Bernd, um aus erster Quelle Informationen zu bekommen. Eine Frau antwortete. Bernd sei bei der weiblichen Hälfte der KO so beliebt, daß er keine Zeit mehr für Briefe habe.
Er war baff. Aber selber hinfahren?
Für Helene kam Einziehen nicht in Frage. Mit ihren Gedichten hatte sie im Zentrum der KO keine Anhängerschaft gefunden. Sie war jedoch nicht beleidigt, sondern missionierte von nun an mit den Ideen der Kommune.
In Hamburg wurde die erste Filiale der Gemeinschaft gegründet. Sie bestand aus Studenten, Lehrlingen und einer Schülerin. Die Männer und Frauen veranstalteten Abende, zu denen auch Gäste kommen durften. Sie lebten in ei-

ner großen Wohnung in der Nähe der Uni und interessierten sich nicht für Beat-Musik oder Poesie. Das größte Zimmer war Gruppenraum und bis auf ein paar Kissen völlig leer. Einer ging in die Mitte, riß sich die Kleider vom Leib und schrie und weinte. Weinen zu können war ein gutes Zeichen.
Ein paar Monate später überraschte die Dichterin ihn mit einer Hiobsbotschaft. Ihr Lover war in Österreich aus der Kommune ausgezogen. Die Frauen hatten nicht mehr mit ihm schlafen wollen.
Er erlebte Bernd kurz darauf, wie er in Helenes Bude auf dem Teppich kniete, den Mund aufsperrte und zu schreien anfing. Ein Vulkan, der Gesteinsbrocken und Asche herausschleuderte. Der zierlich gebaute Mann brüllte und verzerrte sein Gesicht so, daß man vom bloßen Zuschauen Angst bekam. Tage später der Zusammenbruch. Bernd kam in die Psychiatrie. Er teilte sich mit anderen Männern einen weiß gestrichenen Raum, in dem nur Betten und Nachttische standen. Robert besuchte ihn mit Helene. Ihr Ex-Liebhaber, der früher mit jedem nett geplaudert hatte, hielt sich nun für den kränksten Menschen der Welt und schlich wie ein Greis über das Anstaltsgelände. Der Vulkan war erloschen.
Die Verstörung des wenige Wochen zuvor scheinbar kerngesunden Mannes war ein gefundenes Fressen für die Gegner der Kommune. Die Linke machte mobil. Dabei spielte weniger Besorgnis um die Menschen eine Rolle, die angeblich einer Gehirnwäsche unterzogen wurden, sondern vielmehr Eifersucht, fand Jähsinn. Waren es doch von der Politik frustrierte Linke, die in die KO zogen und den Mitgliederstand kleinerer Organisationen zum Schrumpfen brachten. Jähsinn war betroffen, aber er gab der KO nicht die Schuld an der Erkrankung des smarten Bernd. Der Mann war schließlich freiwillig nach Österreich gefahren.
Gerade war die neue KO-News eingetroffen. *Colette Mono-Selbstdarstellung* hieß ein Text. Eine Frau schrieb über eine Therapie-Sitzung. Die Hefte waren fotokopiert und dilettantisch gemacht. Das verminderte nicht ihre Wirkung. *„Von der kleinfamiliären Sackgasse ins Kommune-Paradies"* war ein anderer Aufsatz betitelt. Hier wurde keine Masche durchgezogen. Die Sachen waren authentisch. Auf einem Bild streckte eine Frau mit wüst verzerrtem Gesicht die Arme nach vorn.
Jähsinn sog die Texte ein wie eine wunderbare Verheißung.
Die Kommune schien eigens für ihn geschaffen. Sie hatten am Friedrichshof ein feineres Gespür für die Menschen als die Machthaber in der Kirche und an den Schalthebeln des Kapitalismus. Natürlich wollte er nicht das Schicksal von Bernd erleiden. Es liegt an jedem selbst, machte er sich Mut. Aber es würde hart werden. Sehr hart.

12 Schwarze Hilfe

Auch in der Polit-Szene war einiges in Bewegung.
Überall gab es Ansätze, antikapitalistisch zu arbeiten. Von unten drücken, gegen das System, die verkrusteten Strukturen aufbrechen! Der *KB* und andere Gruppen agitierten auf der Straße, verkauften Zeitungen, machten Info-Stände. Man traf sich in Kneipen oder privat, diskutierte über Taktik und Strategie -wobei Jähsinn der Unterschied zwischen beidem nie klar wurde- oder den „*Roten Morgen*'. Anschließend machte man sich auf den Weg, mit Bücherkiste und Info-Broschüren. In der lahmsten Ente war Platz für Teekannen und ein paar Dosen Bier. Sie stellten sich vor Fabriktore, um Handzettel zu verteilen und zur Wahl unabhängiger Betriebsräte aufzufordern.
Einige Genossen hatten Marx und Lenin höchstens angelesen. Sie nannten sich *,Undogmatische'* und waren Teil einer Protestbewegung, die autoritäre Strukturen ablehnte. Jähsinn orientierte sich an diesen radikalen Epigonen der Hippie-Bewegung. Er trug die Haare halblang wie Ray Davies, und darunter einen hübschen Vorrat an Ideen.
Petr Kropotkin forderte, die Aufgaben, die der Staat an sich gerissen hatte, wieder in Eigenregie zu übernehmen. Das Individuum im Mittelpunkt. Dezentralisation. Der Staat hatte sich im Denken und Verhalten der Menschen eingenistet. Er verfügte über alle Monopole. Man musste ihn ausdünnen, unterwandern, er war der allmächtige Feind.
Ungeduldig blätterte Jähsinn in Büchern von Bertold Brecht. Er berauschte sich lieber an Comics und wilden Parolen.
Gegen den Status Quo der subversive Bohrer, rostige Nägel, faule Tomaten. *Seid Sand im Getriebe!* Das System unterkellern, unterminieren. Das Ungeheuer, das sich als strenger aber gerechter Vater ausgab, zum Reagieren bringen.
Anritzen, anstoßen, angreifen, attackieren. Schräg von unten. Benimm dich daneben – es geht ums Überleben.
Rebellion von der Wurzel aus. Gegen das Miese ankotzen. Ohne Siegchance explodieren. Staat war, was starr war. Es gab Menschen, die das Monster zu kitzeln wagten.
Man konnte denen Oben nicht trauen. In den Chefetagen redeten sie von ,Konjunkturschwäche' und ,Krise'. Und verdienten munter weiter.

Die Schwarze Hilfe war eine Gruppierung, die Gefangene unterstützte. Im Gegensatz zur Roten Hilfe, die nur 'Politische' betreute, kümmerte sie sich auch um Menschen, die wegen Raub und anderer Delikte saßen. Wer eingesperrt war, hatte nichts mehr zu verlieren und würde sich am Kampf beteiligen. Lautete das Kalkül.

In einem unauffälligen Hinterhof-Büro in Altona fanden die Treffs der SH statt. In den dürftig eingerichteten Räumen stand ein Regal mit Aktenordnern, in denen Briefe und Zeitungsausschnitte verwahrt wurden. In Kisten stapelten sich Info-Blätter und Zeitschriften wie *Agit 883, Hundert Blumen, Cooly Lully*. Manchmal lief ein Plattenspieler. *,Macht kaputt, was euch kaputt macht!'* An den Wänden hingen Plakate von Genossen, die im Knast oder tot waren. Einer von ihnen hatte Augen, aus denen ein Feuer leuchtete.

Jähsinn fuhr jeden Samstag nach Santa Fu, um Tabak und Zeitungen zu überbringen und über die Lage zu diskutieren. Ein Mann war bei einem Banküberfall gefasst worden. Zusammen mit anderen Mitgliedern des *Hamburger Aktionszentrums.*

Jähsinn versuchte Helmut zu überreden, mitzukommen. Sein Mitbewohner schien aber immun gegen subversive Ideen. Er spendierte zehn Mark für Tabak und Briefmarken, ansonsten widmete er sich lieber seiner Freundin.

Es gelang Jähsinn, einen Knacki zu einem Hungerstreik zu bewegen. Der Mann protestierte gegen die Haftbedingungen und solidarisierte sich mit der *Bewegung 2. Juni*. Eine Einheitsfront aller Inhaftierten und anderer Minderheiten war das erklärte Ziel. Jeder konnte eigene Ideen einfließen lassen. Die Arbeiter waren eine wichtige Gruppe, aber nicht der erste Bündnispartner. Und nicht nur, weil es Arbeiter gewesen waren, die die Männer vom Aktionszentrum nach einem Überfall festgehalten und der Polizei übergeben hatten.

Jähsinn war kein Arbeiter. Er suchte Menschen, egal welcher Herkunft, mit denen er gleichberechtigt reden und handeln konnte.

Auch in anderen Stadtteilen sprossen zarte anarchistische Pflanzen. In Barmbek gab es den *Vencerelda*-Buchladen mit der Redaktion der Zeitschrift *Cooly Lully*. In Uni-Nähe wurde der Schwarzmarkt gegründet, in Bergedorf erschien die Zeitschrift *Revolte*. Es gab mehr als nur zwei Handvoll Anarchos. Einige planten, aufs Land zu ziehen.

Franco ließ in Spanien politische Gefangene umbringen. Ein Anarchist wurde mit der Garotte erwürgt. Während der Exekution sang Salvatore Puig Antich ein revolutionäres Lied.

Sie schmissen bei einer Bank Scheiben ein und hinterließen Flugblätter.

Helmut spendete zwanzig Mark, aber aktiv beteiligen wollte er sich immer noch nicht.

Jähsinn stellte sich vor, in der Zeitung abgebildet zu sein: *Gefährlicher Anarchist*. Vor dem Spiegel kniff er die Augen zusammen, um die Spießer und Reaktionäre der Welt mit einem Blick zu durchbohren. Im Profil, mit Sonnenbrille und Schnurrbart, sah er aus wie ein Agent aus südlichen Gefilden. Am liebsten hätte er sich ausschließlich der Sache gewidmet, aber er hatte wieder angefangen zu studieren. Wenn ein Uni-Seminar zu langweilig wurde, träumte er von Mittelamerika, wo er mit kühn geschwungenem Sombrero in der Mittagshitze eines Dorfes Tortilla und Ananas verteilte. Auf der Veranda einer arm aber sauber eingerichteten Hütte saß ein Companero und spielte auf der Guitarre eine schwermütige Weise. Herzlich und würdevoll dankte er dem Mann und verlas anschließend eine Grußadresse deutscher Revolutionäre. Mit feurigen Augen blickte eine junge Mestizin auf ihn, den geheimnisvollen Gringo. Sie waren seit kurzem ein Paar und würden demnächst mit anderen Guerilleros nach Chile einsickern, um die Militärdiktatur zu stürzen. Am Ufer des Flusses, der träge am Dorf vorbeizog, war ein Boot vertäut, mit dem sie in den nächsten Tagen aufbrechen würden.

Hamburg war kalt und anonym. Verklemmungen und Ängste verunsicherten, aber man verfügte über das nötige Kleingeld, um ins Kino zu gehen und Eiskonfekt zu lutschen.

Jähsinn begann, in den Semesterferien in einer psychiatrischen Anstalt zu arbeiten. Er ging seltener zu den Treffs.
Die Schwarze Hilfe schloß sich mit einem *Komitee gegen Folter an politischen Gefangenen* zusammen. Diese Leute hielten nichts von Kropotkin, Bakunin und Cooly Lully. Niemand befasste sich mit anarchistischer Theorie. Aber alle konkurrierten um die radikalsten Sprüche. Anderenfalls wurde man der SPD zugerechnet. Einer spielte sich als Boß auf. Er verfügte über die meisten Kontakte und hatte das Büro angemietet. Die Diskussionen verliefen aggressiv. Es ging gegen den Staat, gegen Unterdrückung und Folter, gegen Ausbeutung, gegen Fahrpreiserhöhungen, gegen Mietwucher. Gegen alles, nur nicht gegen die eigene Kaputtheit, gegen den Beton im Gefühlsbereich.
Er mochte ein Mädchen und konnte es nicht zeigen. Steineschmeißen war einfacher.
Schüchtern erwähnte er den Friedrichshof und wies darauf hin, daß demnächst ein paar Kommunarden nach Hamburg kommen würden. Der Boß fuhr ihm über den Mund. ‚Im Knast werden Genossen gefoltert und ermordet, und diese Schweine reden vom Ficken!'
Helene lieh ihm das Buch ‚*Der Tod der Familie'*. Da wurden Zusammenhänge klar. Die Genossen stammten aus kleinbürgerlichen Verhältnissen. Weder reich noch arm. Mittelmaß, Mittelschicht. Mit vielleicht strengen Eltern. Und von da rührten auch Haß und Wut, zuckten Gefühle auf einer Skala, die breiter war als beim deutschen Beamten.
Er fand keine Gelegenheit, über diese Dinge zu diskutieren. Die Genossen begeisterten sich an Erklärungen der RAF, aber keiner machte sich die Mühe, genau hinzusehen. Bei sich selbst. Niemand las David Cooper oder Willhelm Reich. Diese Querdenker waren gefährlich, weil sie Feindbilder unter-

höhlten.

Eines Tages erzählte ein Genosse, daß in einer Gerichtsverhandlung aus einem Brief von R.J. zitiert worden war. Die Sache war peinlich, aber Jähsinn stritt sie nicht ab. In einem Anfall von Übermut hatte er der Polizei geschrieben, daß sie ruhig kommen könne. Sie würden eh nichts bei ihm finden. Er hatte mit einer Hausdurchsuchung gerechnet, weil bei einer Razzia ein Bundeswehr-Seesack mitgenommen worden war, auf dem sein Name stand.

Der Brief warf ein seltsames Licht auf ihn.

Der Verdacht, ein Spitzel zu sein, kränkte ihn. Zugleich sah er eine Gelegenheit, auszusteigen. Er hatte keine Lust mehr, sich den Normen dieser Leute unterzuordnen. Ein Heiliger wollte er nicht sein, aber nur kaputt zu machen reichte nicht. Es musste auch Positives entstehen. Und nicht erst in fünfzig Jahren.

Er brach den Kontakt zur Schwarzen Hilfe ab. Nur wegen W. vom *Aktions-Zentrum* tat es ihm leid. Der hatte immer sehr persönliche Briefe geschrieben. Mit Zeichnungen. Auf einer war ein Mann abgebildet, dem eine Eisenstange quer durch den Kopf getrieben war. Daneben ein kleiner Pfeil und der Satz

DAS BIN ICH.

13 Kommune-Tournee

Im Sommer machte eine Handvoll Kommunarden eine Rundreise durch Deutschland. Robert gelang es, kostenlos einen Hörsaal anzumieten. Die Kommilitonen waren mißtrauisch, aber er schaffte es, ihre Bedenken zu zerstreuen. Anschauen konnte man es sich doch? Und anschließend diskutieren!

Er war aufgeregt, als ob Weihnachten und Geburtstag auf einen Tag fielen. Er drückte die ganze Nacht kein Auge zu und zählte die Stunden bis zur Ankunft, schließlich die Minuten. Endlich sprangen sie auf die Bühne des gut gefüllten Hörsaals, die Männer und Frauen, die er aus den Heften kannte. Strahlende Gesichter, Stoppelhaar, Latzhose, Sandalen. Alle unglaublich locker, schöne Menschen. Sie hielten Reden, tanzten auf der Bühne, schrien und sangen und nahmen auch Gäste in den Arm. Beängstigend unverklemmt. Hinreißend. Wild und anmutig zugleich.

Er fand sie ehrlich.

Es war alles wahnsinnig aufregend. Überall Küsse, Umarmungen. Das Paradies auf Erden, dachte Robert. Utopie hier und jetzt. Bakunin und Marx

wären begeistert gewesen. Im Schoß dieser Kommune hätten sie ihre Feind-
schaft sicher begraben.
Nicht papierne Liebe wurde gepredigt, sondern Sinnenlust.
Theoretisch war alles richtig, aber er fühlte sich elend, konnte nicht mithalten.
Berührungen lösten Panik aus. Er sehnte sich danach, in den Arm genom-
men zu werden. Und hatte Angst davor.
Die Genossen vom Kommunistischen Bund waren sauer. Unerhört! Ihre
Lenin-Bärtchen kräuselten sich vor Empörung. Was für eine Schweinerei!
Darwinisten! zischte einer. Sie konnten mit ihren Parolen nicht landen. Statt
zu diskutieren, luden die Kommunarden sie ein, den Friedrichshof zu be-
suchen. Ausgerechnet jetzt, im Sommer 1976, redeten Menschen über Sexu-
alität, taten verrückte Dinge auf der Bühne, fühlten sich sauwohl – während in
Südafrika die Schwarzen gegen die Apartheid aufstanden und umgebracht
wurden. Die KO stellte eine Bedrohung dar für mühsam aufgebaute linke
Strukturen. Wenn das Beispiel Schule machte, würden die Leute bald noch
weniger Marx und Lenin lesen und stattdessen zusammen ins Bett gehen.
Wo kam man da hin!
Während sich die Kommunisten verdrückten, um Maßnahmen gegen die her-
aufziehende Gefahr zu erörtern, zogen die Kommunarden in die Räume der
Hamburger Filiale, mit einem Schweif von Fans und Neugierigen im Schlepptau.
Robert war verwirrt. Mit den Kommilitonen hatte er es verdorben, aber er war
zu schüchtern, um mit den Männern und Frauen aus Österreich zu feiern. Er
steckte den Kopf in die Küche, wo leidenschaftliche Küsse ausgetauscht
wurden und bestimmt bald noch mehr. In den Schlafräumen lagen Männer
und Frauen auf Matratzen, zumeist bekleidet. Noch. Eine Dunkelhaarige mit
entblößtem Oberkörper hockte in Reiterstellung auf einem breitschultrigen
Mann, der seine Arme hinter dem Kopf verschränkt hielt und die Lage offenbar genoß. Die Frau blickte kurz zu Jähsinn. Zwinkerte sie etwa? Konfusion
machte sich breit. Wenn sie ihn aufforderte, wozu auch immer: er würde ohn-
mächtig zu Boden sinken. Er sah zu, daß er Land gewann. Er war aufgewühlt
und durcheinander. Am liebsten hätte er sich auf der Stelle in Luft aufgelöst.
Offenbar gab es Besseres als Beat-Musik. Er spürte nicht die geringste ‚Geilheit'. Dreiundzwanzig und noch immer nicht mit einer Frau gefickt. Er kam
sich vor wie Dreiundsechzig. Geschlafen hatte er inzwischen mit einigen. Gestreichelt, aber nicht reingesteckt.
Er nahm den letzten Bus. Der Fahrer grüßte ihn freundlich. Keinem der
Fahrgäste schien etwas an ihm aufzufallen.
Der Abend hatte sich nicht um ihn gedreht, aber er musste dranbleiben an
dieser Sache. Trotz aller Beklemmungen. Hier bot sich eine Möglichkeit. Wo
sonst konnte er sein verkorkstes Innenleben neu orientieren! Man konnte ler-

nen, sich selbst darzustellen. Und auch das Zusammenleben. In *jedem* steckte Potential, *jeder* konnte dazu beitragen, daß eine Gemeinschaft entstand. Kein langes Gerede.

Jähsinn fand in seinem Schreibtisch ein Plakat von der Veranstaltung im letzten Jahr. Er faltete es auseinander und heftete es an die Wand.

14 Edelmut tut gut

Es war gut, wieder zur Arbeit zu fahren, vor allem, wenn es zur Spätschicht ging.
Die Sonne stand halb verdeckt zwischen träge ziehenden Wolken. Die U3 war fast leer. Robert setzte sich ans Fenster und sah Bäume und Sträucher vorbeiflitzen. Die Häuser und Straßen dahinter waren nur bruchstückweise zu erkennen. Ein Mann mit weit auf die Schultern hinabwallendem Haar stieg ein und blätterte in der Bild-Zeitung. Kellinghusenstraße stieg er mit Jähsinn um in die U1. Nun kamen Streckenabschnitte mit weitem Ausblick. Über den Häusern stand mattes Blau, darüber schwebte in feinen Abstufungen Grau und trübes Weiß. Die Häuser vorn waren große rote Punkte, die vorbeiflogen. Zack! Und zack zackzack! Die Pfeiler der U-Bahn-Trasse huschten vorüber. Weit hinten ragte unbeweglich eine Kirche aus dem sich nach vorne schnell verschiebenden Panorama. Weiter rechts eine kalte architektonische Erektion. Bäume rauschten vorüber, Pappeln, davor verwildertes Terrain voller Gestrüpp, im Anschluß eine zubetonierte Fläche, auf der ein Auto stand, daneben ein Waldstück. Von der U-Bahn aus gesehen wirkten auch die Bäume matt und grau. Irgendwie steril. Hanseatisch halt. In Hamburg wirkte alles dezent. Auf den ersten Blick.
Ab und zu kam die Sonne durch und es wurde gleißend hell im Abteil.
Zwanzig vor zwei. Er brauchte sich nicht zu beeilen.
An der Krankenhaus-Pforte standen Patienten, die auf Angehörige oder Pfleger warteten oder nur schauen wollten, was so passierte.
Schon vom Gehweg an der Straße aus sah er Männer und Frauen, die sich hinter der Schranke aufhielten. Am vertrautesten war ihm Knoki. Der Fünfzigjährige mit dem jungenhaften Gesichtsausdruck stand, rechts und links prall gefüllte Aldi-Tüten, beim Pförtner-Häuschen und freute sich. Er wußte, welchen Weg Jähsinn nehmen würde und schnitt ihm, mit weitem Schritt, den Weg ab. *,Herr Flege, oh, wieder da!'*
Er lachte. Knoki trug eine schwarz melierte Hose, die von edelweißverzierten

Hosenträgern gehalten und so weit hochgezogen wurde, daß man die Strümpfe und einen Teil der Waden sehen konnte. Seine Füße steckten in spitzen, ausgeleierten Beat-Stiefeln. Über dem von einer knochigen Nase dominierten Gesicht wogten pechschwarze, schräg nach hinten gekämmte Haare. Sein Jackett, orangebraun mit grün aufgesetzten Karo-Streifen, war vom Feinsten, was sie in der Kleiderkammer gehabt hatten. Er war der Pop-Star unter den Patienten.

Jähsinn war gerührt. Er drückte Knoki die Schulter, woraufhin dieser die Plastiktaschen abstellte, seine Arme um Jähsinn schlang und sich an ihn schmiegte.

Sie machten sich auf den Weg zum Theo Feibel-Haus. Auf dem parkähnlichen Gelände waren einige Männer damit beschäftigt, Laub zu harken. Sie grüßten artig. In den Alsterweger Anstalten herrschte eine familiäre Atmosphäre. Viele Patienten waren tagsüber in Werkstätten beschäftigt und schraubten Dosen zusammen, füllten Tüten oder malten Holzspielzeug an.

Knoki reichte Jähsinn vor dem Theo Feibel-Haus mit rührender Liebenswürdigkeit die schaufelgroße Hand und verabschiedete sich. Jähsinn nahm den Fahrstuhl.

Auch hinter der mit Panzerglas versehenen Eingangstür seiner Station standen Männer. Er klingelte. Ein in Weiß gekleideter Kollege machte auf. Ein mageres ‚Halo‘, und schon umgab ihn wieder die Abteilung, als sei er nie woanders gewesen.

Im Dienstzimmer zog er seinen Kittel an und sprach mit dem Oberpfleger. Ein Mann war mit einem Beinbruch auf die Krankenstation gebracht worden. Ansonsten war nichts Aufregendes passiert.

Niemand fragte, wie es im Urlaub gewesen war.

Martin, ein neunzehnjähriger Junge, kam ins Dienstzimmer und verlangte einen Keks. Der Oberpfleger gab ihm eine halbe Rolle. Jähsinn ging den Dienstplan durch und sah, daß er die ganze Woche Spätschicht hatte. Er fühlte sich gut. Endlich wieder ein normaler Tagesablauf. Am späten Nachmittag und Abend waren sie zu dritt. Jeder Pfleger machte seinen Job, man kam sich nicht in die Quere. Er hasste die Momente, wo er mit einer Gruppe im Dienstzimmer saß und Witze erzählen sollte. Ihm fiel nichts ein. Am peinlichsten wurde es, wenn die Kollegen Anekdoten aus ihrem Eheleben erzählten.

Martin kam um die Ecke mit zwei Männern im Schlepptau, die um Kekse bettelten. Widerwillig gab er ab. Der Oberpfleger stand in der Tür des Dienstzimmers und spielte mit seinem Schlüsselbund. Er leitete seit zehn Jahren die Station. Mit seinem breiten Kreuz, dem rotblonden Haar und den aufmerksam blinzelnden Augen wirkte er wie ein Kapitän, der nach großer Fahrt eine ungefährliche, aber wichtige Arbeit an Land versah. Niemals schrie er oder verlor die Beherrschung. Er genoß Ansehen, war er sich doch nicht zu fein, auch mal einen Putzlappen in die Hand zu nehmen. Nur mit Informationen über die Männer geizte er. Ein Hilfspfleger bekam keine Einsicht in die Krankenakten.

In einer halben Stunde mussten die Tabletten vorbereitet werden.

Rainer kam angehumpelt. ‚Herr Flege', rief er heiser, ‚Raini is da', und schon drückte er sich an ihn, legte seinen Quadratschädel mit den Bartstoppeln auf Jähsinns Brust. ‚Raini Mülla. Auch da.' Er weinte fast vor Glück, daß er sich anlehnen durfte, und schaute verzückt aus seinem Kindergesicht. Raini und die meisten Patienten waren dankbar, sooo dankbar. Jähsinn fasste Raini hart am Arm. Der Dreißigjährige trollte sich.

-‚Schon gu-hut, Herr Flege, Raini Mülla, i-i-ich ...' Er verschwand, ein Bein nach sich ziehend, um die Ecke, aber Jähsinn hörte ihn noch eine Weile vor sich hingrummeln.

Die Station wirkte wie ein Kabinett sonderbarer Erscheinungen. Stelzi kaute ständig an seinem Bademantelgürtel, den er aufgerollt vor seinen Mund hielt, und wippte dabei mit dem Oberkörper auf und ab. Plötzlich hielt er inne, als sei ihm etwas eingefallen, schüttelte die freie Hand, zeigte mit dem abstehenden Daumen nach oben, stieß einen Schrei aus und hüpfte ein paar Schritte. Seine Füße waren so verwachsen, daß er nur mit den Zehenballen auftreten konnte. Boris lachte laut und schallend und brach im nächsten Moment in Tränen aus. Er war mit einem Jungen befreundet, der durch Contergan-Arme gehandicapt war. Die beiden waren den ganzen Tag zusammen und gingen die Flure auf und ab. Josef saß auf einer Bank und wippte mit den Schultern. Plötzlich beendete er seine Bewegung abrupt, verharrte einen Moment und stierte nach vorne, zog die Stirn kraus, als ob er versuche, sich an etwas zu erinnern, und legte den Kopf auf die Knie. Um kurz darauf wieder fortzufahren mit seinem motorischen Wippen. Anton, ein Vierzigjähriger mit Tirolerhut, zog an einem Bindfaden einen Plastikwagen hinter sich her, auf dem Papierblumen, Zeitschriften und eine Tröte untergebracht waren. Manchmal verstreute er die Sachen auf einem der Flure. Bruce Lee hatte einen athletischen Körper ohne ein Gramm Fett. Er wirkte durchtrainiert. Dabei tat er den ganzen Tag nichts als über den Flur zu tänzeln und jeden, der ihm begegnete, um Schokolade anzubetteln oder einfach nur ‚Halo' zu sagen. Wie ein Fünfjähriger mit leiser Stimme ‚halo'. Nur wenn er glaubte, daß ihm ein Unrecht passierte, schrie er laut. Jähsinn beneidete ihn für seine Modell-Figur. Er hätte gern mehr über ihn und die anderen Männer gewusst, aber der Oberpfleger verriet höchstens das Alter.

Udo kam aus seinem Zimmer, das er mit vier anderen Männern teilte, erkundigte sich nach Jähsinns Befinden und erzählte, daß er Willy Brandt geschrieben hatte. Es war auch eine Antwort gekommen. Stolz holte er das hundertmal auseinander- und zusammengefaltete Papier aus seiner Jackentasche. Nicht der berühmte Politiker selbst hatte geantwortet, sondern die Leiterin des Wahlkampfbüros. Udo war happy. Er schwenkte den zerfledderten Brief. Und sagte zum zweihundertsten Mal ein Gedicht auf: *Die Rocker, die Rocker / die lassen nicht mehr locker / die hauen alles in Stücke / das sah und weiß Frau Lücke.* Robert ließ die Deklamation über sich ergehen. Es wollte ihm nicht gelingen, Udo zu neuen Kreationen anzustiften. Er fragte sich, was dieser Mann auf der Station verloren hatte. An Intelligenz war er den anderen weit überlegen. Udo war der höflichste Mensch, der ihm je begegnet war.

Jähsinn setzte sich ins Dienstzimmer und blätterte im Abendblatt. Sensationen lauerten im Buchstaben-Gestrüpp, wucherten zwischen den Schlagzeilen. Hatte er nicht genug mit sich zu tun? An der Uni gab es einen Vortrag über Anti-Psychiatrie. Die Veranstaltung begann gegen acht, da war er noch auf der Station.

Auch in der KO gab es Verrückte. Die Leute dort waren jedoch nicht krank, auch wenn es hieß, sie seien *geschädigt*. Sie flippten aus, tobten und schickten ihre Eltern ins Jenseits. Sie waren wie entfesselt, durch nichts zu halten. Es sei denn, Leo gab eine andere Regieanweisung. Sie rasteten aus ohne Drogen und Alkohol. Mit beinah wissenschaftlichem Anspruch. Sie genossen es, imaginäre Personen in der Luft zu zerreissen. *Wie* Hexen. *Wie* Teufel. *Wie* Mörder. Verrückte, glückliche Menschen, die das Animalische kultivierten.

Das war doch ein interessanter Gedanke für den Artikel: *Zurück zum Animalischen!*

Jähsinn machte sich eine Notiz. Er hatte Post von der Zeitschrift *Stacheldraht-Baby* bekommen. Sie wollten nicht nur Gedichte und Kurzprosa, sondern auch Berichte über Projekte. *‚Alles was fetzt, Leute!'* Er würde den Artikel also nicht nur dem *Ulcus Molle* anbieten. Die Kommunarden waren anders als die Leute aus der Polit-Szene mit ihren kopfigen Theorien. Sie legten los, wenn ihnen danach war. Egal wo. Und dann gab es die gemeinsame Sexualität, als Gegenpol zu den Ängsten und Abgründen, die sie in der Kleinfamilie erlebt hatten und die sich in den Darstellungen wieder auftaten. So ähnlich würde er es formulieren. Von Kontrasten ausgehen. Subjektiv, ehrlich schreiben. Es lauerte Abgründiges, Gefährliches; brodelnde Aggressionen waren die Hölle. Das Positive war die freie Sexualität.

In der Anstalt blieb den Männern nur zu onanieren.

Robert zählte Pillen und füllte Tropfen ab. Er trug den Setzkasten in den Speiseraum und stellte jedem Mann sein Glas auf den Tisch. Die Kollegen verteilten das Abendessen und kontrollierten, ob die Medikamente eingenommen wurden. Einige Männer mussten gefüttert werden. Bei Boris hielt ein

Pfleger den Teller fest, weil er Geschirr und Besteck gern vom Tisch fegte. Anton konnte eine Tasse nicht allein zum Mund führen. Er kaute breit mit den Kiefern und stieß seltsame Töne hervor, die von einigen Pflegern, die ihn mehrere Jahre kannten, verstanden wurden. Jähsinn arbeitete erst drei Monate auf der Station und verstand fast nichts. Umgekehrt war es auch schwierig, Anton etwas verständlich zu machen. Der Mann hörte aufmerksam zu und strahlte. Er las vom Gesicht des Pflegers ab, was gemeint war.

Nach dem Abendessen gingen die meisten Männer ins Bett. Einige durften aufbleiben und im Aufenthaltsraum fernsehen.

Helmut hatte gewettet, daß er nach ein oder zwei Wochen den Job schmeißen würde. Nein, er mochte die Arbeit. Selten gab es Streß. Im abgesteckten Rahmen konnte jeder Pfleger Edelmut an den Tag legen. Man schuftete sich nicht zu Tode und war mit Menschen zusammen. Ging es einem selber dreckig, brauchte man sich nur das Elend auf der Station vor Augen zu führen, und schon wurde einem bewußt, wie gut man noch dran war.

15 Miriam

Helene Täuber hatte einen riesigen Freundes- und Bekanntenkreis. Immer wieder tauchten neue Gesichter auf, kamen Interessierte, um ihre Gedichte zu hören. Es gab verlockende Dinge in der Welt, aber wichtig war nur eines. Kein Schmuck oder teure Autos konnten *es* ersetzen. Es ging um etwas Heiliges. Die Geilheit war das große Mysterium, alles floß darin zusammen. Es war göttlich, wunderbar, anstößig. Wer ein bestimmtes Wörtchen nicht aussprechen konnte, war verklemmt. Helene schrieb, wenn sie nicht ihrem Traum hingegeben war. Für die Auftritte auf der Straße entwickelte sie eigene Parolen. *FIW!* Wer eilig an der Frau in der Spitalerstraße vorbeiging, meinte, es handele sich um eine neue Partei, aber *FIW* hieß nicht *Frei Im Westen*, sondern *Ficken Ist Wichtig*. Helene stand täglich in der Einkaufspassage am Hauptbahnhof, sprach mit Passanten und trug Gedichte vor. Sie besuchte auch Parteiversammlungen, um die Delegierten mit Anfragen zum Thema Nummer Eins zu nerven. Helene war unbestechlich, wenn es um das Eine ging und nahm in Kauf, belächelt zu werden. Sie konfrontierte die korrekten Hanseaten, zumal Politiker, mit ihren Eitelkeiten und versteckten Ängsten.

Jede Woche gab es Gruppenabende bei der Dichterin. Sie lebte mittlerweile mit sechs Männern und Frauen zusammen, die ihre Kinder hätten sein können. Alle lasen die KO-News. Helene war quietschfidel und vitaler als mancher, der gerade sein Abitur machte oder sich lustlos zur Uni quälte.

Jähsinn nahm immer wieder an den Abenden in der geräumigen Altbau-Wohnung teil, aber es gelang ihm nicht, in den engeren Kreis der Auserkorenen aufgenommen zu werden. Er ging oft in die Mitte, um sich selbst darzustellen. Die Auftritte riefen keinen Jubel hervor. Etwas an ihm war unattraktiv. Je mutiger er wurde, desto unbeliebter machte er sich. Er reizte, ohne es zu wollen, Frauen zu hysterischen Ausbrüchen. Er galt einigen schon als tragische Figur. Dabei war es das Letzte, was er anstrebte. ,*Verdammt, ich will mich doch nur gut fühlen!*' ' Warum bist du so vorwurfsvoll?', kam als Antwort. Anita hatte starke Akne, die nicht nur aus ihrem Gesicht eine blühende Kraterlandschaft machte. Robert kam sich daneben mit seiner auch nicht makellosen Haut schön vor. Er ekelte sich. Mit so Einer ins Bett gehen? Und bekam prompt ein schlechtes Gewissen. Was bildete er sich ein? Wie sollte er je in das Paradies der freien Sexualität gelangen, wenn er bei einem weiblichen Wesen als erstes die Macken sah? Er dachte an Jeanette. Er hatte ihr vor vier Wochen einen Brief geschrieben, aber es war noch keine Antwort eingetroffen.

Michi war ruhig und nett. Sein Teddybär-Gesicht signalisierte Normalität. Nur manchmal, aber man musste genau hinschauen, um es zu bemerken, zwinkerte er nervös mit einem Auge. Helene hatte ihn in die Geheimnisse der Freien Sexualität eingeweiht, als er siebzehn war. Er war die Nummer eins in Helenes Liebesschule. Christoph, die Nummer zwei, war vor kurzem zu einer anderen Frau gezogen, kam aber zu den Gruppenabenden. Winfried, ein junger Feinmechaniker, war die Nummer drei. Jähsinn fand ihn unerträglich. Er fühlte sich ihm weit überlegen, denn Winfried betrachtete die Selbstdarstellung als Gelegenheit, einen guten Eindruck zu machen. Dieses Stadium hatte er, Jähsinn, längst hinter sich gelassen. Das spürten offenbar alle.

Auch an diesem Abend fühlte er sich nicht integriert. Die Darstellungen, eine Mischung aus Laien-Theater und Furcht vor schlechten Noten, langweilten ihn. Und mittendrin Helene, die eigene Absichten verfolgte. Die Dichterin trug mit klarer und pointierter Stimme vor, während Jähsinns Gedanken schweiften. Er verstand das Meiste und ahnte auch seinen erzieherischen Zweck.

Jähsinn saß auf der Matratze wie ein falscher Buddha. Der Abend verlief nett und brav. Vatermord, Muttermord, nach Liebe wimmern, klein werden, Geburtserlebnis. Die Handlungen waren symbolisch gemeint – na schön. Keiner war *wirklich* ein Mörder. Oke.

Allen schien es gut zu gehen – das einzige Problem im Raum war offenbar er selber.

Es war anstrengend, dazusitzen und nicht destruktiv zu werden. Was wollte er von den Leuten? Wenn er ehrlich seine Meinung äußerte, würden sie ihn vor die Tür setzen.

Er spürte, daß er ein hoffnungsloser Fall war. Aber dann gab es diese Umarmungen und lichten, zum Herzen gehenden Momente. Ein Blick nur, eine Bemerkung. Man trat anschließend leichter hinaus in die Kälte und Anonymität der Millionenstadt. Man fühlte sich ein Stück emporgetragen und im Innersten berührt. Es kam darauf an, durchzuhalten. Man musste alles positiv sehen. Irgendwann gäbe es Gerechtigkeit, auch für ihn, der sich einen Trampelpfad durch das Gestrüpp der kapitalistischen Gesellschaft bahnte. Manchmal half eine Winzigkeit und man erwischte einen guten Moment. Er war falsch programmiert. So schien es. Er brauchte gute Nerven. Und das berühmte Quentchen Glück. Er stand leise auf und verließ den Gruppenraum.

Helmut war nicht zu Hause. Die Katze lag zusammengerollt auf dem Sofa. Jähsinn blätterte in seinem Adreß-Verzeichnis.

Miriam war sechs Jahre älter. Er hatte sie auf einer Fete kennengelernt. Sie waren schnell ins Gespräch gekommen, hatten zusammen getanzt. Er erinnerte sich, sie auf den Mund geküßt zu haben. Miriam hatte eine aufregende Figur. Dann war sie plötzlich verschwunden gewesen. Später hatten sie sich noch einmal getroffen. Sie hatte bei ihm auf der Couch gesessen, er hatte ihre Brüste gestreichelt und gedrückt. Wenn er ihre Schenkel berührte und mit den Fingerspitzen darauf hochtippelte, nahm sie seine Hand und legte sie ihm auf den Schoß. Er hatte es, nach außen cool, mehrmals versucht. Sein Schwanz hatte sich mächtig geregt. Miriam hatte weiche, samtige Haut. Er war daneben ein Affe. ‚Schau mal diese Haare! Ich King Kong, Du Jane. Ich Gorilla, Du Engel.'

Sie hatte es nicht witzig gefunden.

Die Reise nach Österreich lag sechs Wochen zurück. Er hatte sich noch nicht bei ihr gemeldet.

Er rief Miriam nicht an, sondern fuhr gleich zu ihr.

Das große, um die Jahrhundertwende gebaute Haus stand am Rand eines Parks. Ein altes gußeisernes Gitter umstand den mit Büschen bewachsenen Vorgarten. Miriam bewohnte ein kleines Appartment.

Der Türöffner summte. Er stemmte sich gegen das schwere Portal und ging einige Stufen hinauf zu einer Empore, hinter der das Treppenhaus begann. Sei gut drauf! redete er sich zu. Entscheidend ist die Stimmung, die man mitbringt.

Miriam wohnte im vierten Stock. Die Tür war halb geöffnet. Miriam stand im Flur. Sie schien nicht überrascht zu sein.

Der Flur war dezent beleuchtet. Auf einer dunklen, von einem Sticktuch bedeckten Kommode stand eine Vase mit Trockenblumen. Darüber war ein großer Spiegel angebracht. Jähsinn überreichte Miriam eine Flasche französischen Rotwein.

-‚Hey, nicht schlecht!'

Sie streifte ihn flüchtig am Arm.

-‚Hast du schon gegessen?'

‚Nein.'

Insgeheim hatte er gehofft, eingeladen zu werden.

-‚Ich auch nicht. Ich habe allerdings keinen Hunger.'

Er hängte seine Jacke an den Haken.

Sie setzten sich in ein geräumiges Zimmer, das zum Schlafen und Wohnen diente. Es war mit stilvollen, aus der Zeit vor dem Weltkrieg stammenden Möbeln eingerichtet, die zur Kommode im Flur passten. In einem großen Regal standen Schallplatten, Bücher und drei gerahmte Fotos.

Er erzählte von seinem Besuch in Österreich und der Arbeit in der Psychiatrie. Die Anstalt interessierte sie. Von der Kommune wusste sie nur, daß es dort eine Hierarchie gab. Jähsinn versuchte, ihre Bedenken zu zerstreuen. Überall gebe es Hierarchien, nur seien diese, im Gegensatz zu der der KO, kaum zu durchschauen.

Die Frau mit dem dunkelbraunen, fast schwarzen Haar wirkte reif und ausgeglichen. Er wusste, daß es in ihr anders aussah. Miriam hatte ihr Soziologie-Studium nach sechs Semestern abgebrochen und anschließend zwei Jahre bei der Post gejobbt. Nachdem sie dort gekündigt hatte, lebte sie in den Tag hinein. Vor einem Jahr war sie geschieden worden. Er meinte sich zu erinnern, daß ihr Vater leitender Beamter bei der Polizei war. Einmal pro Woche ging sie zu einem Psychologen.

‚Dein Therapeut verdient einen Haufen Geld. Schön für ihn. Bei dir ändert sich nichts.'

-‚Woher weißt du das?'

‚Die bürgerliche Psychologie ist doch nur dazu da, die Patienten und Kranken in ihre alten Rollen und Denkweisen zurückzubringen.'

-‚Du immer mit deinen Polit-Sprüchen.'

‚Ich bin anders drauf als früher!'

-‚Inwiefern?'

‚Man muß Kopf und Bauch verbinden. Körper und politisches Handeln sind eins, vastehste. Sexualität und Politik. Von den Gefühlen aus denken. Der Kapitalismus kann nicht allein durch eine Veränderung der ökonomischen Verhältnisse abgeschafft werden.'

-‚Hört sich an wie auswendig gelernt.'

Miriam holte aus der Küche zwei Gläser und einen Flaschenöffner.

'Hey, du gibst mir contra!' Robert tat erstaunt.
-‚Viel zu wenig!'
‚Ich kann dir auch contra geben.'
-‚Nur raus damit!'
‚Als erstes solltest du deine Psychotherapie abbrechen.'
-‚Hahaha.'
‚Und als zweites einen *Selbstdarstellungskurs* belegen.'
-‚Um die Böcke in deiner Kommune aufzugeilen?'
Jähsinn ließ den Blick schweifen.
‚Und dann würde ich das Plakat vom Hafengeburtstag abhängen.'
Miriam lachte.
-‚Also den Wunsch kann ich dir vielleicht erfüllen. Vielleicht. - Was glotzt du?'
‚Ich überlege, ob das Koffer-Radio da drüben aus den fünfziger oder sechziger Jahren stammt!'
-‚Und wenn es aus den Siebzigern ist?'
Diesmal mache ich alles anders, dachte Robert. Nicht wieder die ewige Bruststreichelei.
Sie prosteten sich zu.
Plötzlich durchfuhr es ihn. Er hatte richtig gehört. Miriam hatte ihm angeboten, bei ihr zu übernachten.
-‚Hey, du brauchst aber nicht rot zu werden!'
‚Ja?' Jähsinn nuschelte unbeholfen, nahm sein Taschentuch und schnäuzte vernehmlich.
-‚Es muß nicht sein!'
Was muß nicht sein? fragte sich Jähsinn verwirrt.
Miriam hatte ein breites Bett.
‚Ich, ja, äh, ich hatte garnicht daran gedacht', log er.
-‚Hahaha' machte Miriam.
‚Hihihi' retournierte Robert.
Wenn sie ihn aufgefordert hätte zu gehen, er hätte sich ohne einen Mucks erhoben. Bloß nicht klammern!
-‚Damit das klar ist: Deine Hemmungen gehen mir auf die Nerven. Ich beiße nicht! … Nur manchmal.'
Sie setzte sich lachend aufs Bett und lud Robert ein, es ihr gleichzutun.
Sie nippte am Wein und blinzelte ihm von der Seite zu.
-‚Vielleicht ist was Interessantes im Fernsehen.'
Miriam fand Rudi Carrell doof. Im Dritten fing gerade ein Jerry Lewis-Film an: *Der verrückte Professor.* Miriam saß auf dem Bett und warf Robert einen aufmunternden Blick zu. Er setzte sich neben sie.

Jerry stand im Labor und schüttete brodelnde Flüssigkeiten in Reagenz-
gläser. Großaufnahme: Eine gewaltige Explosion, Rauchwolken. Von allen
Seiten strömen Helfer herbei. Feuerwehrmänner schlagen mit einer Axt
gegen eine Tür, nehmen Anlauf, werfen sich dagegen. Die Tür kracht samt
Rahmen nach innen. Rußgeschwärzte Gestalten tauchen auf und husten
sich taumelnd ins Freie.

Miriam nahm einen Schluck Wein und bat Robert, ihr Glas auf den Tisch
neben dem Bett zu stellen.

Eine Frau steht auf der umgestürzten Tür und ruft nach dem jungen Dozen-
ten. Von unten ertönt ein Klopfzeichen. Sie tritt zur Seite und hebt die Tür an.
Jerry liegt darunter, von der schweren Platte in den Fußboden gerammt.
Benommen rappelt er sich auf und wird zum Rektor der Highschool zitiert.
Jerry trottet über den weißen Teppich im Büro des Rektors und hinterläßt
pechschwarze Fußabdrücke. Neben dem Schreibtisch steht ein Sessel.
Ängstlich schielend setzt Jerry sich und versinkt, total eingeschüchtert, Zen-
timeter um Zentimeter, bis seine Augen nur noch knapp über die Lehne
schauen.
Er sagt kein Wort. Auch der Rektor nicht. Eine Minute lang kein Wort.

Miriam rutschte auf dem Bett zur Seite.
-‚Kannst du noch sehen?' – ‚Ja.'
‚Ich möchte mich anders legen.' – -‚Oke.'
Jähsinn legte sich parallel zu Miriam.
-‚Machst du den Ton leiser?'
Jähsinn drehte sich, ließ sich mit den Armen auf den Boden hinab und han-
gelte, die Füße auf dem Bett lassend, zum Fernsehschrank und drehte am
Knopf.
-‚Man merkt, daß du bei der Bundeswehr gewesen bist.'
‚Danke für das Kompliment. Ich bin Kriegsdienstverweigerer'.
Kaum hatte er sich wieder hingelegt, spürte er eine Hand auf seinem Bein. Er
rückte ein Stück höher und legte seine Hand auf Miriams.

Der Professor wird von einem Studenten am Kragen gepackt und in einem
Schrank verstaut.

Miriam rückte von der Wand ab zur Bettmitte.

Szenenwechsel: Jerry sitzt deprimiert auf einer Parkbank. Da kommt *sie*.

Miriam rückte noch einige Zentimeter näher an Jähsinn, der sich seinerseits drei Millimeter in die Mitte schob.
Miriam nahm seine Hand, die zuvor auf ihrer geruht hatte, und legte sie auf ihre Brust.

Nur nichts falsch machen, denkt Robert. Ruhig bleiben.

Miriam dreht den Kopf zur Seite, lächelt.
War dies ein Zeichen, aktiv zu werden?
Bloß nichts überstürzen! Er schaute zur Decke, innerlich schielend.

Plötzlich glaubte er es nicht mehr auszuhalten.
Er spürte Miriams Nacktheit durch alle Kleider hindurch. Und drehte sich zur Seite, beugte sich langsam über Miriam. Drückte seine Lippen auf ihren Mund.
Keine Gegenwehr!

Die junge Blonde blickt ratlos zu Jerry. Der erzählt etwas von einer Formel.
Robert beginnt, Miriams Brust zu drücken.
-‚Aua!'
‚Entschuldige meine Raubtierkrallen.'
-‚Quassel nicht so dämlich!'

Jerry begibt sich in ein Fitneß-Studio.

Robert rutscht ein Stück, um bequemer zu liegen. Miriam kuschelt sich von hinten an. Bitte noch etwas dichter, wünscht er flehentlich. Sie scheint seine Gedanken zu erraten.

Der Professor steht ratlos vor den Geräten im Fitneßstudio.

Miriam legt ein Bein von hinten auf Roberts Oberschenkel.
‚Wollen wir überhaupt weitersehen?'
-‚Hmm.'
‚Ich kenne den Film schon.'
-‚Laß doch laufen.'
‚Soll ich nicht ausmachen?'
-‚Nöö.'
‚Ich möchte mich gerne ausziehen.'

-‚Wirklich?' Miriam lacht.

Der Professor dreht eine Bank zur Seite. Ein Apparat mit Gewichten fällt um.

Na endlich, dachte Robert und zog seine Hose aus. Miriam knöpfte ihre Bluse auf. Dieser BH, wie er sich auf die üppigen Rundungen schmiegte! Nur keinen Fehler machen. Nicht jetzt.

Miriam saß auf dem Bett und zog die Schwarze Hose über die Füße. Jähsinn war nackt. Hingerissen schaute er auf Miriams Nylonstrümpfe.
Schaute Jesus im Himmel zu? Jesus liebt die Männer und die Frauen. Jesus hat nichts gegen Sex. Der nicht.
-‚Du hast ja eine Vorhautverengung!'
‚Na und?'
-‚Es gibt Untersuchungen, daß Männer mit Phimose das Krebsrisiko bei Frauen erhöhen!'
‚Wieso?'
-‚Weil sie schmutzig sind darunter.'
‚...?'
-‚Geh ins Bad und wasch dich vernünftig!'

Robert sah im Vorbeigehen, wie der Professor im Labor mit Flüssigkeiten hantierte und eine Gebrauchsanweisung las.
Er stolperte in der Tür und wäre um ein Haar aufs Waschbecken gefallen.
Als er zurückkam, schrie Jerry entsetzt auf. Eine große Flasche war vom Regal gekippt und auf dem Boden zerschellt.

-‚Hey, hier spielt die Musik!'
‚Laß uns die Glotze ausmachen!'
Miriam stand auf und drehte den Ton leiser. Sie ging zurück zum Bett, machte eine Schachtel auf und hielt Robert ein Kondom unter die Nase.
Während Jerry von dem Gebräu trinkt und Atembeschwerden bekommt, versucht Robert das Kondom über sein wieder steifes Glied zu stülpen.
-‚Du kennst dich doch aus?'
‚Null Problemo, das kriegen wir schon hin!'
Miriam umschmiegte ihn. Sie war völlig nackt mit ihrem himmlischen Körper.
Er spürte die Schamhaare auf seinem Po. Ihre Brüste baumelten über seiner Schulter. Er klatschte mit einer Hand seitlich auf ihr Hinterteil.
-‚Hey, nicht so fest!'
Endlich gelang es ihm, das Gummi auf seinem empörten Glied festzumachen. Miriam ließ sich zurückgleiten, küßte seinen Oberarm.

Jetzt oder nie!

Miriam legte sich auf den Rücken, öffnete die Beine. Er schob sich auf sie.
--‚Hey, paß doch auf!'

Sie streichelten sich tastend.
Himmel! dachte Robert, Paradies! ‚I can fly', The Herd. Er kam nicht dazu,
den Song auszumalen.
Er fasste auf ihren Busen, drückte. Sie zischte Vorsicht! Dann, weiter unten,
strich er über die Haare zwischen den Schenkeln. Drückte sanft auf das Ge-
kräusel. Sie rutschte mit dem Becken höher, während er mit den Fingern
über die weiche faltige Haut der Spalte zwischen den Beinen fuhr.
Plötzlich schrillte das Telefon.
-‚Mach weiter!'
Das Telefon klingelte erneut. Mit voller Lautstärke. Er hatte seine Hand zwischen Miriams Schenkeln, die plötzlich hochfuhr.

-‚Ach Du bist es!'
Miriam nahm das Telefon samt Schnur und ging in die Küche.
Robert rutschte auf dem Bett zur Seite und bedeckte seinen Unterleib mit der
Decke.
Miriam telefonierte.
Robert drehte sich zur Seite, um nicht den Fernseher zu sehen.
Nach fünf Minuten kam sie zurück.
-‚Tut mir leid.'
Miriam kroch wieder zu Robert, kuschelte sich unter die Decke.
-‚Na, Casanova!'
Er überhörte den Unterton in ihrer Stimme.
Miriam hatte die Beine leicht gespreizt und er fuhr mit der Hand wieder über
die Stelle. Sie machte es ihm leicht, einen Finger in ihre Spalte zu schieben.
Er schob und rührte schüchtern, zog seinen Finger wieder heraus.
-‚Weißt du was? Ich bin ziemlich müde.'
‚Ist es wegen dem Anruf?'
Miriam verzog den Mund und starrte zur Decke. Robert versuchte ruhig zu
bleiben.
Miriam stand noch einmal auf, um den Fernseher auszuschalten. Sie legte
sich so neben Robert, daß er ihre warme Hüfte spürte und das Gesicht sah,
das wie eine Sphinx auf dem Kissen lag.
‚Gute Nacht!'
Plötzlich fand er das Gesicht kalt.
Wer war dieses Weib neben ihm? Mit wem hatte sie telefoniert? Jähsinn ver-
suchte sich Jeanette vorzustellen. Es ging nicht. Er drehte sich zur Seite.
Jeanette war herzlicher. Miriam schien eingeschlafen. Er bog seinen Arm, um

eine Hand neben Miriams Haare zu legen, die matt schimmerten.

Nein, so konnte er nicht in den Schlaf kippen. Etwas lauerte in ihm, eine böse Fratze, eine hässliche Kurve der Enttäuschung. Es war besser, wenn er sich auf den Rücken legte. Versehentlich streifte er Miriam, die offenbar auch nicht eingeschlafen war, denn sie kniete plötzlich über ihm mit weit gespreizten Beinen, und führte *ihn* ein, der schnell wieder steif geworden war. –‚Na Casanova, jetzt aber einen geilen Flug', flüsterte sie. Kaum war er in ihrem weichen Behaarten, holte sie seinen Schwanz noch einmal heraus, um zu überprüfen, ob das Gummi auch richtig saß, und dann ritt sie ihn heftig, fast gewaltsam. Ihre Paradiesäpfel baumelten über ihm. Seine Gier drehte sich, diese Schlange, wie ein wunderpraller Stamm durch eine schmale Öffnung, in die er hineinpasste, unten, hineinpresste, und die ihm Raum ließ, weiter oben. Sein empörter Finger mit dem hauchdünnen Plastik war durch das unerhört feuchte Unterholz und nasse Laub geglitten und geritten und nach oben gestrebt. Er war mit Himmel verkeilt, vergeilt, mit dem heiligen Paradeis. Von ferne läuteten Glocken, Gesichter lachten, und während Miriam keuchte und den Kopf in den Nacken warf, zuckte plötzlich ein heißer Blitz in seinen Rücken und durchschüttelte ihn, er wollte *ihm* Raum geben zur Entladung, aber der Schwanz war schneller und ejakulierte – und Miriam, wo war Miriam?

Die Geliebte hatte sich langsam mit dem Oberkörper herabgebeugt, den Kopf seitlich aufs Kissen gelegt. Er hatte sie gestreichelt – sie reagierte nicht.

Nach einer Minute, die ihm wie eine Ewigkeit vorkam, hatte sie das erschlaffende Glied herausrutschen lassen. Er war ins Bad gegangen. Er schaute in den Spiegel und fand, daß er weniger stark aussah als erwartet. Er ließ das Kondom auf dem Glied, löschte das Licht, huschte zurück ins Bett und schmiegte sich an Miriam. Sie gab keinen Ton von sich.

Plötzlich merkte er, daß sie weinte. Sie sagte kein Wort, er hörte nur ihr leises Schluchzen.

Er legte seinen Arm auf ihren Po und Oberschenkel, küsste sie auf den Hals.

-‚Ich brauche mehr Platz.'

Ihre Stimme klang mit einem Mal wie ausgewechselt.

Sie streckte die Beine aus und legte sich auf den Rücken. Er ergriff ihre Hand. Sie erwiderte den Druck nicht.

Miriam weinte tonlos.

Er war stolz und hatte ein schlechtes Gewissen. Lag neben Miriam und fühlte sich Lichtjahre entfernt.

Sie war ihm entglitten. Hatte sie einen Freund?

Er fühlte sich wie ein Sieger. Und gleichzeitig ertappt.

Miriam war einmal verheiratet gewesen. Wahrscheinlich hatte sie andere Vorstellungen vom Sex. War ihr Mann ein Tier, mit dem sie jedesmal einen

Orgasmus hatte? Ein Stier mit riesigen Hoden und einem Glied wie ein
Pottwal?
‚Wir könnten morgen ins Kino gehen!'
Miriam drehte sich zur Seite, schaute ihn mit großen Augen an.
-‚Mir reicht dieser Film!'

Er war in ihren Körper verliebt, aber er liebte *sie* nicht. Wer war sie
überhaupt? Und was wusste sie von ihm?
Er war dankbar.
Oder war er doch in sie verliebt?
Er war dankbar, *ihn* hineingesteckt zu haben und in Miriam gekommen zu
sein. In Miriam im Kondom. Der zweite Hit.
Wer war der Mann, der angerufen hatte? Oder war es etwa eine Frau?

‚Wir könnten doch auch so...'
-‚Was hast du gesagt? Red mal deutlicher!'
‚Ich meine, wir könnten doch miteinander reden.'
-‚Weißt du was? Ich habe keinen Bock mehr. Ich möchte jetzt nicht auch
noch lange reden.'

Jähsinn ging ins Bad, warf das Kondom, das er oben verknotete, in den Müll-
schlucker, ließ warmes Wasser über sein Glied laufen, wusch den glibbrigen
Film von der geröteten Haut, trocknete sich ab und ging zurück in das Zim-
mer. Miriam lag weich, wie hingebungsvoll auf dem Bett. ‚Tschau.' –‚Tschüs'
sagte sie kalt und drehte sich zur Seite. Er fand, sie hatte ein ausdrucksloses
Gesicht. Wie eine Skulptur.
Robert Jähsinn zog sich an und ging. ‚Tschau.'
Miriam rührte sich nicht.

Er fühlte sich mies und elend. Er hatte seinen Genuß gehabt. Und sie?
Er trat in den Hausflur, schaltete die Treppenhaus-Beleuchtung ein und zog
vorsichtig von außen die Tür zu.

16 Brief an die Heimatgemeinde

‚Sehr geehrter Herr Vikar!

Sie werden sich kaum an mich erinnern, denn ich war mehrere Jahre nicht mehr in Ihrer Kirche. Außerdem lebe ich mittlerweile in Hamburg.

Ich möchte aus der Kirche austreten.

Die Gründe liegen nicht bei Ihnen oder Ihrer Gemeinde.

Ich war einmal ein guter Messdiener, der alle Gebete auswendig konnte. An diese Zeit denke ich nicht im Zorn zurück. Mir sind jedoch später Dinge passiert, die mich total verunsichert haben. Irgendwann ist mir klar geworden, dass meine Ängste und Minderwertigkeitsgefühle von Geboten herrühren, die im Katholizismus gepredigt werden. Ich bin nicht von Natur aus „schuldig" oder „schlecht".

Es ist viel von „Nächstenliebe" die Rede. Ich habe versucht, meine „Nächsten" zu lieben. Heute weiß ich, dass meine Probleme daher kommen, dass mir ein negatives Verhältnis zur körperlichen Liebe anerzogen wurde. In der Pubertät ist es mit den Ängsten losgegangen. Viele „Geschlechtsgenossen" erleben ähnliches. Manche überwinden ihre Hemmungen durch Heirat, aber das kommt für mich nicht in Frage.

Auch Psychotherapie hat bei mir nichts bewirkt.

Ängste und Schuldgefühle sind tragende Säulen der Macht des Katholizismus. Ohne sie würde alles zusammenbrechen. Man sündigt, geht zur Beichte, sündigt erneut, geht wieder zur Beichte usw. Ich bin in einen negativen Kreislauf geraten, der mich isoliert hat. Vielleicht kann man es auch mit einer Spirale vergleichen, auf der ich immer tiefer gelangt bin. Die Macht der Kirche beruht darauf, daß sie erst Schuldgefühle in den Menschen hervorruft, um anschließend eine Methode anzubieten, mit der sie sie davon befreit. Dadurch wird man an die Institution gebunden. Ich zweifle, ob die Moral-Gebote von den Verantwortlichen ernst genommen und in die Tat umgesetzt werden. Die Geschichte der katholischen Kirche zeigt, dass die Lehre fast immer mit Gewalt verbreitet worden ist.

Nur eine Änderung der Herrschaftsstrukturen und ein Aufbau von positiven gewaltfreien Alternativen kann etwas an der Unterdrückung der Sexualität und den damit verbundenen Schuldgefühlen ändern. Was bedeutet schon papierne Liebe?

Also erkläre ich meine Mitgliedschaft für beendet.

  Hochachtungsvoll'

Am nächsten Tag war ihm die Erklärung peinlich, aber er hatte den Brief bereits eingeworfen.

Er stellte sich eine Runde leicht ergrauter Männer und Frauen vor, die über

die Einnahmen aus der Kollekte diskutierten, um dann auf „dieses Schreiben
da" zu sprechen zu kommen.

Na und!, versuchte er sich Mut zu machen.

Wenn er davon ausging, was Andere über ihn dachten, kam er nicht voran.
Man musste sich trauen, sein Inneres nach außen zu kehren. Ein bisschen
Spaß dabei haben. Eulenspiegel, Beulenspiegel. Vielleicht würde er die
Zeitschrift doch noch herausgeben.

Helene Täuber nannte es ‚an den Gefühlen arbeiten'. Einmal hatte sie ein
Gedicht über Orwells ‚1984' vorgetragen. Das Poem war in seiner Phantasie
zu einem Bild explodiert mit seltsamen Skulpturen und Wegen. Ein Garten
der Lüste, in dem auch Giftpflanzen wuchsen. Zerstörte Fernseher, aus denen Arme ragten. Fliegende Schallplatten. Radios und Tonbandgeräte groß
wie Elefanten. Bis in die Träume hinein arbeitete eine gut getarnte Maschi-
nerie daran, aus den Menschen brave Staatsbürger und Konsumenten zu
formen. Seid freundlich und nett. Geht regelmäßig zur Kirche. Wer sich an-
paßt, darf Bonbons lutschen und bekommt eine Stereoanlage geschenkt.
Verstreut auf dem riesigen Gelände standen Hinweisschilder. Wer ihnen
folgte, landete in Supermärkten, die wie Märchenlandschaften gestaltet waren. Von Bäumen hingen Äpfel, aus denen Musik rieselte. Aus anderen
Früchten ertönten sanfte Botschaften. Ein Nilpferd öffnete sein Maul und
heraus sprangen Kinder. Hinter jedem Busch wartete eine Überraschung.
Aus Blumen lächelten Gesichter, unter Steinen saßen Tausendfüßler. Große
Flächen waren von Geröll und Wüste bedeckt, aber wenn man genau hinsah,
lebte alles.

 Was war ‚natürlich', was ‚künstlich'? Was steckte hinter den Dingen? Nichts?
Er war ein Suchender, der in immer neuen Anläufen nach Halt tastete. Er
klammerte sich an den Gedanken, dass alles künstlich sei. Die Gesellschaft
war nicht natürlich gewachsen, sondern ein Produkt. Irgendwelche Philosophen, wahrscheinlich sogar jener Lamettrie, hatten darüber geschrieben. Er
hatte keine Lust, komplizierte Abhandlungen zu studieren. Ich, Du, alle Menschen waren ‚Plastic people', hatte schon *Frank Zappa* gesungen. Er war ein
Produkt seiner Eltern und des Internats. In der Erziehung war er einem negativen Prozeß unterworfen gewesen. Sie hatten mit ihm gemacht, was sie
wollten. Der Prozeß war nicht umkehrbar, aber in der Rückwärtsbewegung
des Erinnerns war es möglich, positive Ansätze zu finden. Die Einsicht, bis in
die feinsten Verästelungen des Denkens und Fühlens geprägt zu sein, war
ein Hammer, andererseits war nichts daran zu ändern. Es kam auf die
Haltung an. Den Prozeß des Formens in die eigene Hand nehmen. Von
innen heraus modellieren. Das Künstliche als Chance betrachten. Sich selber
neu erfinden. Manchmal gelangen ihm Sätze, die seine Situation auf den
Punkt brachten. Dann überfielen ihn wieder Zweifel.

17 Pirouetten

Die aus Aluminiumteilen und Holzkästen zusammengeschraubte Bühne war in fahles Licht getaucht.

-‚Um mein‘ Faden wieder aufzunehmn-äh‘ nuschelte der Bärtige, der eben noch eine Stoffmaus über den Tisch gezogen hatte.

-‚Wo ischer überhaupt?‘

Ein blauer Scheinwerfer wurde eingeschaltet.

Der Mann mit dem quergestreiften T-Shirt machte mit einer Hand kreisende Bewegungen, als ob er Figuren in die Luft malte.

-‚Ah!‘

Plötzlich sahen die Zuschauer, wie ein Scheinwerfer, in dessen Kegel Staubpartikel tanzten, zum rechten Schuh des Mannes wanderte. Langsam glitt der Schnürsenkel ins Hosenbein hinauf. Der Possenreißer hatte einen Arm auf den Tisch gelegt, den anderen hielt er verborgen.

-‚Oh mein Mäuschen!‘ witzelte er und betrachtete interessiert das Stofftier, das am Rand des Tischs lag.

Jähsinn staunte. Der Magier tat nichts, um seinen Trick zu kaschieren.

Der Bärtige spielte mit der Maus und nestelte, während er verzückt auf die vordere Zuschauerreihe starrte, in seiner Hosentasche.

Ein Quieken ertönte.

-‚Ah‘!

Er stand auf, lüftete sein olivfarbenes Käppi und zog ein gelbrotes Wollknäuel hervor. ‚Welch eine ng-wwunderbare Farbe. Ich werde mir eine mm-Mütze stricken und nach Indien fliegen.‘

Er breitete die Arme aus, hüpfte von der Bühne und schritt langsam an seinem Publikum vorbei.

‚Und ich welde fluchtbale woooohlschmeckende Gedanken untel meinel selbstgestlickte Mütze ausblüten.‘

Der Mann verbeugte sich dreimal und verschwand hinter einem Vorhang.

Eine Zuschauerin klatschte begeistert. Jähsinn rührte sich nicht.

Helmut grinste.

Das winzige Theater mit dem Namen *Pirouette* war schlicht eingerichtet. Den weißroten Stühlen war anzusehen, dass sie überlackiert worden waren. Ein alter Küchenschrank erzeugte Wohnstuben-Atmosphäre. Die schwarz gestrichenen Garten-Tische waren mit gelben Tüchern gedeckt, auf denen blaue Kerzen standen. Über einer Couch prangte der Spruch *Eine Ohrfeige dem bürgerlichen Gequak*. Links davon hing ein Plakat mit einer Eiskunstläuferin, um deren Füße ein Kreis gezeichnet war. Daneben klebte die Abbildung einer Stichsäge, ausgeschnitten aus irgendeinem Katalog. Der Bo-

den war mit Kies bedeckt. Die Wände dienten als Galerie für Collagen und Zeichnungen. An der Decke waren weitmaschige Fischer- und feine Obst- und Gemüse-Netze zu einem Baldachin verknüpft, aus denen Federn von Pfauen und anderen Vögeln herabhingen. Zwei Schaufensterpuppen-Hände ragten aus dieser Landschaft und hielten eine rote Flagge.
Das auffälligste Stück der Einrichtung war die lebensgroße Nachbildung eines Hermaphroditen. Die Figur stand in einem Goldrahmen, dessen Anstrich blätterte.

Die Pause reichte, um eine Zigarette zu rauchen. Einige Gäste versorgten sich mit Getränken. Jähsinn hatte ein paar Gedichte mitgebracht, die er der Betreiberin der *Pirouette* zeigen wollte. Sie war an einer Lesung interessiert, ‚eventuell' wie sie betonte, hatte jedoch keine Zeit an diesem Abend. Einmal im Monat gab es einen Termin, an dem über das Programm gesprochen wurde.
Ein Glöckchen bimmelte, es ging weiter.
Der Mann schlurfte aus einem Vorhang in der Ecke, verbeugte sich, öffnete einen zerschlissenen Koffer und entnahm einen Zylinder, den er gegen das grüne Scheinwerferlicht hielt. Er zeigte den Hut von der Innenseite, schlug mit einem Stab dagegen, lispelte Unverständliches, streute eine Prise Salz darauf und zog ein Gummi-Huhn hervor.
Robert war es egal.
Er verließ seinen Platz. Vor dem Eingang des kleinen Theaters stand eine Telefonzelle.
Miriam ging gleich ran.
-‚Tut mir leid, aber ich habe überraschend Besuch bekommen.'
‚Ein Freund?' fragte Robert wie beiläufig.
-‚Darüber möchte ich mich jetzt nicht auslassen.'
‚Wie isses mit morgen?'
-‚Ich dachte, wir hätten uns darauf geeinigt, daß wir uns gegenseitig Raum geben wollen?'
Eine Menge Vorwürfe klangen mit.
‚Oke', sagte er, ‚du hast recht, tschau.' Und legte auf.
Eigentlich hatte er nicht so abrupt sein wollen.
Dieter wusste sofort, was los war. Und führte den Zeigefinger zum Mund.
Robert hatte mit den Füßen im Kies geknirscht.
Er nahm seinen Schal, den er über die Stuhllehne gehängt hatte und schlich zum Ausgang.
Es war kalt draußen.
Er schlang den gestrickten olivgrünen Schal um den Hals, vergrub die Hände in den Jackentaschen und machte sich auf den Heimweg.

In einem Schaufenster standen Schallplatten von Sechziger Jahre-Gruppen. Die Plattencover zogen ihn magisch an. Es war jedesmal das Gleiche: Er kaufte eine LP, hörte einzelne Stücke vier fünfmal, dann stand das Stück Vinyl im Regal.
Jähsinn gab sich einen Ruck. Es war doch bloß Ersatz!
Wichtigeres wartete auf ihn.
Am nächsten Tag musste er ins Krankenhaus. Sein Hausarzt hatte von einem Routine-Eingriff gesprochen. Er bekam ein flaues Gefühl in der Magengegend, aber es musste sein. Er wollte wieder ein Stück von seiner verklemmten Katholen-Existenz loswerden. Zwei drei Zentimeter Haut. Endlich die Sache hinter sich bringen.
Das Wetter war ekelhaft. Man musste aufpassen, daß man nicht in Wasser trat. Er hielt sich nah an die Häuser.
Mit Miriam würde es immer hin und her gehen. Sie hielt ihn am ausgestreckten Arm. Und Jeanette? Mittlerweile waren vier Monate verstrichen, seit er ihr einen langen Brief geschrieben hatte. Nur ein Kartengruß war bei ihm angekommen. Vor ein paar Tagen hatte er selber eine Karte abgeschickt.
Aus Bremen hatte er eine Einladung erhalten, an einem Workshop der KO teilzunehmen.
Über den Häusern zogen Wolken. Ein Stück Mond wurde sichtbar und verschwand wieder hinter weißem Dunst.
Plötzlich verspürte er eine frische Lust. Es gab keinen echten Grund, in Panik zu geraten. Woran er nur immer in seinen verschnörkelten Hirnwindungen klebte!
Er klatschte in die Hände. Der Aufenthalt am FH lag bald ein halbes Jahr zurück. Er war jung und hatte das Meiste noch vor sich. KO bedeutete Leben und Arbeiten. K-*örper* und O-*rgasmus.* Das Eine nicht ohne das Andere. ‚Beweg dich mal richtig!' hatte ihm Marise bei einem Kurs zugerufen. Na ja, die Frau spielte Theater, aber irgendwo hatte sie auch Recht. Jähsinn begann zu laufen und achtete nicht weiter auf die Pfützen.

Nun also die Operation. Den Eltern hatte er nichts gesagt. Seine Mutter würde es fertigbringen, mit der Bahn anzureisen. Er wollte in Ruhe gelassen werden. Er freute sich auf den Eingriff – nur durch die Mutter wurde sie zu etwas Lästigem. Über *das* und *sowas* hatte es nie Gespräche mit den Erzeugern gegeben.
Er verbrachte die Zeit im Krankenhaus-Bett mit Tagebuchschreiben und Träumen. Was war anerzogen, was durch die Gene festgelegt? Die Kirche steckte immer noch in ihm. Sie hatte mit ihren Tabus seine Hemmungen noch verstärkt.
Die KO war ein Weg, die Verdrehtheit abzubauen.

Helmut brachte ihm den neuen *Ulcus Molle* und eine Tafel Schokolade ans Bett.
Von Miriam keine Nachricht.

Eine Woche später nahm er, wieder in der Wohnung, das erste Bad. Sein Glied war dick verbunden, mit einer kleinen Öffnung vorne. Ein hübsches Päckchen, griente Helmut. Es fehlte nur eine Schleife.
Beim Baden ging der Verband auf. Das Garn, mit dem die Wunde genäht worden war, löste sich. Die Eichel war noch geschwollen, dunkelrotviolett. Er sah sie zum ersten Mal. – ‚Na, sieht doch normal aus‘, meinte sein Mitbewohner.
Es war ein neues Gefühl, die ungeschützte Haut zu berühren.
Er trank mit Helmut ein Glas Sekt. Und noch eins. Dann rief er Miriam an. Sie klang leicht angesäuert. Nein, sie wollte nicht kommen, brauchte noch Abstand.
‚Nichts ist peinlich!‘ Sie stießen an und schlürften das prickelnde, süße Getränk aus dem Bolle-Laden. ‚Auf ein Leben ohne Hemmungen!‘
Jähsinn war glücklich, einen Menschen zu haben, mit dem er über alle reden konnte.

Die Katze miaute und kratzte an der Kühlschranktür.

18 Jeannette an Jähsinn

‚Danke für die Karte und deinen sehr persönlichen Brief. Pardon, dass ich erst heute antworte– dabei fand ich deine Gedanken über Anarchismus und Musik interessant. Nachdem ich im Sommer vom FH nach Hause gefahren war, hatte ich mit meinem Arbeitgeber ein Gespräch. Ich bin ja bei der Stadtverwaltung angestellt. Sie sind großzügig, haben mich ein halbes Jahr beurlaubt – natürlich unbezahlt. Das bedeutet, daß ich jetzt noch zwei Monate habe, um eventuell zurückzukehren. Kurz nach dem Gespräch fuhr ich nach Paris. Wir haben ein Haus gefunden, etwas außerhalb, wo wir mit zweiundzwanzig Frauen und achtzehn Männern leben. Es haben sich zwei Gruppen gebildet. In der ersten sind die, die schon öfter am FH waren. In der zweiten Gruppe sind neue Mitglieder wie ich, aber auch ein paar ältere.
Wie sieht es bei dir aus? Verstehst du dich jetzt besser mit den Hamburgern, oder gehst du zu der Dichterin, von der du erzählst? In Paris haben wir gute Musiker. Ich habe selbst viele Jahre Klavier gespielt und auch Geigenunter-

richt bekommen. Am FH geht es grob zu, was die Musik betrifft. Zuletzt hörte ich, daß sie mehr mit Jazz arbeiten und die Selbstdarstellungen verfeinern wollen. Die Colette hat jeden Abend sehr berührende SD's gemacht und ich habe bei mir auch das Gefühl, daß es vorangeht.

Deine Bemerkungen über Beat-Musik finde ich ungewöhnlich. Vielleicht bist du etwas verrückt auf dem Gebiet? Ich kenne mich nicht besonders aus. Beatles, Rolling Stones, Beach-Boys – mehr weiß ich nicht. Was du über Ekstase schreibst, kann ich nachvollziehen. Aber es handelt sich da eher um Ekstasen, die sich in deinem Hirn, in deinem Kopf abspielen?! Bei den SD's geht es darum, daß der ganze Körper in Bewegung und Verzückung gerät. Ich habe früher viel klassische Musik gehört, Camille Saint-Saens, Cesar Franck, aber auch Beethoven, Mendelssohn-Bartholdy. Auch da gibt es Ekstasen, aber eher harmonisierend, sanft. ... Ich höre Sinfonien lieber als Beat, weil diese kurzen Stücke, zwei oder drei Minuten, das hat etwas Hektisches. Mit klassischer Musik werde ich in der Gruppe nicht mehr viel machen, ich lasse mich auf das Experiment Jazz ein. Was du als „Flashbacks" bezeichnest, verstehe ich nicht. Ich kenne das Erinnern von Melodien und musikalischen Stimmungen, aber so chaotisch, wie du es andeutest, habe ich es nie erlebt. Da ist ja ein richtiger Zwang.

Ich glaube, du bist ein Genie – aber was bedeutet das? Allein in der Pariser Gruppe sind wenigstens *fünf Genies. Mir fällt eine Erzählung von E.A.Poe ein, die wir in der Schule gelesen haben. Sie heißt ‚Der Geschäftsmann'. Der Erzähler bezeichnet Genies als ‚abgefeimte Esel'. Nun ist Poe selber ein Genie ... Trotzdem distanziert er sich und betont, daß er ein Geschäftsmann sei. Er bringt dann auch einige Beispiele für Geschäfte, ziemlich lustig. Zu denken gegeben hat mir, daß er von „Methode" spricht. Da wir das Buch in unserer Bibliothek stehen haben, kann ich zitieren: „Ich bin ein Geschäftsmann. Ein methodischer Mensch. Methode ist schließlich die Sache." Ich meine, Du hast keine Methode.*

14 Uhr 30. Ich fühle mich toll! Es ist ruhig im Moment, weil die meisten arbeiten gegangen sind. Im Moment reichen noch die Einkommen. Wie lange wir vom Trödelladen und der KFZ-Werkstatt leben können, weiß niemand. B. und D. stecken jeden Monat von ihren persönlichen Ersparnissen in das Haus. Wir machen Gästeabende und haben auch schon Kurse veranstaltet, aber die Einnahmen sind gering.

Was du über Anarchismus schreibst, verstehe ich teilweise. Ich habe Bakunin nicht gelesen, oder höchstens ein paar Seiten. Ich kann mich kaum erinnern und sehe nur einen dicken bärtigen Mann vor meinem geistigen Auge, der ständig in Aufstände verwickelt war. Feiler ist auch ein Kämpfer, aber künstlerischer. Außerdem hat er Glück bei den Frauen. War Bakunin verheiratet? In Frankreich wurde Proudhon geschätzt. Ich habe ihn angefan-

gen zu lesen, aber er ist mir zu sehr auf Ökonomie bezogen. Mit anarchistischen Gruppen hab ich nie zu tun gehabt -naja, den Cohn-Bendit fand ich mal gut- aber ich kann deren Haltung wohl nachvollziehen. Sie wehren sich dagegen, vom Staat betrogen zu werden. Sie wollen sich von keiner Macht, egal ob kirchlich oder weltlich, drangsalieren lassen. Ich glaube, ich verstehe deine Bedenken, was die Struktur der K.O. angeht. Diese wöchentliche Hierarchie, vom ersten bis zum letzten Platz, ist autoritär. Aber es ist nicht schlimmer als in der Gesellschaft. Überall gibt es Hierarchien: auf der Arbeit, an der Uni, in der Kunst-Szene. Der Unterschied ist, daß in der KO die Hierarchie sichtbar gemacht wird. Du weißt, woran Du bist. Die Linken sollen sich nicht anstellen. Ich war ein Jahr lang Mitglied bei den Sozialisten. Da gab es ständig Machtkämpfe. Insgesamt komme ich zurecht mit der Struktur. Momentan bin ich Nummer sechs. Ich war auch schon Nummer vier gewesen, aber auch siebzehn. Na und? Es ändert sich ständig.
Noch mal zum Anarchismus: Viele Menschen entwickeln einen Widerstand gegen Ungerechtigkeit. Und sie wollen nicht in der Anonymität ersticken oder vereinsamen. Zwischen Anarchismus und Sozialismus und Kommunismus sind die Übergänge fließend. Von Max Stirner habe ich noch nie gehört. Ich weiß nicht, ob sein Werk ins Französische übersetzt worden ist.
Deine Bemerkungen über Meditation habe ich nicht ganz verstanden. Du meinst, daß die SD's eine Art ‚Meditation nach außen' sind? Ich bin mir nicht sicher. Man sollte erst Erfahrungen sammeln, bevor man ein Urteil fällt. Ich habe viele Jahre autogenes Training gemacht. Von daher finde ich SD's natürlich total anders. Was meinst du mit „geistiger Substanz" oder „seelischen Inhalten?" In der Meditation gibt es so etwas wie Ur-Bilder. Kennst du Mandalas? Im Buddhismus gibt es Kreisläufe, die jeder Mensch durchlaufen muß, aus denen er sich aber befreien will.
Klar sind in den SD's auch Elemente von Theater enthalten. Inwieweit es therapeutisch ist, weiß ich nicht. Ich habe noch kein ‚Geburtserlebnis' gehabt, aber das macht nichts. Ich finde die SD's gut, weil in ihnen viel von dem betreffenden Menschen sichtbar wird. Mehr als in Gesprächen. Ich spüre, daß körperlich mit mir Veränderungen vor sich gehen. Das hängt mit der Kraft zusammen, die man in der Mitte entwickelt, und dann die Reaktionen darauf, aber natürlich kommt es auch von der Freien Sexualität. Es ist wahnsinnig aufregend. An einem Tag passiert so viel wie früher in Rouen im Monat. Manchmal geht es mir zu schnell.
So, ich muß jetzt aufhören mit dem Schreiben. Ohne deinen langen Brief hätte ich diese Seiten hier nicht zustande gebracht. Ich glaube, du bist etwas sentimental. Die Situation vor der Abreise ist mir nicht mehr genau in Erinnerung. Es passiert zu viel.

P.S. In anderthalb Monaten wollen wir mit der zweiten Gruppe zum FH fahren. Vielleicht kommst du auch? (Ende November/Anfang-Mitte Dezember)'

19 Workshop

,Mach mal das Fenster auf!'
Anita wedelte mit den Händen, um den Qualm der Zigarette zu vertreiben. Jähsinn betätigte die Kurbel in der Beifahrertür. Anita lehnte sich mit einem Seufzer zurück und genoß den Wind, der wie ein Taifun in das Fahrzeug fegte.
Michi saß hinterm Steuer seines Käfers und grinste. Neben Anita hatte es sich ein Mann bequem gemacht, der noch eine Woche zuvor die Teilnahme am Workshop brüsk in den Bereich der Legende verwiesen hatte. *,Glaubst du, ich finanziere dem Feiler sein Privatvergnügen? Daß der Alte seinen Harem ausbauen kann?'* Dann war alles ganz anders gekommen. Robert hatte seinen Mitbewohner heulend im Zimmer angetroffen. Seine Freundin hatte Schluß mit ihm gemacht. ,Es ist alles aus!' Nein, Briefeschreiben und Telefonieren wären sinnlos. Es gab nichts mehr, Tina hatte schon mehrmals gedroht, Schluß zu machen. Nun hatte sie ihre Ankündigung wahr gemacht.
Seit knapp einer Stunde waren sie auf der A 1 unterwegs. Anfangs war Helmut noch vergnügt gewesen, aber je mehr sie sich dem Ziel der Reise näherten, desto stiller war er geworden. Schließlich hatte er angefangen zu rauchen.
,Was meinste? Wie wird der Kurs?' fragte Michi seinen Beifahrer und kurbelte das Fenster wieder hoch.
-,Och … Super natürlich.'
,Muffensausen?' Michi lachte.
-,Wovor?'
Jähsinn beneidete den Mann mit dem Teddygesicht für seine gute Laune. Er hatte Erfolg bei den Frauen. Und *er,* Jähsinn, hatte endlich Post von Jeannette bekommen.
,Wir werden das Ding schon schaukeln', sagte Michi und blickte in den Innenspiegel.
Blablabla dachte Jähsinn und schaute auf die asphaltierte Straße. Die anderen sollten sich noch umsehen, wenn er richtig loslegte. Man müsste me-

thodisch vorgehen, nicht einfach nach Gefühl.
‚Machst du das Fenster wieder zu?', schrie Anita. Jähsinn kurbelte.
‚Erzähl doch mal einen Schwank aus deinem Leben!' gab Michi nach hinten
weiter.
‚Selber', rief Anita.
-‚Ich weiß was Besseres', sagte Robert und wedelte mit einem Blatt Papier. --
‚Ein Gedicht von Helene!'
‚Was meinen die Damen und Herren?' gab Michael in die Runde.
‚Keine Ahnung. Ich kenne die Frau kaum.' erwiderte Helmut.
‚Leg los', rief Anita.
‚Meint ihr, ein Auto ist der geeignete Ort?' versuchte Michi abzuwiegeln.
-‚Gerade in einem Käfer', entgegnete Jähsinn, ‚kommt der Text von Helene
richtig zur Geltung.'
‚Wieso? Bist wohl auch'n Dichter, was?'
‚Streitet euch nicht, leg endlich los' rief Anita.
-‚*Aus Sex muß Liebe werden!*' rief Jähsinn.
‚Nicht so laut!' Michi war genervt.
-‚*Aus Sex muß Liebe werden*' deklamierte Jähsinn. ‚Oke?'
-‚Mach zu', brummelte Helmut.
-‚*Aus Sex muß Liebe werden*' las Jähsinn zum dritten Mal,
‚*aus Liebe Gebet, und aus Gebet Ekstase*
Fremde Körper – Fremdes Fühlen
Weit entfernt von dir und mir
Schalte aus das kühle Denken
Daß die Liebe nicht erfrier.
Sink hinein ins Körperwiegen,
in das Innen, das sich rührt,
bis dein Leib sich selbst und meinen
wie ein seeliges Kreisen spürt.
Und im Kreisen, das wie Beten
Dankbarkeit und Sinne rührt,
wirst du leise in Ekstase
unheimlich und wild geführt.'
‚Kannst du die letzten Zeilen wiederholen?' fragte Anita.

Zwanzig Minuten später waren sie am Ziel angelangt. Der Workshop „*Leben
in der Gruppe*" fand in einer Schule im Bremer Stadtteil Hemelingen statt.
Das Gebäude sah aus wie ineinander verschachtelte Kekspackungen. Neben
der Eingangstür prangten in roter Farbe Hammer und Sichel. Darunter der
Spruch *Bildet Zellen! KPD/ML.*
Sie betraten das Gebäude und hörten im verglasten Eingangsbereich Stim-

men aus einer offen stehenden Tür.

Die anderen waren bereits alle da.

Sie stellten ihre Taschen und Schlafsäcke in eine Ecke und umarmten die übrigen Teilnehmer des Kurses. Es war so ähnlich wie am FH, nur etwas verhaltener. Hier ein Kuß auf die Wange, dort ein schüchternes Streicheln. Einige kannten sich von Besuchen in Österreich.

Im Musikraum stand ein Klavier. Die Tische waren auf eine Seite gestellt, der Boden war mit blauen Matten ausgelegt. Ringsum Kissen.

Der Leiter des Workshops, ein schlaksiger Mann Mitte zwanzig, sah die Männer und Frauen eintreten und klimperte wie nebenbei auf dem Instrument. Und wartete, bis alle einen Platz eingenommen hatten.

-‚Mein Name ist Theo. Theo Moldenhauer.’

Der Workshopleiter richtete sich kerzengerade auf und drehte den Kopf mit einem gefrorenem Lächeln zur Seite.

-‚Jede Selbstdarstellung ist eine - - - Entdeckungsreise.’

Pling, plong.

-‚Es dürfte klar sein’ -der Mann mit der leicht gebogenen Nase griff einen schweren Akkord- ‚daß unterschiedliche Erwartungen...’ —bedächtig ließ er den Daumen über die Tastatur perlen- ‚im Raume... stehn...’ Einzelne Töne klangen an. -‚Oder?’...- Bevor etwas entgegnet wurde, hob er die Hände. — ‚Wir können davon ausgehen’ —langsam senkte er die Hände und drückte mehrere Tasten gleichzeitig— ‚daß alle Erwartungen und Wünsche zum Ausdruck kommen...’

Er spielte zwei Strophen eines alten Schlagers und hörte abrupt auf.

-‚Ich freue mich, hier zu sein.’

Der Mann stand auf, drehte sich langsam, verschränkte die Arme und blickte wie träumend auf die Workshopteilnehmer, rutschte mit dem Po ein Stück zurück, und als einige dachten, er wolle den Vortrag mit einer durch seinen Hintern erzeugten Kakophonie abschließen —ein Kursteilnehmer hielt bereits die Hände ausgestreckt, um loszuklatschen- setzte er sich wieder, betont lässig, reckte seine Arme, verharrte einen Moment und ließ sie hinabfahren wie ein Geier seine ausgestreckten Krallen, spielte fortissimo, hackte links auf die Tasten, erzeugte rechts ein paar grelle Tupfer — und wurde wieder sanfter...

‚Die SD ist ein unermeßliches Gebiet...’ - er klimperte crescendo — ‚eine Wildnis, kaum erforscht. Jeder Gang in die Mitte ist ein Beitrag, um die weißen Flecken auszumalen. Mit Rot...’ —er griff hart in die Tasten — ‚blau...’ —er spielte weit auseinander liegende Töne- ‚gelb...’ —er ließ die Finger flirren- ‚und schwarz...’ -Er wies auf die Tasten. ‚Und weiß?’ - Er drehte sich zur Seite und schürzte die Lippen — ‚Was weiß ich, wie viele weiß es gibt...’ — einige Kursteilnehmer lachten- ‚Uns interessieren vor allem ... Mischfarben.

Der Mensch ist ein Zusammenklang aus Farbtönen'- Er begann eine feine Melodie, brach die Tonfolge abrupt ab, setzte einen neuen Akkord, wurde lauter, fing an, falsch zu spielen, steigerte das Tempo, klimperte schräg und leise, zierlich, mit winzigen Pausen zwischen den Akkorden, wurde erneut lauter und wilder, heftiger und krasser, häßlicher und nebulöser, blasser, riß Harmonien in Fetzen, begann herumzuhetzen, geriet sichtlich in Wallung, vollführte eine Zusammenballung aus Gewitter und Knitter, hüpfte vom Hokker in die Höh', schnitt Grimassen für Gefängnisinsassen –‚Ihr das Publikum, ich frei,- was bedeuten die Geräusche? Einerlei!', klimperte wie rasend, begann mit den Ellenbogen zu laufen und landete in einer grellen, gewaltigen Disharmonie ... wurde leiser, sank erschöpft nieder, schien ausgelaugt.
Zum Schluß legte er ein Bein auf die Tastatur.
Donnernder Applaus.
Jähsinn blickte zu Helmut. Ihm war nichts anzumerken.
-‚Wir gehen auf Trip', sagte Moldenhauer, ‚ohne Alkohol, ohne Tabletten.'
Der Workshop-Leiter ergriff die Hand einer Frau, die während der Darbietung neben dem Klavier gesessen hatte, und ging mit ihr ein paar Schritte.
Jähsinn fand den Mann sympathisch.
Die Blonde an seiner Hand trug nicht Glatze, sondern Pagenschnitt. Und hatte eine Figur, daß Jähsinns erotischer Kompaß verrückt spielte.
Helmut sprang in die Mitte.
-‚Hast deine Freundin mitgebracht?'
‚Sie hat mir vor einer Woche den Laufpaß gegeben.'
-‚Laufpaß? Stell es dar!'
‚Also, ich war-,
-‚Darstellen, nicht erzählen!'
Die Blonde stürzte nach vorn, laut heulend, und ging zu Helmut, hielt sich an ihm fest. Der versuchte, sie zu umarmen. Sie stieß ihn zur Seite und heulte weiter. Helmut war irritiert.
-‚Bravo!'
Theo klatschte und die anderen fielen ein. Einige johlten.
Die Blonde, offenbar Theos Assistentin und Gesandtin der Göttin Eros, zwinkerte Helmut zu.
-‚Probiers noch mal!', forderte Theo.
Helmut steckte seine Brille in die Hemdtasche, schlug die Hände vors Gesicht, machte ‘huuu-huuu‘, nahm die Hände wieder herunter, grinste breit und entschuldigte sich:
‚Es geht nicht! Es ist nicht echt.'
-‚Bist auf deine Freundin wütend? Haßt sie?'
‚Ja, aber nicht nur.'
-‚Stell es dar!'

‚Also letzten Sonntag..’
-‚Net erzähln!’
Moldenhauer legte Helmut eine Hand auf die Schulter.
‚Er kann nicht weinen!’ meinte die Assistentin.
Der Kursleiter schaute in die Runde.
Robert war empört.
‚Doch, doch, er kann!’
-‚Wer hat dich denn gefragt?’
Alle blickten auf Robert.
‚Komm in die Mitte!’
Er stand auf und stellte sich neben seinen Mitbewohner.
-‚Willst du noch?’ fragte Theo. Helmut schüttelte den Kopf und setzte sich.
Magerer Applaus.
-‚Du kannst später wieder. – Und nun ...!’
Robert sang, daß er mit Helmut zusammenwohne. Auch seinen Namen kleidete er in eine Melodie. ‚Bin der Ro-o-o-obert Jäh-sinn’
-‚Na, besser als Jähzorn’, warf Theo ein.
Einige kicherten.
Etwas in Robert sträubte sich.
Und jetzt tanzen?
Theo klimperte, Jähsinn wiegte die Hüften, drehte sich um die eigene Achse und tänzelte über die Matten. Die auf dem Boden Sitzenden klatschten rhythmisch.
Theo nahm die Hände von den Tasten.
-‚Du hast einen Kurs besucht?!’
‚Ich war eine Woche am Friedrichshof.’
-‚Nein!’, rief emphatisch der Mann in der blauen Latzhose.
‚Doch. Liegt aber schon vier Monate zurück.’
-‚Na bravo!’
Ohrenbetäubender Lärm setzte ein. Vierzig Füße stampften. Einige klatschten, pfiffen. Jähsinn blieb cool. Er hatte schon manch donnernden Applaus erhalten und war wieder in der Bedeutungslosigkeit verschwunden.
-‚Und? Willst einziehn?’
Robert hoffte, ja er brannte darauf, endlich richtig dazuzugehören, aber er wollte nichts Falsches sagen. Theo war ein feiner Kerl, aber auch ironisch.
-‚Der Kandidat erbittet sich eine Bedenkzeit. Na prima! Uschi, welche Note gibst du?’
‚Och“ sagte die Blonde, ‚durch den Gesang … ne drei!’
-‚Oke. Zwei minus!’

Einer nach dem anderen sprang in die Mitte und teilte sich intensiv mit.

Schreien, weinen, flüstern. Tief von innen heraus. Manches wirkte zäh, manches flüssig. Darsteller gerieten in Ekstase. Theo und die Blonde taten alles, um ihre Gefühle zu provozieren, sie in Emotionen hineinzutreiben. Niemand musste Angst haben, wenn es ihm schlecht ging. Die meisten wurden in den Arm genommen. Manche schienen zu flunkern und zu schauspielern. Wieso nicht?, dachte Robert. Wenn sie gut schauspielerten. Es gab keine Kriterien für das *Echte*. Was ich für echt halte, kann für andere Theater sein. Hauptsache, es passierte. Möglichst wild, lebendig, laut. Es lief ein Film mit wechselnden Hauptdarstellern. Die Rolle des Regisseurs war festgelegt, auch die der Assistentin. Ansonsten schien alles offen. Der Workshop war eine Art Basar. Es lag bei jedem Einzelnen, was er vor den anderen ausbreitete. Der Leiter bestimmte die Richtung des Geschehens, das bisweilen abflaute, um, nach tosendem Applaus, mit einer neuen Probandin wieder farbig und sprühend zu werden. Alles war in Bewegung, aber der Leiter achtete darauf, daß der Rahmen nicht außer Kontrolle geriet.
Helmut ging zum zweiten Mal in die Mitte, brüllte und verfluchte seinen Vater, der ihn geschlagen hatte. Aber umbringen? Nein, das nicht.
Michi fühlte sich wohl im Kreis der Workshopteilnehmer. Wieso kam er so gut an? fragte sich Robert. Er ging herum, bewegte den Hintern ein wenig nach links und rechts, schien sich nicht anzustrengen.
Anita hatte seit vier Wochen keine Schokolade gegessen. Sie schilderte, ihren ganzen Körper einsetzend, wie sie bei Aldi vor einem Regal gestanden hatte. Tausend verabscheuungswürdige Gelüste waren über sie hergefallen, fiese Geister in ihrem Nacken, Gesichter die zu Fratzen wurden und sie piesackten. Sie hatten gezwickt, aber auch geschmeichelt, und sie hatte widerstanden. Nur Eines gab es, das jede Anstrengung wert war. Nach Anitas Darstellung gingen alle in die Mitte, hoben sie hoch und schaukelten sie leise hin und her. Anschließend sprang Theo in die Mitte und tanzte kontrolliert ekstatisch.
Jähsinn saß am Rand und hatte die Übersicht verloren, was geschauspielert war und was echt, was gewollt war und was unbeabsichtigt hochgespült wurde. Es geht um Schönheit, sagte er sich. Kann ich lernen, attraktiv zu sein? Irgendwann wollte er groß herauskommen. Schlagzeile: *Der Dichter in der Kommune*. Er hatte sich immer für mickrig gehalten. Konnte man seinen Genen entkommen? Hier schien alles möglich. Über den eigenen Schatten springen, das Fade, Andressierte abschütteln. Theo schaffte es, in einer Mischung aus Künstler, Playboy und Barmixer, den Workshop zu polarisieren. Helmut war ein total anderer Typ. Anita mit ihren Pickeln zeigte Mut. Anita Bukowski dachte er. Und Günter und Hedwig und Heinz und Rudolf und Bärbel und und. Jähsinn versuchte, sich als Teil des Ganzen zu fühlen.
Väter und Mütter wurden nicht nur bespuckt, geschlagen, aufgeschlitzt und

gevierteilt, sondern auch liebkost, gestreichelt, geküsst, gefickt und besungen. Man musste sich freimachen von den schlechten Eigenschaften, die man von ihnen übernommen hatte. Einmal spielte Jähsinn seinen Vater. Er spürte ihn nicht. Vater war ein Wort ohne Kraft, ohne tiefere Emotion. Dann wurde, um einem Kursteilnehmer eine Konfrontation mit seiner Vergangenheit zu ermöglichen, ein Mutter-Darsteller gesucht. Mehrere Männer versuchten sich in der Rolle. Auch Jähsinn sprang in die Mitte, verzog sein Gesicht, krächzte: ‚Kommst du wohl her? Na warte, Freundchen!' Der Mann vor ihm rührte sich nicht. Jähsinn wiederholte seine Aufforderung, sprach langsamer. Er identifizierte sich mit der Rolle. Wie oft hatte seine Mutter ihm befohlen, vor sie zu treten, mit drohendem Unterton, und dann hatte sie ihm eine Ohrfeige verpaßt. ‚Was hat der Lehrer erzählt? Hörst du überhaupt zu?' Der Mann in der Mitte wich zurück, als Jähsinn mit dem Zeigefinger drohte. Er ging um ihn herum wie eine Hexe, mit leicht tänzelnden Bewegungen, und bedrohte sein Opfer. Da es sich immer noch nicht äußerte, fing er an zu keifen. ‚Hast du Tomaten in den Ohren? – Dir geht es wohl zu gut? Brauchst wohl mal wieder eine Tracht Prügel!' Auf einen Wink des Leiters setzte sich der Mann, so daß Robert allein weitermachte. Die hysterische Darstellung wurde von Lachen begleitet und Zurufen, und schließlich mit donnerndem Applaus bedacht.
Es gab Abendbrot.

Im Lehrerzimmer wurden Tische zusammengeschoben und mit karierten Tüchern gedeckt. In den Fenstern spiegelten sich die von der Decke herabhängenden Lampen mit ihren kegelförmigen Hüten. Außer einem Schrank und Bücherregalen standen ein Herd und ein Waschbecken mit Spüle in dem Raum. An der Stirnseite hing ein abstraktes Gemälde aus farbigen Kreisen und Vierecken.
Es gab Suppe, verschiedene Salate, Pellkartoffeln, Brot mit Wurst und Käse. Die Getränke wurden extra berechnet.
Uschi –die Blonde- saß mit einer Kasse an einem kleinen Tisch. Jeder bezahlte bei ihr die Kursgebühr.
Die Stimmung war aufgelockert, fast fröhlich. Niemand musste eine Rede hal-ten. Am FH ging es strenger zu.
Jähsinn beobachtete Helmut, der in ein Gespräch mit seiner Tischnachbarin vertieft war.
Robert versuchte locker zu sein. Ihm gegenüber saß eine Frau und lächelte ihn an. Er dachte an Jeanette und den Brief. ‚Hey, wo bist du mit deinen Gedanken?'
Die Situation machte ihn verlegen. Er schätze Ingrid auf vierzig. Sie hatte dunkles, kurz geschnittenes Haar und trug eine weiße Bluse mit schwarzen

Punkten. Theo hatte sie als Marienkäfer bezeichnet.

Ein Marienkäfer mit einer enormen Oberweite, fand Robert.

Er erzählte von seiner politischen Arbeit. ‚Na ja‘, erwiderte Ingrid, vor drei Jahren war sie in die Düsseldorfer SPD ein- und letztes Jahr wieder ausgetreten. Ob ihr auch die straffe Hierarchie dort aufgefallen sei, wollte Robert wissen.

‚Ach, irgendwo waren die Leute einfach altmodisch.‘

Plötzlich wurde es laut am Ende der Tafel.

-‚Was?‘ rief Theo, ‚Du auch? – hey, und Du?‘

Alles blickte auf den Mann in der Latzhose und dem braun gestreiften Holzfällerhemd.

Michi schmunzelte wie ein Koalabär.

-‚Ist sonst noch jemand gegen Zensuren?‘

Niemand wagte einen Ton. Zwei Frauen kicherten. Als Theo sie streng anblickte, verzogen sie ihr Gesicht, um im nächsten Moment weiter zu kichern.

In dem Moment legte Helmut eine Schachtel Stuyvesant auf den Tisch.

-‚Hey, was ist das? Hier raucht nur einer!‘

Theo stand auf, verzog das Gesicht und führte bedächtig zwei Finger zum Mund, als hielten sie eine Zigarette. Kühl blickte er in die Runde, zog die Stirn kraus, inhalierte tief und formte einen Fischmund, ehe er die Luft vernehmlich ausblies.

-‚Seids ihr antiautoritär?‘

Robert rückte näher an den Tisch und stützte sein Kinn in die lose gefalteten Hände.

Er versuchte unbefangen auszusehen.

‚Hier sind doch Pädagogikstudenten und ausgebildete Lehrerinnen. Wer von euch möchte den Abend leiten?‘

Keine Hand ging nach oben.

Moldenhauer ließ spöttisch den Blick kreisen.

Robert staunte. Der Mann schien keine Nerven zu haben.

Moldenhauer zwinkerte Uschi zu, die jedoch unsicher zu sein schien. Plötzlich sagte sie: ‚Einmal in meinem Leben möchte ich dir eine Note geben. Sechs!‘

Theo lachte und warf der Blonden eine Kußhand zu.

-‚Denkt dran, wir machen gleich weiter! - Es muß abgewaschen werden!‘

Einige standen auf.

Theo scherzte mit Claudia, die an der Schule unterrichtete und die Räume angemietet hatte. Uschi sprach mit Michi und hatte die Augen überall, schien auf alles achtzugeben. Jähsinn war befangen.

Theo war sehr feingliedrig. Beim Auftritt im Musikraum war es Jähsinn nicht aufgefallen. Er lachte und ließ die Bemerkung fallen, daß es darum gehe,

Probleme spielerisch zu bewältigen. Jähsinn stand neben ihm und dachte, wie persönlich der Mann und wie leicht es sei, mit ihm Kontakt aufzunehmen, aber dann sagte Theo, als hätte er den Gedanken erraten, etwas Irritierendes. Jähsinn konnte sich später nicht erinnern, was es gewesen war, aber alle Nähe war wie weggeblasen. Der Kursleiter machte den Frauen charmant und frech den Hof. Er lud sie ein, einzuziehen und nach Paris zu kommen, wo er demnächst die Gruppe leiten würde. Er kam auf die freie Sexualität zu sprechen. Früher hatten Kommunarden auch mit Gästen geschlafen. Dann waren Krankheiten ausgebrochen, von denen die gesamte Kommune im Nu angesteckt worden war. Seitdem gab es Sex nur noch nach strengen Hygiene-Vorschriften.
Theo lebte seit fünf Jahren in der Kommune. Für ihn war alles normal.

Einige Kursteilnehmer blieben im Lehrerzimmer, um abzuwaschen. Jähsinn sammelte Messer und Gabeln ein und begann, das Geschirr einzusammeln. Es war gut, etwas zu tun zu haben. Es durfte ruhig banal sein. Er hätte auch Laub geharkt. Anita ließ Wasser ins Waschbecken laufen und nahm die Spüli-Flasche. Jähsinn überlegte, wie er ein Gespräch anfangen könnte. Plötzlich sah er, wie Theo eine Hand in Uschis Bluse steckte. Jähsinn bekam einen roten Kopf. Anita schaute in die andere Richtung, während ihm das Blut in die Wangen schoß. Hastig und geräuschlos stellte er eine Salatschüssel auf den Tisch. Anita drehte sich um, wollte etwas sagen, so schien es, aber da war er schon weg, flüchtete zum Klo. Seine Wangen glühten, es war entsetzlich. Wieso diese Reaktion? Er fühlte sich gedemütigt. Im Vorbeigehen streifte er mit einem Blick einen Spiegel und war fast enttäuscht, daß sein Kopf kein glühender Ball war. Vielleicht hatte niemand etwas bemerkt?
Er knöpfte die Hose auf und zog an seinem geschrumpften Glied. Die Eichel blickte kaum aus dem Haar hervor. Er musste fummeln, um etwas zu fassen zu kriegen.
Er hatte sich in den letzten Tagen locker gefühlt, und nun das! Woher die Panik?
Er konnte sich noch so verstellen – der Körper ließ sich nichts vormachen. Trainierte Bewegungen funktionierten, aber dann passierte etwas, bei dem kein guter Wille hilft.
Er starrte auf die weißen Kacheln und versuchte sich zu konzentrieren. Er war ein Produkt der Zivilisation. Naturvölker kannten solche Probleme nicht.
Er stand mucksmäuschenstill, dann endlich spürte er es kommen. Ein Tropfen, dann noch einer, schließlich ward das Rinnsal zum Bache.
Er nahm Seife, wusch sich die Hände und mied den Blick in den Spiegel.
Auf dem Rückweg traf er Ingrid. Sie umarmten sich. Ja. Hier auch. Überall. Er umarmte sie fester, drückte das Weiche. Sie presste ihre Lippen auf sei-

nen Mund und, als er der Bewegung nachgab, schob sie ihm sacht aber mit Nachdruck die Zunge hinein. Er war verwirrt. Sie nahm seine Hand, um sie an ihre großen einladenden Brüste zu führen, die unter ihrer Bluse schaukelten. Er kam sich vor wie ein Schwein – plötzlich bekam er wieder einen roten Kopf.

-‚Is was?’ –‚Nein.’ – -‚Wirklich nicht?’ – ‚Nein. Wieso?’ Er schaute auf das Glas eines in die Wand eingelassenen Schaukastens, um zu prüfen, wie rot er war. Seine Augen irrten umher, er konnte kein Rot entdecken. Das Licht strahlte grell.

Ingrid ließ los. –‚Naa?’ Fast gleichzeitig entließen sie sich aus der Umklammerung.

Ingrid gab ihm einen Klaps auf den Po.

Robert wäre am liebsten im Erdboden versunken oder hätte eine Flasche an die Wand geworfen.

Er kehrte zum Abwasch zurück. Fast hätte er einen Papierkorb genommen und sich über den Kopf gestülpt.

Ausgerechnet jetzt spürte er eine leichte Erektion.

Anita klapperte mit dem Geschirr. Der größte Teil war bereits fertig. Helmut und Michael trockneten ab. Er beneidete sie für ihre Ruhe und Unbefangenheit.

‚Hey, net wegschwimmen!’ Uschi nahm Jähsinn in den Arm, drückte ihn, hielt ihn ein Stück von sich, lächelte ihm zu, ließ los, ging weiter.

Es machte ihn verlegen. Sie meinte es gut. Er war ein Trottel. Es brodelte in ihm. War er attraktiv? Jedes Tier ruhte in sich, war mit seinen Gefühlen identisch, nur er nicht. Er kam sich vor wie ein Marsmännchen, dem Antennen aus dem Kopf wuchsen. Durch einen dünnen Schlauch floß rote Flüssigkeit und überschwemmte den schmächtigen Körper. Er war sich seltsam fremd, durcheinander.

Dabei hatte er schon geglaubt, das Peinliche besiegt zu haben.

Uschi ging hinaus. Das Geschirr war fertig. Helmut plauderte mit Anita und Michi. Dann verließen auch sie das Lehrerzimmer.

Robert stellte noch ein paar Teller weg. Außer ihm war niemand mehr im Raum.

Bloß nicht sentimental werden.

Er war der letzte.

Ich will nicht der Letzte sein.

Irgendwie musste er diesen Workshop hinter sich bringen.

Es war alles zu viel. Endlose Jahre hatte er die katholische Erziehung über sich ergehen lassen, dann war er angefangen, gegen das Programm zu kämpfen. Und nun fiel er zurück in alte Muster.

Aus dem Musikraum tönte Stimmengewirr, überlagert von Geklimpere.

Robert schloß vorsichtig die Tür und setzte sich an den Rand. Noch ein halber Tag. Erwartungsvoll saßen die Männer und Frauen im Kreis und machten es sich bequem. Einige lachten.

Anita stand auf und stellte sich lächelnd in die Mitte. Theo hörte auf zu spielen.

-‚Soso, du willst also anfangen?'

‚Nicht unbedingt', erwiderte Anita, ‚aber ich möchte', erklärte sie feierlich, ‚allen Kursteilnehmern herzliche Grüße von Helene Täuber ausrichten.'

Anita wollte sich setzen, aber Theo forderte sie auf zu bleiben.

-‚Wir sind', stellte er die Aufgabe, ‚mit dem Auto unterwegs. Die Ferien haben begonnen, auf den Straßen und an den Tankstellen ist einiges los.'

Ein älterer Mann gesellte sich zu Anita.

‚Hallo kennen wir uns nicht?'

Anita verzog ihr Gesicht.

Er habe sie, warb der Mann mit dem langen grauen Haar, neulich im *Ochsen* bewundert.

-‚Net so großväterlich', korrigierte der Mann am Klavier. ‚Ochse ist gut, aber das andere ist zu steif.'

Sie seien auf Urlaubsreise, nicht im Großraumbüro.

Der Grauhaarige reagierte lächelnd auf den Hinweis und lud Anita zu einer Tasse Kaffee ein. Plötzlich sprang ein zweiter Mann in die Mitte.

‚Was fällt Ihnen ein', rief er.

-‚Ja Bravo!', rief Theo und klimperte.

Anita motzte den Hinzugekommenen an. Er war ihr Ehemann. Statt Stunk zu machen, sollte er in den Laden gehen, um zu bezahlen. Der Angesprochene drehte sich zur Seite und ging ein paar Schritte, während Anita den Freundlichen einlud, mitzufahren. Dieser lehnte jedoch ab, da er nicht allein, sondern mit seiner Freundin unterwegs sei.

In dem Moment sprang, auf einen Wink Uschis, eine zweite Frau in die Mitte.

-‚Ja, machts ein Drama, übertreibts!' fordert der Mann am Klavier, ‚Ihr seid nicht auf einem Theaterkurs, wo am Ende Preise verliehen werden, sondern zusammengekommen, um euch auszuleben. Seid Extremisten, Terroristen des Guten Geschmacks!'

Die Hinzugekommene beschimpfte den, der ihren Mann spielte, was ihm einfalle, eine andere Frau einzuladen.

-‚Mehr!' feuerte Theo an, ‚lauter!'

Das Geschimpfe steigerte sich, die Frau keifte wie von Sinnen und ging dazu über, die übrigen Kursteilnehmer zu beschimpfen.

-‚Laß dich nicht ablenken!"

‚Ihr Spinner, Transusen, Beamte, Trottel, Dummköpfe, Nullen, Ihr -ihr –ihr -ihr

Angsthasen-Pfeffernase-morgen-kommt-der-Osterhase, Torfköppe, Däme-
lacks, Feiglinge'
-‚Weiter. Die unglaublichsten Vorwürfe, an den Haaren herbeigezogen, alles
ist erlaubt', rief Theo, ‚Laßt die Ehrlichkeit beiseite.'
Nun fingen auch Anita, der Grauhaarige und der zweite Mann an zu schreien.
Theo begleitete die Szene am Klavier mit tiefen Tönen.
-‚Ja!' rief er, ‚alle zusammen!' und stand auf, dirigierte die Schreienden wie
ein Chorleiter.
‚Ihr Idioten Ihr Penner Scheißer Holzköpfe Ihr vertrockneten Ihr Trottel Ihr –
ihr- -Gartenzwerge, ihr Komischen, Knalltüten, Du Methusalem Du Opa
Mitschnacker, Hexe, Laus, du Kellerassel ...'
Plötzlich rief Theo ‚*Stop!*'
Sofort waren alle ruhig.
Es gehe nicht darum, Chaos herzustellen, sagte der Mann mit der Latzhose,
sondern in Gefühle zu kommen. Und diese zu gestalten. Das Durcheinander
sei nur eine Zwischenstation. Sie seien auf dem Weg zu einem Zeltlager, wo
einige Eltern, aber auch Freundinnen und Freunde warteten.
Einige blickten fragend. Zeltlager? Freunde, Eltern?
Plötzlich ertönte ein leises Geräusch, das langsam lauter wurde. Brrrrrrrr,
brrrrrrrrr, und dann: jummm, jummm. Brrrrrr jummjummm Ein Motor heulte
auf, dann ertönte wieder das Brummen.
Ein Mann ging durch den Raum und machte die Geräusche. Er bewegte sich
um die Kursteilnehmer herum, ging zur Tür, vollzog einen Schwenk nach
links, ging nahe an der Wand und hielt die Hände vor sich, als umklammerte
er ein Lenkrad. Er drückte, nachdem er in der Ecke einen Bogen beschrieben
hatte, den rechten Arm nach unten und zog leicht an, machte ein scharfes
Krrr!, und bewegte sich direkt auf den Kreis zu. Die Kursteilnehmer wichen
zur Seite, um ihn vorbeizulassen. In der Mitte blieb er stehen, stellte einen
Fuß angewinkelt nach vorn und senkte ihn mit einem laut knarzenden Geräusch. Er ließ den linken Arm, den er die ganze Zeit vor sich gehalten,
herunter, zog den rechten Fuß wieder an und beugte sich, um, wieder mit
einem Knarzen, einen Hebel zu verstellen. Und „stieg aus“.
‚Hallo!', rief er, ‚hier bin ich wohl richtig. Mein Name ist Siegmund Freuden-
haus. Ich bin von einer aufgeregten Dame alarmiert worden. Ich bin Arzt und
könnte helfen, die Probleme, die offenbar hier auftreten, zu klären.'
-‚Bravo!', rief Theo.
Alle applaudierten.
Theo schüttelte dem Mann die Hand.
-‚Herr Psychologe, ich freue mich, daß Sie uns zu Hilfe kommen.'
‚Meine Damen und Herren, Sie dürfen mich gern in meiner Sprechstunde be-
suchen. Ich hab hier' –er wies auf ein Kissen- ‚eine Couch und bitte Sie, sich

darauf zu legen. Wo sind die Menschen, die unter seelischer Not leiden? Die Dame am Telefon war ganz verzweifelt.'

Jeder schaute den Nachbarn an, drehte sich zur Seite, blickte sich fragend um.

,Niemand?'

,Ach Herr Psychologe, wenn Sie mir helfen können?!'

Uschi wankte heran und umarmte den Mann, ,Ach, ich freue mich, daß Sie sich unserer Probleme annehmen wollen'.

Jähsinn staunte. Der Mann, der den Psychologen spielte, war bisher kaum in Erscheinung getreten. Die Szene wirkte wie einstudiert, perfekt.

,Was empfehlen Sie als Methode, um seelische Spannungen abzubauen? Meinen Sie, wir sollten uns der Reihe nach auf Ihren Diwan legen?'

,Nein. Nach dieser Umarmung weiß ich ein besseres Mittel', sagte der Mann.

,Weiß sonst noch jemand ein Mittel?' fragte Uschi, dieweil der Kursleiter keine Miene verzog.

Zögernd ging ein Arm nach oben, und noch einer.

,Und?'

,Die beiden haben es doch gerade vorgemacht.'

Wie auf ein Zeichen umarmten sich alle der Reihe nach.

Plötzlich ein lautes Schluchzen.

Theo, der sich gerade ans Klavier gesetzt hatte, stand wieder auf und nahm eine Frau, die in Tränen ausgebrochen war, in den Arm.

-,Los, alle kommen in die Mitte, um sie zu trösten'.

Alle umarmten die Frau.

-,Wir bilden eine Hängematte und schaukeln sie.'

Die Frau beruhigte sich langsam wieder.

,Ist es gut so, Herr Psychologe?'

,Wunderbar! Ich kann mir keine bessere Methode vorstellen.'

Theo setzte sich ans Klavier und spielte eine sanfte Weise. Die Frau bewegte sich nach der Musik.

Andere gingen in die Mitte. Von der Urlaubsreise war keine Rede mehr, es war auch nicht nötig. Jeder schien zu wissen, worum es ging.

An diesem Abend wurde nicht mehr geschrien. Die Teilnehmer bildeten einen Kreis, in deren Mitte einer stand, der die Augen schloß und sich zur Seite fallen ließ und vom dort Stehenden aufgefangen wurde. Es ging darum, Vertrauen zu gewinnen. Vertrauen zum eigenen Körper, Vertrauen in die anderen Kursteilnehmer, die niemanden fallen ließen, der sich verletzlich zeigte.

Jähsinn ging nur bei Gruppenübungen in die Mitte. Einiges kam ihm bekannt vor – nur die Stimmung war hier anders als in Hamburg und am FH.

Helmut nahm an den Übungen teil, als seien sie die selbstverständlichste Sache der Welt.

Der Abend näherte sich dem Ende und erfuhr dabei eine Wende, mit der Jäh-sinn nicht gerechnet hatte.

Es ging auf Mitternacht zu und sie tanzten: Allein, zu zweit und in kleinen Gruppen. Dabei fingen zwei Frauen und ein Mann an, ihre Kleider abzulegen. Theo fragte, leicht ironisch, ob sie an einem FKK-Strand seien, worauf eine Frau frech antwortete, das Reise-Ziel sei ein Nacktbade-Strand. Die Bemerkung erzeugte Heiterkeit und weitgehende Zustimmung. Andere folgten dem Beispiel. Eine Frau öffnete mit geübtem Griff den Verschluß ihres BHs, zog den Reißverschluß an ihrem Rock nach unten und stand, nur noch mit Slip bekleidet, in der Mitte. Jähsinn wartete ab. Wenn alle sich auszogen, wollte er sich nicht zieren. Lust verspürte er nicht, aber gehörte es nicht zur Therapie? Vielleicht war es gut, beim Massenstriptease mitzumachen. Am FH war Nacktheit ein Normalzustand, und etwas Training war nicht das Schlechteste.

Theo saß am Piano und bürstete die Tasten. Er schien in ein Zwiegespräch mit dem Instrument vertieft, ließ das Geschehen im Selbstdarstellungskreis jedoch nicht aus den Augen.

-‚Alle in die Mitte!' Es klang wie ein Kommando im Sportunterricht.

Einige Männer und Frauen tanzten, andere schienen mit imaginären Gegnern oder Partnern beschäftigt. Robert suchte Ingrids Blick. Die Frau mit dem rot-blonden Haar ging, untergehakt bei einem Mann, durch den Kreis und schwenkte ihre Bluse. Der Mann hatte nur noch Strümpfe an. Robert drehte sich um zu Anita und umarmte sie. Er spürte die Pickel, aber das machte jetzt auch nichts. War es nicht sogar gut so? Pickel gehörten zum menschlichen Körper, es war eine Erfahrung. Anita hielt eine gewisse Distanz, auch bei Umarmungen, sie schien über dem Treiben zu schweben, er konnte ihr nicht ansehen, was in ihr vorging. Plötzlich umarmte ihn ein Mann von hinten. Anita ließ los. Von vorne umfasste ihn Ingrid, die ihren BH ausgezogen hatte. Von der Seite drängelte Helmut, lachend, ihm machte es Spaß, Jähsinn erinnerte sich nicht, ihn je so ausgelassen erlebt zu haben. Christa die Lehrerin war bei ihm und fasste ihm in die Hose. Immer mehr Kleidungsstücke fielen auf die Kissen am Rand oder wurden mit einem Schwung beiseite geworfen. Theo spielte Klavier und sang einen ‚*FKK-Boogie*'.

Plötzlich klopfte jemand an eines der Fenster. Sie sahen Jugendliche, die sich die Nasen plattdrückten und grienten. Sie deuteten an, daß sie hereinkommen wollten. Uschi ging zum Fenster, öffnete es einen Spalt und sagte, daß ein Kurs stattfinde, der nicht öffentlich sei. Und zog alle Vorhänge zu. Christa war aufgeregt. Mit ungebetenen Gästen hatte sie nicht gerechnet, denn die Schule war von einem hohen Zaun umgeben. Sie zog sich an, um nach draußen zu gehen und mit den Jugendlichen zu sprechen.

Derweil ging die Freikörperkultur-Darbietung weiter. Uschi stand bei Theo am Klavier und lächelte mit dem Charme einer Halbgöttin. Sie schien nicht motiviert, sich auszuziehen. Die Kursteilnehmer verklumpten zu einem sich ruckweise bewegenden Haufen, in dem kein koordinierter Bewegungsablauf mehr möglich war. Einige Teilnehmer fielen lachend übereinander. Theo sang vom Untergang der Titanic.

Einige waren völlig nackt, andere halb ausgezogen.

Plötzlich gab es Gedränge bei den hinteren Stühlen. Erst jetzt bemerkte Jähsinn, daß der Mann, der den Psychiater gespielt hatte, hinten mit einer Frau schlief.

Das Treiben verlagerte sich wieder auf die Matten. Helmut tanzte mit Ingrid. Nackt. Im bunten Treiben, wo es kein vorne und hinten gab, zog auch Robert sich aus. Hatte Leo nicht von ‚existentiellem Mut' gesprochen, ohne den es keine Entwicklung und kein Leben in der Gruppe gäbe? Eine Sekunde lang dachte er an sein Zimmer in Hamburg und wünschte sich an die andere Seite des Erdballs, dann hatte er sich überwunden. Wieso zog Uschi sich nicht aus?

Robert wähnte sich in einer Sporthalle, wo Kaninchenzüchter ihre Produkte vorführten. Nicht alle Männer hatten lange Schwänze, bei einigen waren nur Zipfel zu sehen. Einer hatte tief herabhängende Hoden. Es war ein atemberaubendes Gedränge von Nackten und Halbnackten mit kleinem und großem Gehänge, weißen und karierten Unterhosen, kleinen und großen, hängenden oder abstehenden Brüsten. Immer wieder umarmten sich Kursteilnehmer.

Es war gut, Menschen zu berühren und ein bisschen doof zu sein. Ein Trottel, einfach mitmachen.

Jähsinn wurde fast verrückt vor Scham, aber dann beruhigte er sich in den Umarmungen mit den Nackten und Halbnackten.

Wenn er an seiner Befreiung arbeiten wollte, durfte er nicht aufgeben. Er war mutiger als andere, denn außer Uschi und Moldenhauer hatten sich auch zwei Männer und zwei Frauen nicht ausgezogen, sie tanzten und bewegten sich jedoch in der Mitte.

Theo saß am Klavier mit Uschi auf dem Schoß und klimperte, während in der Mitte alle durcheinander gingen, sich wiegten und tanzten, hüpften und ballettartige Bewegungen vollführten. Dicke Oberschenkel und straffe glatte Waden glitten, stampften und schmiegten sich zu den tiefgründigen und dann wieder leichten Klängen durch den Musikraum der Schule.

Einige sprangen in die Höhe. Jähsinn konnte sich nicht sattsehen, wenn Ingrids Brüste auf und nieder wippten.

Er begann sich einzufühlen in das Körper-Gewoge. Es roch nach Schweiß. Und Parfüm. Ich habe einen Körper, ich *bin* Körper.

Plötzlich fühlte er eine ungeheure Kraft, einen Schub. Ich habe nichts zu verbergen, ich bin ein *guter* Mensch.

Ihm wuchsen Flügel. Ich will mich befreien, loslassen, abschütteln, abwerfen, Ängste klein machen, locker werden, stark sein, attraktiv.

Ich bin nicht der Gehemmte, redete er sich zu, und begeisterte sich für die Situation, für sich, für die Kommune, für Helmut, für Ingrid, für Anita mit den Pickeln, ja sogar für Michi, der jetzt leicht das Gesicht verzog.

Ingrid ließ sich durch die Leiber treiben, um zu drücken und zu streicheln.

Ich bin ich!

Männer und Frauen schwebten und taumelten über die Matten, wie von einer umfassenden Idee getragen, miteinander verbunden.

Alle bewegten sich auf einen Zuruf Theos in die Mitte, rückten noch enger zusammen. Der Mann am Piano spielte leise, fast zärtlich. Uschi war von seinem Schoß aufgestanden. Alle umarmten sich. Und doch kam Robert plötzlich, wie ein hinterhältiger Gedanke, die Situation falsch vor, gekünstelt, er wollte es nicht zugeben, aber irgendwo schrillte in ihm eine Alarmglocke. Er stellte sich vor, plötzlich um sich zu schlagen. Etwas stimmte nicht, aber er beherrschte sich. Er fühlte sich unehrlich, unaufrichtig, aber er spielte mit, schwamm mit, Theo hatte angegeben, sie befänden sich unter Wasser und bewegten sich gegen einen leichten Widerstand. Alle sind ein Teil des Ganzen, eingebettet in Wasser, umgeben von Warmem.

Die Töne am Piano wurden leiser und erstarben schließlich.

Sparsamer Applaus. Die ineinander verschlungenen und teilweise am Boden liegenden, zu Menschenklumpen Verschmolzenen lösten sich voneinander.

Robert setzte sich an den Rand. Er war erschöpft. Er hatte wieder eine Lektion erlebt, mitgestaltet, war dem Kommune-Paradies näher gerückt. Aber jetzt, nach dieser Marathon-Sitzung, wurde er allmählich müde. Wieso verspürte er plötzlich Aggressionen? Dieses Mißtrauen mit einem Mal, das ihn von den anderen entfernte, obwohl er sich mitten unter ihnen befand.

Trotz der nackten Leiber hatte er keine Erektion bekommen, aber beim Anziehen verspürte er plötzlich ein starkes Bedürfnis, auf der Stelle mit einer Frau zu schlafen. Eine Frau packen und auf eine Matratze ziehen. Wild zugreifen und sich gehen lassen.

Der Abend neigte sich dem Ende.

Christa, die Gastgeberin, lebte mit ihrer Tochter in einer geräumigen Altbauwohnung. Sie fuhren zu fünft zu ihr. Ingrid hatte sich dafür entschieden, die Nacht mit Robert zu verbringen. Die Sache war kompliziert, denn da waren noch zwei weitere Männer, die sie nicht abweisen wollte. Helmut fuhr mit einer Frau aus Bremen und Michi und Anita zum Übernachten in eine Wohngemeinschaft.

-‚Was ist?’ fragte Ingrid.
‚Was soll schon sein?’ – ‚Du guckst so komisch!’
Ingrid knöpfte ihre Bluse auf.
‚Das macht nichts, wenn du die Tage hast’, sagte Jähsinn. ‚Wir können doch auch so’.
-‚Auch so, auch so? Was meinst du damit?’ kicherte Ingrid vergnügt.
Sie zog ihre Jeans aus, unter der sie eine schwarze Strumpfhose anhatte.

Robert war aufgekratzt.
‘Na Marienkäfer!’
-‘Na du Fuchs!’
Sie lagen nebeneinander und betasteten sich.
Ingrid sagte, daß sie nicht verliebt sei. Robert Jähsinn war überrascht, daß sie es so offen aussprach.
Sie küssten sich.
Es mache sie krank. Es sei immer schiefgegangen. Nichts sei schlimmer, als unglücklich verliebt zu sein.
Mit einem Mal war sie ihm sehr nahe.
Sie knutschten und drückten sich. Ingrid setzte sich auf ihn und ließ ihre Brüste baumeln. Roberts Zwiebel begann sich zu regen und wuchs den wunderbaren Früchten entgegen.
‚Kein Stinkistunki im Paradies’ flüsterte Ingrid und kicherte.
Robert verstand nicht.
‚Du bist so schrecklich gescheit und weißt immer alles!’
Robert liebkoste die Nippel ihrer großen Tutteln. Ingrid packte seinen Schwanz.
‚Nein!’, nicht wichsen. Seit der Operation war das Onanieren anders. Er erzählte vom Krankenhaus, von der Wohnung in Altona.
Sie würde gern nach Hamburg kommen, sagte Ingrid. Ein Freund von ihr lebte in Bergedorf. Sie wohnte allein und könne sich nicht vorstellen, noch einmal mit nur einem Mann zusammenzuleben.
Sie umarmten sich. Er küsste Ingrid am Hals. Sie wälzten sich ineinander. Er rieb seinen Schwanz an ihrer Hüfte und spielte mit ihren Brüsten.

Sie erzählte, daß sie als Model gearbeitet hatte. Nein, nicht als Foto-Modell, als Hostess. Durch eine Agentur waren ihr Kunden vermittelt worden. Ein oder zweimal die Woche.
Jähsinn machte die Vorstellung, daß Ingrid eine Prostituierte war, scharf. Sie kletterte drei Stufen auf seiner Respektleiter. Auf einmal konnte er sie sich auch in Pomps, Netzstrumpfhose und mit rasierter Scham vorstellen.
Ingrid gähnte vernehmlich.

Er schlief ein.

Als er aufwachte, wusste er nicht mehr, was er geträumt hatte. Ingrids Platz war leer. Es war noch dunkel im Zimmer und kurz vor acht. Für elf Uhr war das gemeinsame Frühstück geplant. Danach sollte es noch eine Runde Schreien und Tanzen geben.

Er drehte sich zur Seite und versuchte zu dösen. Aus dem Flur kam leises Sprechen. Ingrid unterhielt sich mit Claudia. Die Frau aus Düsseldorf lachte. Dann ging die Tür auf.

‚Hey, so früh am Morgen schon happy?'

-‚Eifersüchtig?'

‚Wie ein Nashornbulle'. Jähsinn schnaufte.

-‚Für mich bist du ein Fuchs. Füchse sind schlau und raffiniert.'

Ingrid holte ihr Waschzeug, ging wieder hinaus.

Jähsinn drehte sich zur Seite und hing, halbwach, seinen Phantasien nach. Es ging ihm gut und er war beliebt. Eine Beatkapelle brachte ihm ein Ständchen. In New York hatte er eine Filiale der Kommune gegründet. Sie wohnten im Kopf der Freiheitsstatue. Lauter Schriftsteller und Musiker mit einem großen Freundes- und Bekanntenkreis. Berühmte Künstler kamen zu Besuch. Die *Fugs* mit *Ed Sanders* und *Tuli Kupferberg* spielten alte Songs. Er stieg aus einem Taxi und ging über eine Straße am Broadway, schon war er von Fans umringt. Die Nachricht verbreitete sich wie ein Lauffeuer. Robbie ist da! Mädchen kreischten, superattraktive Frauen eilten herbei, aber auch Männer. Zeitungsreporter hielten ihm Mikrofone entgegen, auf dem Bürgersteig parkte der Übertragungswagen einer TV-Station. ‚Robbie, Robbie!' Kinder lachten, schrien, versuchten ihn zu berühren. Die Menge wuchs immer mehr an, ein Hexenkessel der Begeisterung. Polizisten hielten ihm die Meute vom Leib. Cool ließ er sich in einen Sessel gleiten und verteilte Kußhände. Er schaute durch die Häuserschluchten direkt auf die Freiheitsstatue. Sie lächelte ihm zu. Mit einem Mal verspürte er einen Luftzug und wurde wach. Claudia war im Zimmer, hatte das Fenster einen Spalt aufgemacht. Auf Zehenspitzen schlich sie wieder hinaus.

Jähsinn war stolz. Er war mit einer Frau verabredet, hatte einen Freund auf den Workshop mitgebracht und spürte, daß die Kommune seine Zukunft war. Alles würde sich zum Guten wenden. Er malte sich aus, Klassenkameraden einzuladen, die Jungs aus dem Internat. Sie waren Lehrer, Rechtsanwälte und Ärzte geworden und brachten ihre Ehefrauen mit, zeigten Bilder ihrer Kinder. Er würde Ihnen, rechts und links eine Kommunardin im Arm, Anschauungsunterricht geben, wie man den Internats-Horror überwand. Es war alles andere als leicht gewesen, hörte er sich selbst erzählen, man durfte nie aufgeben. Ab und zu wurde man eingeholt von miesen Erinnerungen, vom Elend des Eingesperrtseins, von Hemmungen, aber im Großen Ganzen?!! Eigentlich gab es nicht viel zu erklären, sie brauchten ihn doch bloß anzuschauen. Wirkte er nicht lockerer als früher?

Alle, die ihn gequält und gedemütigt hatten, würden einsehen, daß er, der von ihnen Verachtete, es schließlich am Besten getroffen hatte. Tja, wer zuletzt lacht...

Er zündete sich eine Zigarette an und unterhielt sich mit einem Briefträger, der ein Telegramm von Jeanne Moreau gebracht hatte.

Er sah besser aus denn je. Seine Fortschritte waren mehr als deutlich. Er spürte kaum noch Ängste, wurde nur bisweilen noch rot, ja, er hatte Hemmungen manchmal, aber sie zeigten doch nur, daß sich bei ihm etwas bewegte, daß er ein Mensch war. Das Internat? Darüber konnte er jetzt lachen.

Die letzten werden die ersten sein.

Ganz nebenbei fickte man.

Die schönste Nebensache der Welt.

Niemand verlor ein Wort darüber.

Er saß am FH auf einer Bank. Uschi kam angeschlendert in einem mit Blümchen bedruckten Minirock. Mit aufreizendem Gang steuerte sie direkt auf ihn zu. Laß uns pudern gehn, Schatzi! Er verabschiedete sich von seinen Mitschülern, die aus dem Staunen nicht herauskamen. Er sah es bei einem zufälligen Blick aus den Augenwinkeln. Tja, die Jungs hatten sich in Schale geworfen, waren in BMWs und Mercedes-Limousinen vorgefahren. Während sie noch überlegten, was wohl mit diesem seltsamen Wörtchen *Pudern* gemeint sei, lag er schon mit Uschi auf der Matratze und küsste sie leidenschaftlich. Spielerisch ließ er seine Hand unter ihren Mini-Rock gleiten, den sie nur für ihn angezogen hatte. Sie puderten traumhaft sensationell, das Kamasutra war ein Dreck dagegen. Sie machten es sich so wild und leidenschaftlich, daß die Matratze anfing zu brennen. Na und? Er hatte alles unter Kontrolle. Und zündete sich anschließend am noch glühenden Bettpfosten eine Marlboro an und plauderte mit der Geliebten, die nicht nur im Bett einsame Klasse war. Er hatte eine Überraschung für sie. Er würde mit Uschi einen Trip nach Kalifornien machen und Captain Beefheart in seinem Wohnmobil am Rande der Wüste besuchen. Uschi schrieb mittlerweile selber Gedichte und er, ja, führte sie an ihr Genie heran. Yeah, du machst es, du bisses, ich glaube an dich, Liebling!

Seine Klassenkameraden saßen mit vor Staunen sperrangelweiten Mündern in der Scheune, während er mit Uschi zum zweiten Mal puderte. Tja, seine ehemaligen Quälgeister löffelten brav ihr Yoghurt und zerbrachen sich den Kopf, was sie wohl falsch gemacht hatten. Hahaha. Zweifel und Neid nagten in ihnen, aber sie konnten es nicht zugeben. Ihre Welt stürzte zusammen. Sie hatten ordentlich studiert und waren angepasste erfolgreiche Spießer gewor-

den. ‚Tja Leute‘, sagte er, als er mit Uschi zurückgekehrt war, die ganz unbeabsichtigt ihren Mini hochrutschen ließ, ‚ich weiß nicht, ob ich es noch schaffe, euch den ganzen FH zu zeigen.‘ Uschi setzte sich auf seinen Schoß und er spürte, wie sie Stielaugen bekamen. ‚Ihr habt einen kleinen Einblick in den Kommune-Alltag bekommen. Und ich wünsche euch eine gute Heimreise. Lasst mal wieder von euch hören!‘ Uschi erhob sich und ging mit ihm händchenhaltend in die Unterkunft.
Seine Mitschüler waren so beeindruckt, daß sie ihren Aufenthalt am FH verlängerten und einige sogar eine Aktionsanalyse machten. Anschließend fuhren sie nach Hause, um die Scheidung einzureichen.

Ein Wecker rasselte. Jähsinn wischte mit der Hand über den Teppich. Zehn Uhr! Claudia schaute herein.
‚Hallo! Gut geschlafen?‘
Er streckte die Arme aus und Claudia beugte sich zu ihm herunter. Ingrid kam dazu.
‚Höchste Zeit, aufzustehn,‘ flüsterte Claudia. Sie fahre in zwanzig Minuten.
‚Das schaffen wir nie.‘
Ingrid versprach, nachzukommen. Robert ging ins Bad.

Eine halbe Stunde später, Claudia war längst weg, standen sie mit ihrem Gepäck vor der Haustür und warteten auf G., der endlich angeschlurft kam.
An der ersten Kreuzung merkten sie, daß sie den Stadtplan vergessen hatten. Sie fragten ein Ehepaar nach der Straßenbahn. Die Frau war sehr freundlich. Die nächste Bahn käme in zwanzig Minuten. Zehn Stationen oder elf, die Bahn fuhr direkt an der Schule vorbei. Zu Fuß wäre es eine gute halbe Stunde. Wenn man schnell ging.
Sie sahen die Straßenbahn von weltem. Sie machte einen Bogen und schlän-gelte sich quietschend um einen Häuserblock. *Seid Sand im Getriebe!* hatte der Dichter Günter Eich einst empfohlen. Jähsinn hätte nicht gestört, wenn die Bahn plötzlich einen Getriebeschaden bekommen hätte. Die Vorstellung, gleich wieder im Kreis zu sitzen und das Geschreie und Tanzen zu erleben, bereitete kein Vergnügen.
Schweigend fuhren sie die Strecke und waren bald wieder bei der Schule mit ihrer kalten, gläsernen Eingangstür. Die anderen frühstückten noch.
Robert setzte sich an den Rand der Tafel. Er hatte keinen Hunger.
Helmut schien es blendend zu gehen. Er unterhielt sich mit Theo über Boxen.
-‚Und? Wie war die Nacht?‘ fragte er nebenbei Ingrid.
‚Unterhaltsam.‘ Ingrid lachte schelmisch.
Uschi war da, auch Michi und Anita. Alle waren da bis auf drei Teilnehmer, die bereits nach Hause gefahren waren.

Die Darstellungen gingen wieder los.

Jähsinn setzte sich an den Rand.

Theo balancierte souverän auf dem Drahtseil der Kommunikation. Einige wa-ren noch müde. Um nicht noch mehr in Verzug zu geraten, blieben zwei Kursteilnehmerinnen im Lehrerzimmer, um schnell abzuwaschen.

Jähsinn gab sich erneut dem Traum vom großen Durchbruch hin. Er war ein Star und lud Freunde ein: Helmut, Helene, Miriam, Jeanette, zwei drei Schulkameraden. Er schrieb Gedichte, die er Frauen widmete: Uschi, Miriam, Ingrid, Helene. Ja, und seiner Mutter auch eines. Und Anita.

‚Schwimmts net weg’! rief Theo und klimperte weiter. Er war gnädig. Sollte doch jeder sitzenbleiben, wenn er wollte. Eine Handvoll Unentwegte war da, die das Programm allein gestalten konnten.

‚Leben in der Gruppe’. Sie hatten einen kleinen Einblick gewonnen.

Uschi hielt einen Vortrag. In der Kleinfamilie fing alles an. Die Neurosen, die sexuelle Unterdrückung, die emotionale Kaputtheit. Unweigerlich entstanden daraus Kriege.

Jähsinn klatschte. -‚Na, willst selber weitermachen?’ Besser nicht. Jähsinn war seltsam zumute.

-‚Du hast einen starken Einfluß von deiner Mutter’, gab Moldenhauer Robert zum Abschied mit. Sich zu ändern sei ein lebenslanger Prozeß. Entweder nehme man die Entwicklung selber in die Hand oder überlasse es der Gesellschaft. Theo fuhr über die Tasten und sagte zu jedem etwas. Und wurde allgemeiner. Es komme darauf an, geil zu sein, ein geiler Mensch. Es bedeute nichts anderes als Lebendigkeit. Wer keine gute Sexualität habe, könne trotzdem eine Menge machen. Er glaube zwar, daß sein Lebensglück von der Sexualität abhänge, aber er wolle kein Dogma daraus machen. Ein Mann weinte und ging in die Mitte.

Jähsinn beschloß, seiner Mutter doch besser kein Gedicht zu widmen. Sie hatte ihn mit einem Übermaß an Liebe, oder was sie dafür hielt, überschüttet, betüdelt, verrückt gemacht. Auch wenn sie schlug, geschah es angeblich aus Liebe. Er war nicht sicher, ob Poesie Wunden heilen konnte. Es war schon gut, ein paar Menschen zu kennen, denen gegenüber er offen sein durfte.

Er ging in die Mitte, um sich zu bedanken. Daß er irritiert war, wollte er nicht zeigen. Nur nicht Probleme aufwirbeln.

Noch eine halbe Stunde.

Wenn er einzog, würde die Entwicklung schneller gehen.

Noch zwanzig Minuten.

Noch zehn Minuten.

Theo rief zum Endspurt auf. Wer noch etwas Wichtiges loswerden wollte…

20 Einzug

Die kleine Straße in Altona lag wie verlassen. Wolkenlos stand der Himmel über den schäbigen Wohnhäusern und Schuppen, in denen Handwerksbetriebe untergebracht waren. Aus der Ferne hörte man Stimmen und das Schlagen einer Tür. Jähsinn blickte auf das Haus, vor dessen Kellerfenstern die ersten Gräser sprossen. Auf einer Fassade verblichen Buchstaben einer alten Reklame. Heute war ein besonderer Tag. Er hatte in den letzten Nächten kaum geschlafen. Angst verspürte er eigentlich nicht -wovor auch!, die KO war eine offene Gemeinschaft, in der jeder mitmachen konnte.
Er wollte ein starker Mann werden, ein echter Typ. Noch war er ein Anfänger, der nur davon träumte, vom verführerischen Kuchen Utopie ein ordentliches Stück auf den Teller zu bekommen.
Von Jeanette waren Kartengrüße eingetroffen. Miriam hatte er seit jener Nacht zweimal gesehen, aber außer einer Umarmung zum Abschied hatte es zwischen ihnen keine Berührung gegeben. Und doch: Er spürte so etwas wie eine Zuversicht, daß seinem Leben die entscheidende Wende bevorstand.

Robert hörte einen Wagen in die Straße einbiegen. Auf dem Schuppen der angrenzenden Kohlehandlung ließ eine weißgefiederte Möwe einen Schiß und hob ihre Schwingen, als sich das Fahrzeug näherte.
Er winkte den VW-Bus heran. Noch ein Stück vorwärts, und dann zurück, schräg zur Seite. Er hatte bei der Bundeswehr gelernt, Panzer und Lastwagen einzuweisen. Endlich konnte er seine Fertigkeit im Zivilleben anwenden und bog die Hand zu einer Kurve – in die falsche Richtung. Der Hinterreifen rutschte vom Bordstein. Er ging zum Fahrer, um ihm zu erklären, wo die günstigste Stelle zum Beladen war. Der Mann im blauen Minitransporter setzte ein Stück zurück und schlug das Steuer rechts ein. Die beiden Seitenräder gelangten auf den Bordstein. Der Fahrer schaltete in den Vorwärtsgang und ließ den Transporter direkt neben den Hauseingang rollen.
Ronnie stieß schwungvoll die Tür auf, hüpfte mit einem trockenen *yeh* aus dem Wagen und stand neben Robert. Sie umarmten sich flüchtig.
‚Zeit für'n Brötchen oder Tee?'
-‚Knapp.'
Sie lösten die Verriegelung an der Seitenfläche des Transporters und schoben die Plane nach oben.

Helmut stand in der Küche.
‚So früh?'
-‚Die KO ist stets pünktlich! Wann ziehst du ein?'
‚Alter, meine Freundin ist wieder da... !'

-‚Zweierbeziehungskiste?' lachte Ronnie.

Jähsinns Zimmer war leergeräumt. Im Flur stapelten sich Koffer und Kartons. Er packte seine Sachen im Badezimmer.
-‚Das haben wir in ner halben Stunde', sagte der hoch Aufgeschossene im grünen Overall. ‚Bloß kein Streß.'
Helmut stellte einen Korb mit Brötchen auf den Tisch und goß Kaffee ein.
-‚Na, der Service stimmt.' Ronnie grinste.
-‚Ich verstehe trotzdem nicht, daß du hierbleibst. Du bist doch am Friedrichshof gewesen? Wieso hast du deine Freundin nicht mitgebracht?'
‚Leicht gesagt, Alter.'
-‚Sag nicht immer Alter!'
‚Oke. Ronnie.'

Helmut war zwei Monate nach dem Workshop nach Österreich gefahren und drei Wochen am FH geblieben. Es hatte so ausgesehen, als ob er einziehen würde. Er hatte sich von der allgemeinen Begeisterung anstecken lassen und war, ohne ein Wort zu verlieren, zu einem Arzt gegangen wegen einem Attest, daß er unter keiner Geschlechtskrankheit litt. Und hatte sich nicht gesträubt, am FH ein paar Tage später noch einmal einen Abstrich machen zu lassen. Vormittags hatte er auf dem Bau gearbeitet, nach dem Essen Kurse besucht und einmal eine Aktionsanalyse gemacht. In den Nächten hatte er Platz auf verschiedenen Matratzen gefunden. Nicht nur zum Schlafen.

‚Ich war ohne Tina zum FH gefahren, wir hatten uns zuvor getrennt.'
-‚Und? Alles wieder roger? Heiratet ihr demnächst?'
Ronnie schlürfte seinen Kaffee und grinste erwartungsvoll.
‚Quatsch! Bin froh, daß sie sich überhaupt wieder gemeldet hat.'
-‚Du bist nicht allein, denn du träumst von der Liebe' ... Ronnie sang leise Roy Blacks alten Hit. ‚Du bist nicht alleeein, denn du träumst von den Schteernen.'
Ronnie imitierte den Schlafzimmerblick des schwarzhaarigen Sängers. Mit seinen schiefstehenden Zähnen war er Didi Hallervorden nicht unähnlich.
-‚Ich stell‘s mir vor. Deine Freundin im Brautkleid, die weiße Limousine blumengeschmückt. Onkel und Tanten wie aus dem Ei gepellt. Die Eltern nervös. Der Bräutigam kratzt sich am Sack. Und die Sportlerkollegen stehn Spalier. Hahaha.“
‚Versuch das Ganze mal easy zu nehmen. Aus dem Auge ist nicht aus dem Sinn!'   -‚Wie?'
‚Der Kontakt reißt ja nicht ab. Ich kann immer noch zum FH fahren oder die Hamburger Gruppe besuchen ... am Wochenende oder so.'

-‚Glaubst du, ich lege Wert darauf? Bin ich schwul oder was?'
‚Witzbold!'
Jähsinn aß noch ein Brötchen, während Helmut und der Kommunarde bereits Sachen nach unten trugen.
Er ging noch einmal durch die Räume. Jetzt musste er konsequent sein. Das Leben in der Gruppe war die Chance. Scheiß auf sentimentale Gefühle und Ängste!
Jähsinn stellte eine Tasche unter das Bücherregal in Helmuts Zimmer. Die Katze schreckte hoch und hüpfte vom Bett. Sie blickte ihn an wie beleidigt und sprang vom Fensterbrett auf das tiefer gelegene Dach des Schuppens an der Rückseite des Hauses.
Er nahm eine Kiste mit Büchern und ging die Treppe hinunter.

Die Fahrt zum Rahlskamp dauerte zehn Minuten. Ronnie parkte den Wagen auf dem Hof des Gebäudes, in dem zuvor eine Elektro-Firma gewesen war. Die Kommune war vor einem Monat mit mehr als vierzig Leuten eingezogen. Sie waren noch am Renovieren und Umbauen. In der Halle am Parkplatz wurden Wände aus Rigips hochgezogen.
Ein Mann stand im weit geöffneten Portal der Halle. Bombo war seit einer Woche Chef der Hamburger KO-Filiale. Er hatte Marise abgelöst, die zwei Monate geleitet hatte und nun wieder am FH war. Der Mann mit dem Bauchansatz trat gutgelaunt auf den asphaltierten Hof, der von Pappeln und Sträuchern umstanden war. Der Österreicher wirkte bisweilen nachdenklich, hatte aber stets einen lockeren Spruch parat. Die Frauen flogen auf ihn.
-‚Herzlich willkommen, Monsieur!' Bombo legte einen Arm um Jähsinn. Der Gruppenleiter war zehn Jahre älter als das Neumitglied.
Die Sachen wurden abgeladen und in die Halle gebracht, dessen hinterer Teil zum Lagern und für handwerkliche Arbeiten genutzt wurde.
Alles, was in den Besitz der KO überging, wurde aufgelistet. Die Kleidungsstücke wurden nicht gezählt, aber wertvolle Gegenstände wie der Fotoapparat, Plattenspieler, Tonbandgerät und Schreibmaschine wurden auf einem Blatt notiert. Bücher, Zeitschriften und Schallplatten wurden extra bearbeitet. Einiges konnte man im *KO-Magazin* verkaufen, das seit einem halben Jahr in der Nähe der Uni betrieben wurde.
Marmi schrieb das Einzugsprotokoll.
Michi, der aus Helenes Wohngemeinschaft in die Hamburger Gruppe gezogen war, half beim Reintragen. Auch Klaus und Debbie fassten mit an. Durch den Einzug sahen ihn die Hamburger Kommunarden mit anderen Augen.
Marmi hatte genaue Vorstellungen, was mit Jähsinns Sachen geschehen sollte. Neuwertige Kleider wurden auf die Gruppe verteilt. Die Kamera ging an den FH, die Schreibmaschine blieb im Rahlskamp. Der Plattenspieler und

das Tonbandgerät würden, wie andere Elektroteile, die in der Halle gelagert wurden, über Anzeigen verkauft werden.

Unter den Zeitschriften waren Raritäten. Alte Ausgaben vom *QuazzelsTRIPeR*, tja und *Benzin, Der Grüne Zweig,* die ersten Jahrgänge vom *Ulcus Molle,* sämtliche Ausgaben vom *Stacheldraht-Baby,* eine Sonderausgabe der *Litfass-Keule:* mehr als zweihundert Lyrik-, Literatur- und Underground-Zeitschriften, Bücher und Hefte, auch einige Plakate hatte Jähsinn mitgebracht. Er ahnte, dass er in absehbarer Zeit bei Lesungen keine Literaturhäuser oder Kneipen füllen würde. Na und? Es ging um Tieferes. Was zählte schon bedrucktes Papier neben dem Schimmer des Paradieses, an dessen Pforte er stand?

Die Zeitschriften sollten an die Bibliothek des FH gehen.

-,Sonst noch was? Häuser- oder Immobilienbesitz?' Marmi lachte.

Jähsinn gestand der kleinen Frau mit den großen Augen, daß er eine Tasche mit Platten und Lieblings-Büchern bei Helmut gelassen hatte. Auch einige Zeitschriften, in denen Gedichte von ihm abgedruckt waren.

Marmi fand nichts Schlimmes dabei. Sie kannte weder *Arrabal* noch *Brinkmann* noch *Chotjewitz,* aber von *Dada* hatte sie gehört.

-,Platten?'

Ein paar Beat- und Pop-Scheiben waren in der Tasche.

-,Rolling Stones, Who?' Marmi war neugierig. ,Jimi Hendrix?'

Er wisse nicht, ob sie die Gruppen kenne, erwiderte Robert.

,Zum Beispiel?'

Marmi lächelte. Marmi war supernett.

,Captain Beefheart, *Safe as milk,* die Originalausgabe von 1968.'

-,Wirklich?' Marmi war begeistert.

Außerdem ein paar LP's von den *Fugs* und *Love.*

Marmi kannte die *Fugs,* aber von *LOVE* hatte sie noch nie gehört. ,Kein Wunder', fachsimpelte Jähsinn, ,die hatten nur zwei Hits gehabt'. ,*My little red book'* war in der amerikanischen Top 100 bis auf Platz neun gestiegen, während ,*7 & 7 is'* es nur bis Rang neunundsechzig geschafft hatte, 1966.

Marmi staunte über Jähsinns Gedächtnis. Sie fand Beat-Gruppen gut, aber auch *James Brown* und andere *Soul*-Sänger, auch die *Rolling Stones.* Und dann *Deep Purple.* Nein, die mochte Robert nicht, sie waren ihm zu vulgär. Er fing an, der KO-Organisatorin den Unterschied zwischen den *frühen* Animals: ,*Don't let me be misunderstood', ,It's my life',* und den späteren *Eric Burdon* & the Animals zu erklären - da tauchte Bombo wieder auf.

-,Wos'n hia los?'

Der Österreicher zog die Stirn kraus und mimte den Eifersüchtigen.

Marmi erklärte ihm die Situation.

-,Bist Fachmann in Rock?'

‚Beat eher, Sixties.'
-‚Vastehe. Die besten Scheibn host dahoam g'lossn, den Schaß host mitbrocht.'
Jähsinn versuchte sich zu rechtfertigen. Bombo wiegelte ab.
-‚Is scho recht. Dein Mitbewohner kommt eh demnächst nach und bringt die Super-Scheiben mit.'
Bombo nahm alles mit Humor.
-‚Brauchts noch long? Mir hom gleich Orga-Treff. Weißt Bescheid, Mormi!'
Der Gruppenleiter ging pfeifend hinaus.
Die Frau mit den Grübchen auf der Wange notierte, daß Robert Günther Theodor Jähsinn achthundert Mark auf dem Bankkonto und zweihundertsechzig Mark in bar besaß.

Er unterschrieb das Protokoll. Und trug mit Marmi Bettzeug, eine Tasche mit Schreibutensilien, Aktenordnern und Büchern sowie Hosen und Hemden nach oben. Er hatte einen festen Schlafplatz mit Matratze, da er als Neuer nicht an der gemeinsamen Sexualität teilnahm. Die anderen Männer mußten zusehen, wo sie nachts unterkamen. Wer einzog, stand mindestens zehn Tage unter Quarantäne. Der Raum, in dem er die nächste Woche schlief bis zur Weiterfahrt an den FH, war kaum acht Quadratmeter groß. Er teilte ihn mit einem Studenten aus Neumünster, der ebenfalls eingezogen war. Sie nahmen an den Selbstdarstellungen teil, tagsüber half er beim Umbauen. Einmal fuhr er noch in die Alsterweger Anstalten. Er erzählte seinem Chef, daß er ein halbes Jahr nach Österreich gehen würde, um zu studieren. Sein Stations-Leiter wollte weder Genaueres wissen noch eine Zusage über eine spätere Weiterbeschäftigung geben.
Bombo war ein lustiger, lockerer Gruppenleiter. Jähsinn bereute schon fast, sich für den FH gemeldet zu haben.
Zwei Tage, bevor ein Bus mit mehreren KO-Mitgliedern nach Österreich aufbrach, kam Helmut zu Besuch und brachte Post für Jähsinn, darunter einen Brief aus Frankreich. Sie waren gerade beim Mittagessen. Bombo schlug Robert vor, den Brief vorzutragen. Um das Gemampfe und Schlürfen zu untermalen. Vielleicht könnten sie vom Liebesleben Roberts, das noch unbekannt sei, etwas erfahren. Jähsinn zögerte. Der Gruppenleiter insistierte nicht weiter. Ganz wie Feiler, dachte Jähsinn. Wer seine Chance nicht nutzte, dem wurde kein roter Teppich ausgerollt. Auf Bombos Frage, wer in den letzten Tagen Post bekommen habe, schossen mehrere Arme in die Luft. Die Frauen und Männer gingen, um die Briefe zu holen. Robert löffelte mit roten Ohren seinen Fruchtquark.
Während eine Frau den Brief ihres Ex-Freundes vorlas, unter allgemeinem Gelächter und Nein!- und Bravo!-Rufen, kratzte Jähsinn seine Quarkschale

leer, leckte mit unschuldiger Miene den Löffel sauber und öffnete unter dem Tisch den Umschlag. Vorsichtig entfaltete er die eng beschriebenen Blätter, da bemerkte eine Frau, daß er nicht zuhörte. ‚Hey!' Einige lachten, Bombo machte eine ironische Bemerkung, und Robert blieb nun nichts übrig, als Jeanettes Schreiben vorzulesen.

,Hallo Robert!
Danke für deinen wieder sehr langen Brief! Deinen Aufzeichnungen ent-
nehme ich, daß du dich entschlossen hast, einzuziehen. Bravo! Du kannst
nur gewinnen. Auch wenn ich deine Unsicherheit teilweise verstehe, ist es
das Beste.
Ich bin seit vier Wochen am Friedrichshof. Noch zwei Tage, dann fahre ich
wieder nach Paris. Dort werde ich allerdings nicht lange bleiben, sondern mit
drei Frauen und zwei Männern nach Genf übersiedeln, um in der dortigen
Gruppe zu leben. Ich freue mich darauf. Meine Eltern und einen Bruder wer-
de ich in Paris treffen. Sie hatten sich Sorgen gemacht, weil in den Medien
total negative Berichte über die KO erschienen sind.
Vielleicht wird im Sommer ein Fest am FH veranstaltet, zu dem auch alle
Eltern eingeladen sind. Es ist noch nicht raus, aber Leo soll sich dafür aus-
gesprochen haben.
Du hast wieder das Thema Anarchismus angesprochen ... ich kann dazu
nichts Neues sagen. Natürlich wirkt es widersprüchlich, die herrschende Ge-
sellschaft mit ihrer Kaputtheit, mit der sexuellen Repression, der Verlogenheit
usw. abzulehnen, und dann etwas Neues anzufangen, in dem scheinbar alte
Übel wiederkehren. Deine Sichtweise ist noch zu sehr von Mißtrauen ge-
prägt. Die sogenannte Hierarchie bzw. Struktur dient nicht der Unterdrük-
kung, sondern ist ein Mittel, um eine Ordnung zu schaffen. Die KO braucht es
einfach in dieser Phase, wo ständig neue Leute einziehen. Ich finde, du pro-
jizierst deine Ängste und auch ideologische Vorstellungen auf die Kommune.
Davon wirst du erst abkommen, wenn du in der Gruppe lebst und über deine
kleinfamiliäre Vergangenheit hinauswächst. Es ist ein Entwicklungsprozeß!
Nirgendwo habe ich Möglichkeiten wie in der Gruppe, und damit meine ich
nicht nur den Sex. Dadurch, daß jetzt Malkurse stattfinden und die Selbst-
darstellungen künstlerischer werden –die Anzeichen sind zaghaft, aber un-
übersehbar-, aber auch durch die Vorträge, die jeder halten kann, wird das
Lernfeld, das die KO sich aufbaut, immer größer und breiter. Wir wollen nicht
warten bis zu einem fernen Tag, an dem so etwas wie eine Revolution statt-
findet, sondern hier und jetzt beginnen. Wir haben angefangen. WIR machen
es. Ich ordne mich nicht unter, weil ich Sklavin sein möchte, sondern weil die
Gemeinschaft nur existieren kann, wenn der Einzelne einem größeren Gan-
zen dient. Die Organisationen gerade der extremen Linken machen etwas

Ähnliches. Aber dadurch, dass sie zu Gewalt greifen, unterminieren sie letztlich ihre eigene Struktur. Wo Steine geworfen, Menschen verprügelt werden, auch wenn es ‚nur' Polizisten sind, oder gar Bomben gelegt werden, herrschen immer Ängste und Paranoia. Auch wenn sich diese Leute nach außen cool geben.

Ich glaube, darin stimmen wir überein.

Ich habe mich neulich mit Richard über Max Stirner unterhalten. Ich habe sein Buch, dessen Titel mir im Moment nicht einfällt, zwar nicht gelesen, aber ich denke, es ist interessant. Richard meint, Stirner sei ein Verzweifelter gewesen, ein kaputter Typ. Er hatte keine Möglichkeit, in eine Kommune zu ziehen. Auch wenn er recht hat, dass jeder Mensch einmalig ist, muß man aber doch sehen, daß der Einzelne keine Chance hat, seine Bedürfnisse nach Kommunikation, Sexualität und Entwicklung zu befriedigen. Dieser ganze Individualismus –und damit meine ich auch neuere Strömungen, Pop-Kultur usw.- ist eine Sackgasse. Stirner war bestimmt wichtig, aber in diesem Fall halte ich es mit Marx, der gesagt hat, es komme nicht aufs Spekulieren und Interpretieren an, sondern auf das Verändern. Klar, über Sexualität, Repression in der Familie, Unterdrückung der Frau hat der Mann sich nicht geäußert – weil er selber Patriarch war – aber er hat Vorstellungen gehabt, um die Gesellschaft als Ganzes zu verändern. Der Stirner bleibt bei sich – ist das nicht traurig und resignativ?

Was deine Musik-Leidenschaft anbelangt, so kann ich nur wiederholen, daß mir klassische Musik mehr liegt. Auch Jazz. Mir ist nicht klar, ob du diese Beat-Gruppen jetzt noch hörst, oder dich nur an die Musik erinnerst. Ich versuche nachzuempfinden, daß immer wieder Melodien oder Rhythmen auftauchen, und ich habe den Eindruck, daß es dich hindert. In der KO wirst du damit nichts anfangen können – es sei denn ... ich weiß nicht, ob es realistisch ist....: Wenn du zeigen kannst, daß du ein absoluter Fachmann bist und dein Wissen einbringen kannst, vielleicht gibt es dann eine Möglichkeit. Andererseits, nein, ich glaube es nicht. In der Frühphase der KO, als sie angefangen sind, Ende der Sechziger, Anfang der Siebziger, als sie noch als Hippie-Wohngemeinschaft gelebt haben, haben sie auch Jimi Hendrix gehört, Rolling Stones usw. Es gibt sogar einen Film über den FH, bei dem im Hintergrund Stücke von den Stones laufen. Damals haben sie lange Haare gehabt, Afro-Look, bedruckte Hemden. Das war die romantische Phase. Flower Power, die Männer mit Bärten. Selbstgenähte Kleider, Silberschmuck, Amulette. Aber hinter der flirrenden Fassade und den psychedelischen Bildern steckt auch viel Kaputtes. Rauschgift. Abhauen in künstliche Welten. Woodstock ist vorbei ... – Jetzt geht es nur noch um eines: Lernen. Theorie und Praxis miteinander verbinden. Lebenspraxis. Verschüttete Gefühle steigen hoch... Ängste auch, aber durch die SD's und die freie Sexualität können

*die Defizite therapeutisch aufgefangen werden. Ich kenne ,Inside looking out'
von den Animals nicht, genauso wenig wie die ,Young Rascals', aber du solltest versuchen, die Gefühle, die diese Musik in dir auslöst, in die SD zu
bringen. Überlege es dir gut! Feiler hat kein Interesse an Beat-Musik, auch
die Hierarchie-Oberen nicht. Es geht darum, Methoden zu entwickeln, um ein
positives Teil der Gemeinschaft zu werden. Jeder Mensch hat etwas Ge-
niales, aber nur wenige entwickeln es so, daß sie Anerkennung finden.*
*Ich wünsche dir viel Erfolg am Friedrichshof. In der nächsten Zeit werde ich
sicherlich nicht zum Schreiben kommen.*

Als Jähsinn zuende gelesen hatte, setzte ohrenbetäubender Lärm ein. Alle
klatschten, einige pfiffen. Offenbar zeugte der Brief von viel Bewußtsein. *KO-
Bewußtsein* war das Höchste.

21 Proletarische Potenz

Am Friedrichshof meldete Robert sich für die Baukolonne.
Sie hatten nicht nur am Kommune-Zentrum zu tun, sondern bekamen auch
Aufträge aus umliegenden Ortschaften. Die Handwerksbetriebe machten flei-
ßig Reklame mit ihren günstigen Angeboten.
Es war wie in der chinesischen Kulturrevolution, fand Jähsinn. Intellektuelle
und Studenten gingen in die Fabriken und zogen aufs Land, um nach Jahren
der Kopfarbeit neue Anregungen zu sammeln und in einer archaischen
Weise zu leben.

Karl hielt seine Traufel in Brusthöhe, nahm Schwung und klatschte die Speis
an die Wand. Und die nächste Ladung, und noch eine Portion, platsch!. An
einem aus der Decke ragenden Haken baumelte eine schmutzige, mit Draht
vergitterte Lampe und tauchte die Szene in kaltes Licht. Der Vorarbeiter
tauchte die Kelle in den verkalkten, durch Betonreste unförmig gewordenen
Bottich, lud grauen Brei auf das Blech, verdrehte die Hand, holte aus und
pappte den Matsch auf die roten Ziegelsteine. Patsch patsch! Das Feinge-
körnte blieb kleben. Karl hatte den Dreh raus – höchstens Krümel fielen auf
den Boden. Die Mischung stimmte. War die Speis zu flüssig, troff sie von der
Wand. War sie zu hart, gab es Probleme beim Verreiben. Ein guter Polier bekam die Mischung genau hin und wusste, wie lange eine Wand zum Trock-
nen brauchte.
Jähsinn zog das Reibebrett über die von Karl an die Wand geklatschte graue

Masse.
-‚Paß auf!'
Karl stellte die Kelle ab und nahm Robert das Brett aus der Hand.
-‚Du machst das nicht schlecht, aber denk daran: Abstand halten!'
Er trat einen Schritt zurück und kniff die Augen zusammen. ‚Hier!' Karl
drückte das Brett an und zog es zur Seite, machte Streichbewegungen. –
‚Man sieht sonst die Beulen. Wenn sie später tapezieren wollen, gibt's Pro-
bleme.'
Er gab Jähsinn das Brett mit dem kantigen Griff zurück. – ‚Wir sind gleich fer-
tig!'
Aus dem Nebenraum kam Susanne. Sie hatte die Heizung gestrichen. Wie
Jähsinn gehörte sie seit zwei Wochen zur Maler-Kolonne.
‚Hey, sieht ja astrein aus!'
Robert fand, daß Susanne übertrieb.
Karl nahm die Zwanzigjährige in den Arm.
-‚Du, i bin froh, daß wir die Sache bald hinter uns ham. Mir isses zu kalt hier
unten.'
Seit einer Woche arbeiteten sie in Neusiedl. Eventuell sollte noch ein Fahr-
stuhl gebaut werden, aber das würden sie allein nicht schaffen. Das große
Haus gehörte einem pensionierten Bankdirektor. Seine Enkelin hatte bis vor
einem Jahr in der Kommune gelebt. Ex-Freund Karl leitete die Kolonne.
-‚Hol den Rest raus!'
Jähsinn schob die Speis zusammen, lüpfte eine Portion auf das Vorderteil
der Kelle und klatschte den Brei auf die noch freie Fläche.
‚Wow, sieht nicht schlecht aus', lobte Susanne.
Jähsinn nahm erneut Schwung und klatschte eine Portion auf die Wand, die
schon teilweise glattgestrichen war. Die Hälfte der Pampe fiel auf den Boden.
-‚Gib her, Burli!' Karl lachte. ‚Weshalb bist so aufgeregt?'
Er zog und kratzte die Traufel über den Grund des Bottichs, brachte lässig
den Arm in Position und flatzte die noch freie Fläche zu. Ihm fehlte nur die
Fluppe im Mundwinkel und die Flasche in der Hand, um einen Vorarbeiter
aus dem Ruhrpott abzugeben. Als hätte er Jähsinns Gedanken erahnt, grin-
ste er mit einem Mal, reckte eine Faust und rief ‚*Viva Propot!*'
Susanne fiel ein mit ‚*Hoch die Proletarische Potenz!*' Robert konterte
‚*Intellek-tuelle, rein in die Betriebe!*' Sie hörten Schritte. Mehrere Männer und
Frauen kamen hinzu und skandierten ‚*Für einen neuen geilen Sozialismus!*'
Karl sreckte die Arme aus und rief ‚*Tanz den Hammer, schwing die Sichel!*'
Sie schmiegten sich aneinander und lachten.

Feierabend bedeutete nicht, alles hinzuschmeissen und zum Bier zu greifen.
In der Kommune hatte man eine andere Arbeits-Auffassung als in der klein-

familiären Welt. Zudem war eine Woche zuvor die Revolution ausgerufen worden, und die war wahrlich keine Freizeitbeschäftigung, sondern umfasste alle Lebensbereiche. Es hatten sich Untergruppen gebildet, die sich *Propot* nannten und *MistaSch,* was *Mittelstands-Schädigung* hieß. *MäMi* bedeutete *Männer-Minderwertikeit, FF Frauenforderung.* Zusätzlich zu den normalen Gruppen-Zusammenkünften gab es nun auch Treffs der revolutionären Unter-Organisationen. Reden wurden gehalten, der Sturm auf den Winterpalais 1917 in St. Petersburg nachgestellt. In der vierten Gruppe, zu der auch Jähsinn und Susanne gehörten, stellten sie Transparente mit umstürzlerischen Parolen und, aus Holz und Pappe, Hammer und Sichel her. Feiler spielte Fidel Castro. Theo Moldenhauer übernahm die Rolle von Che. Bombo stellte Mao dar, Marise Trotzkij. Im revolutionären Zentralrat dominierten Frauen. Jähsinn schlug vor, ein Arbeiter- und Bauernsyndikat zu bilden, aber es wurde abgelehnt. Er war nur ein unbedeutendes Mitglied der vierten Gruppe. Revolution bedeutete schließlich nicht, dass die Hierarchie auf den Kopf gestellt wurde, sondern den Aufstand zu spielen machte Spaß. Darum ging es. Und es gab etwas zu lernen.
-‚Hey, net wegschwimmen!' Karl schlug Robert kameradschaftlich auf die Schulter. ‚Wo du bloß immer mit deinen Gedanken bist!...'
-‚Wir kommen morgen noch einmal her. Es kann sein, daß wir anschließend nach Zurndorf müssen.'
Sie zogen sich um und gingen mit ihren Sachen zur Druckerei, die hundert Meter weiter an der Hauptstraße lag.

An manchen Tagen hatten die Handwerksbetriebe nur für wenige Stunden bezahlte Aufträge. Dafür gab es am FH genug zu tun. Wenn der Rohbau neben der Scheune fertig war, müsste alles verspachtelt und angestrichen, Fußböden und Wände gefliest werden. Jähsinn waren Tätigkeiten am liebsten, bei denen er nicht viel denken musste. Entscheidend war, daß die Entfremdung aufgehoben war. *WIR* und nicht die da Oben. Die *KO* war ein Volkseigener Betrieb mit direkter Demokratie. Naja, manches war Theater, aber es gab immerhin keine Chefs in holzgetäfelten Büros, vor denen sie zum Rapport zu erscheinen hatten. Echter Sozialismus, nicht abstrakte Ideen. Konkrete Lebenspraxis, nicht graue Theorie!
Marise leitete die Selbstdarstellungen der vierten Gruppe, die aus vierzig Männer und Frauen bestand. Die Betten im Schlafraum wurden verschoben, so daß in der Mitte eine freie Fläche entstand. Oft ging es um Rivalitäten. Ohne Konkurrenz gab es keine Entwicklung. Alle sollten versuchen, nach oben zu kommen. Wie im Sport. Man brauchte die anderen als Ansporn. Jeder war Akteur, Zuschauer und Schiedsrichter in einem. Auch der Hierarchieletzte durfte seine Meinung äußern. Die Plazierung wurde durch Abstimmen fest-

gelegt. Sie fingen oben oder unten an. Die Gruppenleiterin fragte, wer erster oder letzter sei. Man konnte sich freiwillig melden, oder wurde vorgeschlagen. Die Bewerber gingen in die Mitte, machten eine Darstellung, anschließend wurde abgestimmt. Bis alle Plätze vergeben waren. Jähsinn war anfangs drittletzter und bei der nächsten *Struktur*-Sitzung eine Woche später zwei Plätze aufgestiegen. Platz sechsunddreißig. Es war direkte Demokratie. Anders als in der Kleinfamilien-Gesellschaft, kurz KFG, ging es auch um Genuß. Das war neu. Es war möglich, in allem, was man tat, Genuß zu finden. Dahin gelangte jedoch nur, wer an sich arbeitete und dynamischer Teil des dynamischen Ganzen war. Die Gruppenleiterinnen sorgten dafür, daß Entwicklungs-Prozesse angeheizt und in Bewegung gehalten wurden. Die Kommunarden schmorten in einem Feuer, das ständig geschürt wurde. Man lebte wie auf einer Bratpfanne. Manche zog es freiwillig in die Mitte, wo es am heißesten war, andere hielten sich lieber am Rand auf. Wurde man bequem oder nachlässig, sorgte einer aus der Führungs-Etage dafür, dass frisches Holz aufgelegt wurde. Man wurde ständig auf Trab gehalten, es gab keine Verschnaufpausen. Stillstand war kontraproduktiv.
Feiler war das Alle überstrahlende Vorbild, dessen Revolution, im Gegensatz zu Marx' und Maos, auf den Unterleib zielte. Er kannte keine depressiven Phasen oder Durchhänger. Alles sollte in Bewegung sein, niemand sich zu sicher fühlen. Aber sicher genug, um keine Geheimnisse zu hüten. Die KO mit Käptn Feiler drang immer tiefer ein in den Kosmos der Ekstase und Sexualität. Tabus waren dazu da, überwunden zu werden. Es ging um Dinge, die man nirgendwo sonst lernen konnte. Je weiter es hinaufging in der Hierarchie, desto weniger Fehler wurden gemacht. Ganz oben thronte Leo, das unantastbare Genie. Er war ein Heiliger ohne Heiligenschein, der erste *neue Mensch*. Wovon sie in linken revolutionären Gruppen träumten, war in der KO wahr geworden, dachte Jähsinn artig. Dank Leo. In ihm verschmolz die ar-chaische Kraft des Arbeiters mit der Weitsicht des taktischen Genies. Seine früheren Aktionen wurden nur selten erwähnt. Die Happenings mit Fäkalien und Blut waren nur eine von vielen Phasen im Leben dieses einzigartigen Mannes, der in keine Schublade passen wollte. Ein ‚inkommensurabler Faktor', wie ein Kritiker einmal schrieb. Jähsinn versuchte Liebe zu empfinden. Der Mann, über dessen adlige Herkunft er noch nichts Verlässliches herausgefunden hatte, hatte die Organisation ins Leben gerufen. Alle profitierten davon, nicht materiell natürlich. Sogar ein Krüppel wie er, Robert Günter Theodor Jähsinn, durfte mitmachen. Leo hob alles auf eine spielerische Ebene, verblüffte immer wieder Gäste wie Kommunarden mit neuen Überraschungen. Konnte man ihm dafür böse sein? Manchmal fragte Robert sich, warum der Mann so gefürchtet war. Einige Kommunarden erschienen ihm strenger, boshafter. Auch einige Frauen.

Leo konnte aber auch beinhart sein. Wem es schlecht ging, erfuhr nicht Mitleid, sondern wurde darauf verwiesen, daß er sein Verkrüppeltsein öffentlich machen solle. Wozu gab es schließlich die Selbstdarstellungen! Die Gruppe ließ sich nicht erpressen. Wer vorankommen wollte, musste kämpfen. Der Weg zum richtigen Bewußtsein führte durch innere Wüsten und war mit Felsbrocken verstellt.

Seit neuestem gab es auch ein Buch: *das KO-Modell.* Darin waren ältere *News*-Artikel abgedruckt, außerdem neue Aufsätze und viele Fotos. In ein paar Wochen sollte ein Buch von Feiler erscheinen. *Wie ich die Oase fand.* Sicher würde es in dem Buch Tips geben, wie Leo mit der unmenschlichen KFG fertiggeworden war.

‚Woran denkst du nur?’ Susanne ertappte Jähsinn immer wieder bei kleinen Unachtsamkeiten.

Es gab Dinge, die ihm Angst machten. Er hatte keine Beziehungen nach oben. Er mochte Susanne gern, aber sie kamen sich nicht so nah, wie er sichs erträumte. Susanne hatte große blaue Augen, gab manchmal überaus gescheite Kommentare von sich und wirkte im nächsten Moment wieder naiv. Er war auf ihre großen Brüste fixiert, an denen sie ihn bisweilen nuckeln ließ. Manchmal wurde sie streng. ‚Geh Robert, projizier net so’! Sie verstand sich mit allen gut. Für sie waren Beziehungen nach oben selbstverständlich. Für sie war auch die freie Sexualität selbstverständlich. Susanne war immer verabredet.
Ein Brief von Ingrid war gekommen. Sie schrieb, daß sie demnächst einen Kurs am FH belegen werde. Mit Ingrid war er in Bremen gut ausgekommen. Erst hatte er sich gefreut, dann wusste er nicht, was er mit ihr anfangen sollte. Er fühlte sich nicht ‚geil’, sondern überdreht. Ständig befand man sich in der Einflußzone emotionaler Stürme und Erdbeben. Nicht nur Feiler entfachte Orkane, auch Colette und andere Obere konnten mit wenigen Worten, ja einem gezielten Blick die Luft mit Gewitterwolken anreichern. Und man wusste nicht, wann es zur Entladung kam.

Es gab Situationen, an die er noch Jahre später zurückdachte.
Einmal machten sie eine *Gruppenanalyse.* Er lag auf dem Rücken, strampelte mit den Beinen in der Luft, griff mit den Händen nach Feinden und Plagegeistern, die vor seinem inneren Auge umherstolzierten und ihn auslachten, und schrie seine Wut heraus. Er war der letzte Dreck, ein zu kurz Gekommener. Die weiß gestrichene Decke blickte kalt und gleichgültig auf ihn herab. Neben Roberto, dem Lehrling der heiligen Ekstase, kniete eine junge

Frau, die zuvor auf dem Teppich gelegen und Kostproben ihrer Stimme abgeliefert hatte.

Einundzwanzig Männer und neunzehn Frauen lagen wechselweise auf dem Rücken und schrien, schnitten Grimassen, weinten, plapperten, brüllten - eine Atmosphäre wie in der geschlossenen Abteilung der Psychiatrie. Wenn seine Partnerin loslegte, wünschte Jähsinn sich auf eine einsame Insel. Janis Joplin war ein schüchternes Chormädchen daneben.

Einer schleuderte sein Innerstes mit solcher Wucht nach außen, daß Reste des Mittagessens hochgespült wurden. Eine bewundernswerte Leistung. Man musste seine Ekel-Barrieren überwinden. Marise ging herum und ermunterte alle, intensiver zu werden, einen Schritt weiterzugehn. Sie war die Super-Visorin. Neben jeder Matte stand ein Eimer. Jähsinn war neidisch. Er fand, daß einige Gruppen-Mitglieder mehr gelobt wurden als er und beliebter waren. Es gelang ihm nicht, sich zu erbrechen. Jedes Analysanden-Paar sollte sich gegenseitig in Gefühle treiben und zuhören, was dem anderen zu Kopfe stieg. Nach zehn Minuten wurde gewechselt. Es ging darum, alles hochsteigen zu lassen und in die Tiefe zu rauschen, durch alle Panzerungen hindurch. Bis hinunter zum Geburtserlebnis. Bis man es nicht mehr nötig hatte und sich vollkommen frei und glücklich fühlte.

Plötzlich betrat Feiler den Raum. Zwei Frauen waren bei ihm. Sie gingen rechts und links von ihm, himmelten ihn an, küßten ihn zart auf die Wange und setzten sich auf ein altes Sofa.

Die Kriegsgesänge und Trotzlieder der Verzweifelten und am Spieß Gebratenen verstummten. Nur einer hatte nicht mitbekommen, daß der Boß eingetreten war, und tobte weiter.

Ich hasse dich, stinkender Computer-Schädel, komm her!' und schlug wutentbrannt Löcher in die Luft. *Du Schwein, ich schlag dir die Birne ein!'*

-,Sehr richtig', sagte die Nummer eins trocken. ,Man darf sich durch nichts davon abbringen lassen, seine Gefühle herauszulassen und zu erforschen und' -er hob fein den Zeigefinger- ,Maßnahmen zu ergreifen, aus der Ödnis herauszukommen. ,Allän hot niemand a Schongß. I aa net.'

Auch der Chorknabe mit der himmlischen Wut war nun ganz Ohr.

Der Operettenkaiser mit dem kühl sardonischen Blick wiegte kaum merklich den Kopf und ließ wie nebenbei verlauten: ,Für die Material-Aktion solltets schon in Form sein!'

Feiler gab Marise ein Zeichen. Sie widmete sich dem erschlafft auf der Matratze Liegenden, der wieder in Fahrt kam und seine Wut mit frischer Energie herausschleuderte.

Die Gruppenleiterin kniete sich nicht neben jeden.

Jähsinn sah, wie Feiler mit einem jungen Türken sprach, der in Tränen ausgebrochen war. Feiler beorderte Marise zu sich. Etwas Schlimmes musste

passiert sein. Alle standen auf. Marise nahm Cemal in den Arm.
-‚Das Sozialverhalten ist genauso wichtig wie die Sexualität’, dozierte Feiler.
‚Ohne Sozialverhalten gibt es keine Gemeinschaft.’
Jeder in dem Raum hätte auf die Worte des Mannes Brief und Siegel geschworen.
-‚Leider gibt es Menschen, die größenwahnsinnig werden.’
Feiler machte eine Pause und blickte ruhig über die Gesichter der ihn schüchtern und ehrfürchtig Anstarrenden hinweg.
-‚Es gibt Möglichkeiten, diese –hmm- Subjekte wieder herunterzuholen.’
Diese Abgeklärtheit und Ruhe!
Jähsinn war wie hypnotisiert.
Jeder schaute vorsichtig zur Seite, um herauszufinden, wer der Unmensch war.
Feiler nahm eine junge Frau in den Arm. Einem Mann schüttelte er die Hand. Der Proband war erstaunt. Feiler ging weiter. Er war der Fürst, der sich anschaute, wie seine Mägde und Knechte arbeiteten. Lässig prüfte er den Boden, den zu bestellen er vor Jahren angefangen hatte.
Feiler schlenderte weiter, nüchtern, unberührt.
Vielleicht floß sogar kaiserliches Blut in seinen Adern?
Die Massenanalyse schien zuende. Mehr als vierzig Augenpaare folgten den Bewegungen des legendären Aktionisten, der seit sieben Jahren die Kommune leitete. Der Mann mit dem lockeren Gang kam zu Jähsinn, der neben der blauen Matte stand. Er schaute ihm wie träumend ins Gesicht und verpasste ihm eine Ohrfeige.
Robert war völlig überrascht.
-‚Ich halte dich für negativ.’
Robert verstand nicht.
-‚Knie nieder.’
Mitspielen ist alles, dachte Jähsinn. Und tat wie befohlen.
-‚Entschuldige dich, daß du auf die Welt gekommen bist. Bitte um Verzeihung, daß du so hinterhältig bist.’
‚Wieso?’ fragte Jähsinn.
Der Boss hatte nicht nötig, sich auf eine Diskussion einzulassen, und ging weiter.
Alle schauten auf Jähsinn mit Blicken zwischen Mitleid und Entsetzen. Feiler konnte brutal sein, aber Ohrfeigen verteilte er nur selten. Da musste einer schon sehr asozial sein.
Robert war den Tränen nahe. Wut stieg in ihm hoch auf Feiler, diesen Scheiß-Leiter, diesen autoritären Arsch. Dieser Pseudo, dieser ... Etwas war mit dem Mann nicht richtig. Eingebildetes Arschloch...
Später erfuhr er: Cemal hatte ihn verpetzt, weil er sich nach dem Mittagessen

geweigert hatte, einen Fäkalien-Bottich zu schleppen.

Feiler verließ den Raum mit den beiden Frauen, die sich alles angesehen hatten, ohne eine Miene zu verziehen.

Marise nahm Jähsinn in den Arm. Er ließ es sich gefallen. Marise schien die Attacke vom letzten Jahr vergessen zu haben.

-‚Des dorfst net so org nehm. Da Leo, vaschtehst...Is net geng dich persönlich g'richtet.'

So schlimm war es nicht, wiegelte Jähsinn ab. Er hatte schon härtere Ohrfeigen bekommen.

-‚Burli, gleich gehma zur Material-Aktion. Da konnst di ausleben.'

Susanne kam herbei.

‚Na geh, was war'n da?'

Jähsinn versuchte locker zu sein. Dabei zitterten seine Knie. Er schämte sich vor Susanne. Er wollte nach draußen, allein sein.

Heiße Tränen stiegen ihm in die Augen. Er ging zu den Ställen und schrie, brüllte. Er gab sein Bestes, und dieser aggressive Typ haute ihm eine runter. Ein Schwein blickte ihn erschreckt an und flüchtete in seinen Verschlag.

22 Material-Aktion

Der Boden des weiß gestrichenen Raumes war mit Plastikfolien bedeckt. Bis auf einen blauen Bilderrahmen und zwei Spiegel waren alle Möbel hinausgestellt worden. In einer Ecke standen Eimer mit warmem Wasser, schwarzer und weißer Farbe, dunkler Erde und frisch gemähtem Heu. Daneben lagen große Pinsel, Löffel, Gabeln, stand ein Kasten mit Farbtöpfen.

Die zehn Jungkommunarden und neun Frauen waren nackt und machten Atemübungen, streckten die Beine, dehnten den Oberkörper und ließen die Arme kreisen. Einer hüpfte in die Luft wie ein Weitspringer vor dem Anlauf.

Marise und ein Mann, den Jähsinn zum ersten Mal sah, betraten den Raum. Auch sie waren unbekleidet.

Der muskulöse Schlanke nahm einen Pinsel und stellte sich als Peter D vor. Er habe ein halbes Jahr in der Pariser Gruppe gelebt und wolle eine Kunstausbildung am FH beginnen.

Marise lächelte und forderte ihn auf, sie schwarz und weiß zu bemalen.

Der stämmig Gebaute trug auf den Rücken der zart gebräunten Frau ein weißes Viereck auf. Daneben ein schwarzes Feld.

Marise stellte sich geheimnisvoll lächelnd vor einen der Spiegel.

-,Na, legts los. Immer zu zweit. Wer übrig bleibt, komme zu mir.'
Die Probanden bildeten Paare und begannen sich gegenseitig zu bemalen.
Vierecke, Dreiecke, schwarze Linien.
-,S muss net so akkurat sein!'
Marise betrachtete sich im Spiegel und war mit einem Auge bei den Akteuren.
Schachbrettartige Muster entstanden, geometrische Figuren.
,Wie bei den Nubas', sagte eine Frau und lachte.
-,Wie bei den Irokesen, nein, Karneval in Venedig' erwiderte Marise und lächelte mit hochgezogener Augenbraue.
Die Frau mit den üppigen Rundungen pinselte ihrem Partner ein weißes Viereck auf den Rücken und spritzte schwarze Flecken und Punkte auf das Weiß. Die Farbe tropfte und bildete Rinnsale, die zur Pofalte hinabliefen.
-,Paßts auf die Augen auf.'
Im Nachbarraum wurde eine Trommel bearbeitet, ein Saxophon setzte ein. Zwei von Kopf bis Fuß weiß bemalte Männer mit schwarzen Luftballons betraten den Raum. Sie warfen die Ballons hoch und drückten sie an Brust, Beine und Geschlecht, rieben sich damit. Dann nahmen sie eine Gabel, brachten die Ballons zum Platzen. Und gingen wieder hinaus. Jähsinn flog ein Fetzen vor die Füße. Er schnippte ihn mit dem dicken Zeh beiseite.
Zwei schwarz bemalte Frauen kamen mit weißen Ballons, rieben sich an ihnen, zerstachen sie.
Das Saxophon verstummte, die Trommelgeräusche dauerten an. Eine Maraka rasselte. Jemand schlug einen schweren Gong und erzeugte ein Geräusch, daß Jähsinn eine Gänsehaut bekam. Nach einer kleinen Pause der nächste Schlag. Mehrere Schläge in kurzem Abstand hintereinander. Das Saxophon setzte wieder ein, fein und lyrisch.
Marise nahm einen breiten Pinsel und bemalte dem gut Proportionierten mit wuchtigen Strichen Brust und Rücken. Sie tunkte den Pinsel tief ein und nahm jedesmal leichten Schwung. Jähsinn staunte, wie elegant sie das machte. Anschließend nahm sie einen Teelöffel voll weißer Farbe und bepfefferte die muskulösen Arme und den Waschbrettbauch ihres Partners. Und ließ sich selbst von ihm Kopf, Brust und Bauch bemalen.
Aus dem Nachbarraum drangen lautes Stöhnen und heftiges Atmen.
-,Schauts euch an!' forderte Marise.
Die Männer und Frauen stellten sich kichernd vor die Spiegel, verdrehten die Köpfe, musterten sich von der Seite.
Jähsinn war ernst. Er dachte an die Ohrfeige. Ach was, machte er sich Mut. Was mich nicht tötet, macht mich nur hart.
-,Ihr dürfts lauter sein, trauts euch!'
Alle schauten auf Marise. Lächelnd drehte sie den Kopf zur Seite und machte

bedächtig zwei Schritte. Sie reckte die Arme auseinander und hüpfte mit ge-
strecktem Bein, blieb einen Moment ruhig stehen, verkniff das Gesicht, ging
wieder einen Schritt, streckte die Arme aus und tat einen Sprung. Langsam
wandte sie sich zur Seite, verbarg das Gesicht hinter gespreizten Finger.
-‚Hey, was schauts? Machts mit. Mir san im Urwald.'

Aus dem Nachbarraum hörte man Geschrei und Klatschen. Das Trommeln
blieb konstant.
Plötzlich betraten zwei Männer in Mechaniker-Kluft den Raum, blickten gut-
gelaunt nach rechts und links, als ob sie sich vergewissern wollten, daß sie
richtig waren. Grinsend gingen sie zwei Schritte vor und warfen aus kleinen
Eimern fröhlich lachend rote Blüten auf die durch den Dschungel Schlei-
chenden.
‚Schönen Gruß von den Kindern!'
-‚Ihr seid zu früh', sagte Marise.
Die Männer blickten ratlos.
-‚Egal jetzt!'
Die Männer leerten die Eimer bis zur letzten Blüte und verließen den Raum.
Jähsinn erspähte, wie sich im Nachbarraum beraten wurde, wo offenbar eine
zweite Aktion stattfand. Marise ging zur weit offenstehenden Tür und schaute
hinein.
Die Trommeln verstummten. Marise kam zurück.
-‚Setzt euch auf den Boden. Oder legts euch am besten hi.'

Zwei Männer trugen Bottiche voll Mehl und angewärmter Binderfarbe in den
Raum.
-‚Das Materiol is net giftig, aber schließts die Augen. Wir befinden uns, nach
einem Marsch durch tiefen Dschungel, auf einem Schiff.'
Die Männer begannen die Anwesenden mit dem weichen Brei zu über-
gießen. Mit Schöpfkellen ließen sie die Masse auf Rücken, Bäuche und
Beine fließen.
-‚Das Kreuzfahrtschiff hat einen Motorschaden. Aber keine Panik! Wenn die
Passagiere zusammenhalten, kann nichts passiern.'
Jähsinn verrieb den Brei auf Brust, Beine, Unterleib. Ein wohliges Gefühl
machte sich breit. Er gab ein Zeichen und bekam das Warme über den Kopf
gegossen. Er streckte die Gliedmaßen, verteilte das Weiche über seinen
Körper und wälzte sich darin.
-‚'S ist völlig dunkel. Die Passagiere kriechen über Schiffsplanken, sehr lang-
sam, um die anderen Reisenden zu ertasten.'
Alle krochen durcheinander, berührten und streichelten sich. Jähsinn spürte
Behaartes an seinem Bauch, der Nippel einer Frauenbrust strich ihm übers

Gesicht. Er streckte vorsichtig die Arme aus. Da war ein Kopf, Ohr, Hals. Langsam drehte und wälzte er sich, fühlte sich wie ein Stück Brot in der Suppe, rundum angenehm, eine seltsame Empfindung stieg in ihm hoch, er war nahe daran zu weinen. Zwiespältige Gefühle. Wut. Er war klein und armselig, schutzbedürftig.

-‚Bleibts zammen! Wer nach außen kriecht, fällt über Bord!'

Ein langgezogenes Tuten erklang im Nebenraum.

-‚Es nähern sich Schiffe. Steht vorsichtig auf, aber haltets die Augen gschlossen.'

Leises Trommeln und Scheppern setzte ein.

-‚Das Schiff ist vor einer Insel auf Grund gelaufen. Achtung, Passagiere, hier spricht der Kapitän! ... Alle gehen von Bord. Das Wasser ist nur knietief. Die Bewohner der Insel sind friedlich gesinnt!'

Die Männer und Frauen lösten sich voneinander und standen vorsichtig auf.

Die Kongas wurden lauter, der Saxophonspieler steigerte seine Kadenzen.

Bunt bemalte Männer und Frauen traten hinzu und bewarfen die gestrandeten Passagiere mit Humus. Erst nahmen sie kleine Portionen, dann wurden ganze Eimer über den Schiffbrüchigen geleert. Schließlich regnete es Gras und Heu.

Die Eingeborenen stießen Schreie aus und verschwanden wieder.

-‚Machts vorsichtig die Augen auf!'

Männer und Frauen standen da mit wild verschmierten Körpern. Einige trugen Perücken aus Gras, andere schienen einem Moorbad entstiegen.

-‚Bravo!' rief Marise.

Sie klatschten und umarmten sich.

Plötzlich ertönte ein Schrei: ‚Feuer' Und noch einmal ‚Feuer!' Der Ruf schien von draußen oder aus einem weiter entfernt gelegenen Raum zu kommen.

-‚Welcher Witzbold is'n do am Werk?' Marise kräuselte die Stirn.

‚Feuer! Es brennt!'

Alle liefen mit einem Mal durcheinander.

Ein Mann kam hereingestürmt und berichtete, daß die Scheune in Brand geraten sei.

-‚Holt's Wasser, marsch marsch!' befahl Marise.

Einige waren bereits hinausgelaufen.

Jähsinn schnappte sich zwei Eimer und lief zu einem Wasseranschluß im Flur. Zwei Frauen standen dort mit Plastikkübeln. Jähsinn eilte zur Toilette. Er bekam die Eimer nicht unter die Hähne, sie waren zu niedrig. ‚Los, zur Dusche!' Alle stürmten durch die Flure und nach draußen. Auch bei der Dusche war schon jemand, der einen Bottich füllte. Endlich gelang es Jähsinn, seine Eimer vollaufen zu lassen. Zum Glück war es warm draußen. Jähsinn rannte los. Er hatte erwartet, dass die Scheune in hellen Flammen stand, aber er sah nur Qualm von der Rückseite aufsteigen. Hinter der Scheune befand sich ein Schuppen, der demnächst abgerissen werden sollte.

Er lief über den mit Platten versehenen Fußweg, kürzte über den Rasen ab und gelangte zur Brandstelle. Das sieben oder acht Meter lange, größtenteils aus Holz bestehende Haus brannte. Dichte Rauchwolken drangen aus einem zersplitterten Fenster. Jetzt sah er auch die Flammen. Knappe Befehle ertönten.

-,Haltets euch zurück!' Ein Mann entriß Jähsinn die Eimer und reichte sie nach vorne. Einer kam mit einem Gartenschlauch angelaufen.

-,Wir müssen verhindern, daß das Feuer übergreift.'

Die Hinterwand der Scheune war aus Stein. Aber das Dach wurde von hölzernen Balken getragen! Es waren bereits Leitern angestellt.

Nun erschien auch der Boß. Er wirkte nervös, schlecht gelaunt.

-,Los, alle zurück!'

Jähsinn freute sich, einen leicht aus der Fassung geratenen Feiler zu sehen.

Herve leitete die Löscharbeiten.

Zwei Kommunarden eilten mit einem Feuerwehrschlauch herbei, den sie bei der Kläranlage angeschlossen hatten.

-,Wasser marsch!'

Immer mehr Männer und Frauen kamen angelaufen mit Eimern und Töpfen.

Feiler unterhielt sich mit zwei Männern.

Eine Frau hielt mit schreckerstarrtem Gesicht zwei Kindersandalen in die Höhe, ging zu Feiler. Waren Kinder in den Flammen? Hatten sie mit Feuer gespielt?

-,Los, weiter zurück!'

Herve gab Kommandos, cool und überlegt. Jähsinn malte sich aus, wie ein kleiner Körper aus der verkohlten Ruine getragen würde.

Auf dem Dach standen zwei Männer und berieselten die Ziegel mit Wasser aus dem Gartenschlauch. Sie hatten sich Tücher vor das Gesicht gebunden. Plötzlich rutschte der eine aus, knallte auf das Dach, konnte sich aber festhalten.

-,Feuerlöscher marsch!'

Dann eine Verpuffung und eine riesige Rauchwolke. Dichter schwarzer Qualm drang aus der Tür. Zwei Männer, die Gasmasken trugen, gingen mit Feuerwehrschlauch auf das Gebäude zu, ein Strahl schoß aus der Spritze und schon hielten sie auf das Fenster, richteten den Strahl ins Innere.

Herve gab Befehl, alle sollten zurückgehen an die Arbeit. Zehn Leute bekämpften den Brand, das musste reichen.

Jähsinn hätte gerne weiter zugeschaut, aber es hatte keinen Sinn, sich zu widersetzen. Er ging mit den anderen zum Schulhaus zurück, in dessen Keller die Aktion stattgefunden hatte.

Wer da wohl Schuld hatte!

Eine halbe Stunde später waren die Aktionisten wieder blitzblank. Zwei Mann schrubbten die Plastikfolien und rollten sie zusammen. Plötzlich vernahmen sie eine Sirene. Hatten die Flammen auf andere Gebäude übergegriffen? Jähsinn sah ausgeglühte Metallträger und völlig verrußte Mauerreste vor seinem inneren Auge.
Oder war Feiler ein Dachziegel auf den Zeh gefallen? Und die medizinische Abteilung hatte Großalarm ausgelöst! Der Mann würde nicht mehr ganz so lässig durch die Reihen schreiten, um Ohrfeigen auszuteilen.
Sie gingen zum Abendessen und sahen, daß aus Neusiedl ein Löschwagen angekommen war. Die Männer in den Uniformen sicherten die Brandstelle. Die Scheune stand noch, aber sie konnten jetzt nicht darin essen. Die Tische und Bänke und Stühle waren hinausgetragen und hinter der Küche aufgestellt worden.
Sie würden das hinkriegen. Irgendein Provisorium entstünde, eine große Plane, über ein Holzgerüst gezogen.
Was war im Schuppen gewesen? Ein paar Matratzen. Einige Elektrosachen, auch Bücher und Zeitschriften. Dinge, die Kommunarden gehörten.
Er fragte eine Frau, was genau verbrannt war, aber sie behandelte ihn wie einen Jungen, der dumme Fragen stellte.
Vielleicht waren die Bücher und Hefte noch in Hamburg?

Das Klirren des Bestecks mischte sich mit Getuschel und vereinzeltem Lachen. Hier ein Messer-Solo auf Porzellan, dort die Klänge aneinanderstoßender Gläser, dann wieder einzelne Stimmen aus dem Chor der an diesem Abend etwas gedämpften Kommune-Oper.
Jähsinn stand hinter dem Schüttkasten und heulte. Die Situation am Nachmit-tag stieg wieder in ihm hoch. Wieso war er negativ? Es war zu viel. Er wollte doch nur mitmachen und dazugehören. Feiler machte ihm Angst – dabei bewunderte er ihn doch! Jähsinn hatte als Kind Ohrfeigen bekommen, die schmerzhafter gewesen waren. Er trat gegen die Wand des Schüttkastens.

23 Stacheldraht-Baby

Hallo Rainer!

Ich war in den letzten Monaten so beschäftigt, dass ich nicht dazu gekommen bin, den geplanten Bericht über die KO zu schreiben. Vielleicht kannst du meinen Brief in der nächsten Ausgabe eurer Zeitschrift veröffentlichen?

Daß du als Junge in einem Heim warst und brutale Erfahrungen gemacht hast, wird dich einige Jahre in deiner Entwicklung gekostet haben. Ich sehe aber gravierende Unterschiede zwischen einer staatlichen Verwahranstalt und der KO.

Am neuen SD-Baby gefallen mir am besten die Texte von Höbsch. In seinen Poemen ist eine Schönheit und Genauigkeit, die ich nur in meinen stärksten Momenten erreiche. Diese Parodie „Gullivers Kreisen" und dann das Gedicht, wo aus Tipp-Ex Blumen in die Luft wachsen!...Wenn jemand den Titel „Underground" für sich beanspruchen darf, dann dieser Mann. Die Sachen haben Kraft und Farbe, und der Autor droht nicht in den Fußstapfen Bukowskis zu versacken. Auch Jürgen Plock finde ich stark. Mit „Cola in Bakunins Bart" zeigt er es mal wieder allen. Es wird einem klar, daß seine Zeitschrift Diesel 69 alles andere als eine Eintagsfliege ist. Insgesamt finde ich die Mischung von Wort- und Bild-Beiträgen klasse.

Heute ist Sonntag. Wenn ich zurückdenke, wie ich noch vor einigen Jahren meine psychedelische Krawatte im Internat spazierengeführt habe!... Hier kann von Moden keine Rede sein. Mir reicht schon, wenn ich zur Feier des Tages ein frisches Hemd finde…. Irgendwo soll es Schuhcreme geben. Ein Sonntag am FH: Morgens wird eine Stunde später geweckt und am Tag finden zusätzliche Kurse statt. Eben gerade gab es Vorträge über Wilhelm Reich und Freud. Zwei Frauen haben Reden gehalten. Danach strömte alles an die Arbeit und in die BAGs (BewusstseinsArbeits Gruppen).

Ich sitze im Schüttkasten, einem umgebauten Schweinestall, vor einer uralten Schulbank, in dessen speckiges Holz Namen geritzt sind.

Vom Fenster aus habe ich eine gute Aussicht über Felder und, seitwärts, eine Baumreihe. Weiter hinten liegt die Parndorfer Heide. Weinfelder siehst du von hier aus nicht. Vorn links drängen mit Teerfarbe gestrichene Ställe ins Blickfeld.

Auf dem Feld haben sie vor ein paar Tagen gemäht und gestern das Heu weggefahren. Es sieht nach Regen aus. Im Moment laufen Kommunarden über die gelben Stoppeln. Paar Kinder.

Letzte Woche hat es ein Feuer gegeben, ein Holzschuppen brannte ab. Einer hat sich bei den Löscharbeiten den Arm gebrochen.

Es passiert ständig etwas, überall. Vieles rauscht an einem vorbei, wie in einem Action-Film. Irgendwie großartig. Irgendwie anstrengend.

Seit einigen Tagen ist Homosexualität das Haupt-Thema. Sigi Pilser aus Kiel trägt Fummel. Auch ein Arzt macht mit, ein großer kantiger Kerl. Neulich stand er im Dirndl da, mit Netzstrumpfhose, Pomps, Krokodilledertasche. Das Gesicht zerfurcht, rosa gepuderte Wangen, knallige Lidschatten. Auf der behaarten Brust ein BH. Und dann so'n Fetzen von Perücke. In dem Aufzug bekäme er garantiert eine Rolle bei Andy Warhol. Gestern bei den Selbstdarstellungen war der Doktor in der Mitte, aber Feiler ließ ihn nur kurz. Er war schon am Vorabend über den blauen Teppich stolziert, schrill und überkandidelt. ‚Ich zerreiße Dich, Mutter-Hure!'. Ich kam gerade vom Abwasch.

Beim SD-Abend war neulich gefragt worden, wer schwul sei. Erst meldeten sich drei oder vier Männer. Als Feiler selber den Zeigefinger zur Decke reckte, flogen überall die Arme hoch.

Beim folgenden Mittagessen erschienen Pilser und der Doktor in Pelz und Strapsen. Pilser ist sympathisch - aber auch naiv, scheint mir. Er bekommt große Unterstützung, ist beliebt und bis in die zweite Gruppe aufgestiegen. Er schläft jetzt auch mit Frauen.

Bei mir deutet nichts auf eine Karriere hin. Aber irgendwann komme ich groß raus. (hahaha)

Die Homo-Darstellungen mit Männern und Frauen waren lustig. Obwohl es auch um Tragik geht. Ich hab mal geglaubt, selber schwul zu sein, aber es war wohl eher kameradschaftlich. Oder neurotisch?!

Das Erforschen hört nie auf.

Ich versuche mich zu verstehen. Das Paradies ist zum Greifen nahe, aber ich empfinde seltsamerweise Angst vor Frauen. Da ist was Bedrohliches. Ich fühle mich wie gelähmt, der Kopf arbeitet auf Hochtouren. Panik. Meine Wangen glühn. Und dann Sehnsucht nach einem Wesen, das mich versteht. Aber wer? Meine Mutter ist ein Drache. Vater total im Hintergrund. Meine Seele ein Labyrinth mit Minenfeld. Immer wieder Wut. Und Minderwertigkeitsgefühle.

Ich bin kein richtiger Typ. Wenn ich gewisse Männer hier erlebe: Cool, immer ein Lächeln auf den Lippen. Stets erfolgreich, scheinbar ohne Anstrengung.

Hier ist alles in Bewegung. Ekstasen rasen.

Der Donnerstagabend klang damit aus, daß Feiler festlegte, daß sich nur gleichgeschlechtlich verabredet wird. Sexperiment.

Ich war mit einem Mann zusammen, der seit Gründung der Kommune dabei, aber in der Struktur abgestürzt ist, bis in die unterste Gruppe. Er war mal auf dem Titelblatt der KO-News abgebildet, nackt, schreiend. Er kam mit seinem Schlafsack. Wir haben erst gequatscht, dann hat er mich beschimpft: Du Hure, Dreckschwein! Später haben wir uns umarmt. Sexuell hab ich nix gespürt...

Ihr müßt unbedingt Gedichte von Helene Täuber bringen. Ich lege ihre Adres-

se bei. Sie schreibt nicht nur, sondern geht auch auf die Straße. Dynamisch, frech, unbequem.

Mittwoch
Wieder wahnsinnig viel passiert. Ich steif am Rand, bewege mich wie mechanisch. Nur übers Schreiben finde ich Ruhe. Die Kommunarden, auch die Frauen, eine Horde Paviane. Konkurrenzen werden nicht unterbunden, sondern geschürt. Jeder gegen jeden. Jeder soll das Innerste hervorholen und allen zeigen. Überbordende Emotionen, Feuer unterm Arsch.

Ich bin klein, mein Herz ist nicht rein, Emotionen stürzen auf mich ein.

Und ständig der Spruch ,Na, projizierst wieder!'
Das Netz der Kommunikation ist so grob, daß ich durchfalle.

Donnerstag
Komme mir vor wie ein U-Boot. Mal schwimm ich oben, mal tauche ich ab. Dabei möchte ich nichts als dazugehören. Ich warte auf eine Frau aus Düsseldorf, mit der ich seit einem Workshop in Bremen Kontakt habe, und die zu einem Kurs kommen wollte. Ist sie aber nicht.

Dienstag
Nicht weit vom Schulhaus haben sie, nach dem Brand letzte Woche, eine provisorische Hütte gebaut, aus Planen, Holzwänden und Stützbalken, um da zu essen.
Um die Kinder dreht sich alles. Sie gehen liebevoll mit ihnen um. Die Kleinen finden ideale Zustände vor. Zehn oder elf sind mittlerweile in der Kommune geboren worden. Außerdem gibt es zwanzig Gästekinder. Ich habe mich angemeldet, um bei der Kinderbetreuung zu helfen. Es gibt eine lange Warteliste. Für jedes Kind sind, rund um die Uhr, Betreuer eingeteilt. So ist die Mutter entlastet. Und jedes Kind hat mehrere Bezugspersonen. Es gibt nicht mehr die übliche Fixierung. Neulich hatten sie vor dem Schulhaus Dekken ausgebreitet. Die Kinder saßen quietsch-vergnügt darauf, von Kopf bis Zeh mit Brei und Spinat bekleckert. Sie wollen, daß die Kinder spielerisch mit Nudeln und Marmelade umgehen lernen. Sie sagen nicht ,Erziehung', son-dern ,Kinderaufwachsen'.
Eigentlich gehöre ich zu einer Baukolonne. Wir haben aber nicht jeden Tag zu tun.
Die Ideologie der KO besteht aus Gedanken Wilhelm Reichs, etwas Psychodrama, hinzu kommt Wiener Aktionismus. Sie verbinden verschiedene Ansätze und versuchen die Leute zu packen, wo sie entwicklungsfähig sind.

Feiler gibt die Richtung vor. Er verfaßt lehrbuchartige Texte - naja, der Mann ist ein Spieler, macht sich über alles lustig. Außer über sich selbst, wie ich inzwischen meine.

Letzte Nacht habe ich mit einer Frau aus München geschlafen. Sie hat festgestellt, daß ich aggressiv küsse. Kaum war der Präser übergezogen und sie steckte ihn hinein, fiel er mir auch schon wieder um...

In der Sexualität wollen sie alle Tabus überwinden. Die Schädigung des Menschen liege auch darin, daß Sex unter Geschwistern verboten ist. Auf dem Gebiet ist die Kommune echt revolutionär. Eine Frau aus München und ihr achtzehnjähriger Sohn haben neulich miteinander geschlafen.

Ein gewisser Bombo, der zuvor die Hamburger Gruppe geleitet hat, ist vor ein paar Tagen gekommen. Immer wieder werden Kommunarden in die Gruppen in Deutschland, Österreich, Frankreich, Schweiz, Spanien verschickt. In Amsterdam soll demnächst eine Filiale aufgemacht werden.

Gestern wurde die Struktur neu festgelegt. Alle Anwesenden stimmten ab. Einundvierzig Gruppenmitglieder nahmen an der Runde teil. Ich landete auf Rang zweiunddreißig (bisher beste Plazierung). Über unserer Gruppe gibt es noch drei andere Gruppen, unter uns sind die Langzeitgäste.

Ich bin von der Hierarchie nicht begeistert – aber ich werde anderswo auch eingestuft, egal ob an der Uni oder auf der Arbeit. Dort ist die Hierarchie verschleiert – hier zeigen sie offen, was sie von einem halten. Ich versuche es sportlich zu sehn.

Auf eines kann ich mich verlassen: Ich falle auf. Meist negativ. Man kann sich kaum zurückziehen. Als ich das erste mal hier war, hab ich Ausflüge in die Umgebung gemacht. Jetzt, wo ich Mitglied bin, ist die Einbindung stärker. Ab und zu verdrücke ich mich aber doch. Wer etwas verheimlichen will, hat keine Chance. Es wird ständig Druck ausgeübt.

Leopold van Feilenstayn, / stellste mir vielleicht ein Bein?/ Reißt gern Witze, scherzt und spielst, / selten sah ich dich verdrießt. / Mächtig steht dein langer Schatten / ständig über allen Matten. / Oller Kuckuck, legste Eier / jeden Tag - zu wessen Feier? / Meinetwegen läßt' es regnen, / aber ich tu dich nicht segnen

Ich bin kurz davor, auszurasten. Und versuche noch, das Ganze wie ein wildes Märchen zu sehn. Dort gibt's auch Gut und Böse, Oben und Unten, Herren und Knechte.

Soviel für heute. Ich hoffe, daß dich meine Aufzeichnungen interessieren.

Es geht weiter. Irgendwie.   27.8.77

24 Kosmisch

Jähsinn verputzte Wände und bemalte Fensterrahmen, ärgerte sich und machte Selbstdarstellungen, half in der Küche aus und versuchte, unter den wechselhaften Bedingungen etwas zu lernen.

Feiler verfügte über einen unerschöpflichen Vorrat an Ideen. Er behandelte die Kommunarden je nach Lust und Laune wie talentierte Schüler oder Deppen, um ihnen später, wenn sie sich an beides gewöhnt hatten, zu verdeutlichen, dass sie Kuhfladen waren, über denen Fliegen summten. Wenn er sich langweilte, lud er sie auch mal ein auf eine Fahrt im Raumschiff *Safari*. Feiler hatte Ohren wie Spok, lächelte hintergründig wie Mephisto und wollte unbedingt eine neue Galaxie entdecken. Die nach ihm benannt würde. Großzügig überließ er den Steuerknüppel Colette und anderen weiblichen Favoriten. Ein Blick genügte, um sie auf Kurs zu halten. Manchmal ging es auch um banale Probleme irdischer Natur, die jedoch stets vermengt wurden mit den Höhenflügen erotischer Ekstase.

Die Kommune war ein Gebilde, in dem Zustände des Glücks und der Furcht erzeugt wurden mit einem Mixer, der in keinem Katalog angeboten wurde. Gefühlsdramen antiken Ausmaßes wurden gefeiert, an denen nichts platonisch war.

Man erreichte eine Bewußtseins-Stufe, und dann sollte es irgendwie immer weiter hinauf gehen. Alles war noch intensiver möglich, ausdrucksstärker.

Die ganze Welt sollte verändert werden, ausgehend von der revolutionären Keimzelle K.O. Das emotionale Feuer der Kommune veränderte die einzelnen Kommunarden, diese wiederum veränderten und prägten die ganze Gemeinschaft; ein dialektischer Prozeß.

Es gab die berühmte Parabel, als Orientierung. Die Skala, auf der es rauf und runter ging. Vom verpanzerten Kleinfamilien-Idioten hinab zum Geburtserlebnis. Und rauf ins Kommune-Paradies. Nur wenige hielten sich ständig dort oben.

Die Oberen tagten unter Ausschluß der Öffentlichkeit. Die Revolution war im Sand verlaufen – der große Regisseur hatte längst wieder neue Pläne. Das oberste Gremium war der ‚Zwölfer-BAG'. Dort arbeiteten, puderten und feilten von Leo streng ausgewählte Eleven am kosmischen Bewusstsein. Der Jahrhundert-Künstler hatte vor allem weibliche Fans um sich geschart. Marise, Colette, Ilka, Ewa, Snoopy und andere. Je höher sie hinaufflogen, desto verzweifelter fragte sich Jähsinn, weshalb seine Raketen nicht zündeten.

Von Helmut kam ein Brief, in dem er auf einmal wieder gegen Feiler stänkerte, den „Scheich mit seinem gottlosen Harem". Wieso gottlos, dachte Jähsinn. Seit wann war Helmut religiös? Wahrscheinlich zielte Helmut auf die unantastbare Hierarchie. Immerhin hatte Robert an einem Abend den Versuch eines Kommunarden erlebt, Feiler wenn nicht zu stürzen, so doch an seinem Thron zu kratzen.

Bernd-Otto, einer der wenigen Männer aus dem ‚Zwölfer-BAG', hatte sich mit ausgebreiteten Armen in die Mitte gestellt und eine phantastische Reise durch die Michstraße geschildert, auf der er Albert Einstein traf, mit Karl Marx und Picasso Skat spielte und anschließend die Jungfrau Maria beglückte. B.O., dem Jähsinn so viel Phantasie nicht zugetraut hatte, brachte mit seiner facettenreichen Erzählung im Kommune-Tempel des kosmischen Wissens manch Auge zum Leuchten. Sein pseudowissenschaftlich gefärbter Min-nesang mündete in eine Orgien-Szene, die alles in den Schatten stellte, was Göttin Eros Jähsinn bisher gewährt hatte. Es nützte aber nichts. Feiler blieb Prinzipal. B.O., immerhin, nahm auf der Karriereleiter gleich mehrere Sprossen. Er wurde zweiter Mann.

Jähsinn fühlte sich ungerecht behandelt. Seit wann durfte erzählt werden, ohne mit dem Körper mehr zu machen als die Arme auseinander zu strekken? Da war sogar Anita besser gewesen, als sie ihr Erlebnis vor dem Süßigkeiten-Regal bei Aldi geschildert hatte. Er selber war mehrmals wie Rumpelstilzchen und Spargeltarzan in Personalunion explodiert – und stand in der Gesamthierarchie nur auf Rang hunderzweiundvierzig - von hundertfünfzig! Außerdem war da Colette, die nur mit der Wimper zu klimpern brauchte, und die Kommunarden fielen in Ohnmacht. Colette war Tiefe. Die romanische Göttin der Geilheit. Wenn sie ihren Vater, der sie schröcklich geschädigt hatte, folterte, um ihm anschließend genußvoll mit einer Edelstahl-Klinge den Todesstoß zu versetzen und auch noch mit ihm zu schlafen, war dies Herzensdrama in Vollendung. *Hedwig Courths-Mahler* hätte es nicht ergreifender geschildert. Ein Unmensch, wer nicht mitweinte oder gar die Darstellung als Theater empfand.

Colette war eine Künstlerin. Leo hatte sie jahrelang aufgebaut.

In der Anfangszeit der KO hatte Kunst als bloßer Ersatz gegolten. Dank Colettes Darstellungen war es mit einem Mal möglich, von Kunst zu reden, ohne ein schlechtes Gewissen zu bekommen.

25 Bewusstsein

-‚Wer weiß, was KO-Bewußtsein ist?'
Niemand traute sich in die Mitte.
Eine schwere Frage.

Feiler blickte in die Runde.

,Wieso sind wir so stark? Woher kommt unsere besondere Qualität?'

Der Boss graste emotionslos die Gesichter seiner Gefolgsleute ab. Jähsinn war froh, dass er von einer vor ihm sitzenden Frau verdeckt wurde.

Feiler schritt zum Flügel und trommelte mit den Fingerspitzen gelangweilt auf das schwarz lackierte Holz. Jähsinn fand, daß in dem Mann ein Schalk steckte, etwas zum Schreien Komisches. Ein verborgener Abgrund klaffte an dem Mann, der in einem Moment utopische Ideen formulierte, um kurz darauf nach einer Fliege zu schnappen.

Irgendwo verfolgte Feylenstain einen Plan, und es musste auch so etwas wie eine Logik geben. Aber welche?

Endlich, nach einer halben Minute, die auf die verzückt wartenden Kommunarden wie der Countdown zu einem Wunder wirkte, ging eine schlanke Frau in die Mitte. Sie lebte seit einem halben Jahr in der KO.

,Für das berühmte KO-Bewußtsein bin ich zu doof. Und was die Freie Sexualität anbelangt, so weiß ich nur, daß sie anders sein muß als meine Ehe.'

-,Wollen Sie einen Vortrag halten, Frau Professorin?' fragte der Boß charmant.

Jähsinn saß in der zweiten Reihe und starrte gebannt auf Regine aus München. Der Mann mit der Attitüde eines Schulrektors trug eine geblümte Jacke. Das war ungewöhnlich. Die Hippie-Phase war doch längst überwunden! Und nun verzog er auch noch den Mund so seltsam, daß in Jähsinn plötzlich das Bild eines Wiener Komikers aus dem letzten Jahrhundert aufstieg, über den er eine Biografie gelesen hatte. Von Nestroy gab es ein Stück mit dem Titel „Der Färber und sein Zwillingsbruder". War Feiler etwa mit Nestroy verwandt – und die Gerüchte über seine adlige Abstammung deute-ten an, dass er mit dem berühmten Komiker verwandt war? Berühmtheit adelt ja bekanntermaßen. Natürlich konnte er niemandem von seiner Blitz-Idee erzählen. Leo ist Leo ist Leo, vielleicht blaublütig, aber jedenfalls nicht Nestroy, wägte Jähsinn ab. Wer kapierte schon, was es mit dem Mann an der Spitze der KO für eine Bewandtnnis hatte. Das Gesündeste war, den Mund zu halten. Etwas an der Situation war jedoch komisch, auch wenn das Thema todernst schien.

Feiler ergänzte Regines Darstellung mit pointierten Bemerkungen über die Schädigung des Menschen in der Kleinfamilie. Jähsinn blickte sich verstohlen um. Niemand gähnte. Niemand wagte unaufmerksam zu sein. Alle lauschten mit verklärtem Blick.

Regine hielt sich glänzend. Sie gestikulierte mit ausfahrenden Bewegungen, malerisch, geradezu pittoresk.

Jähsinn hörte nur mit halbem Ohr zu und phantasierte vor sich hin.
Er stellte sich vor, daß alle Worte aus Holz wären.
Wenn Sprache aus Materie bestand, gab es unzählige Möglichkeiten, damit
zu spielen.
Man legte ein Wort aus Holzstücken zusammen.

Regine tanzte.

Bewußtsein bestand aus zwei Worten. Hielt man sie auseinander, wurde
klar, was gemeint war.

Bewußt   Sein

Das Bewußte kam von den Erfahrungen.
Das Bewußte war der feine Eindruck im Hirn.
Das Bewußte waren die erforschten weißen Flecken auf der Landkarte des
Lebens.
Das Bewußte war Nachdenken

Das Sein war das Reale, die Gesellschaft.
Ich bin, du bist, sie sind.

Feiler hatte nicht die beste Laune.
Der Abend wurde dennoch lustig.

Als Regine sich wieder setzte, wurde sie mit donnerndem Applaus belohnt.
Jähsinn hatte von ihrem Vortrag kaum etwas mitbekommen.

Das Bewußte war Bildung; der Ort, wo Lernen passierte.
Das Bewußte war die Frechheit, mit der man dem Kapitalismus begegnete.

In der Kommune wurde das Sein betont.
Sexualität war Sein.

Um zur *Freien* Sexualität fähig zu sein, müsste man doof sein, fand Jähsinn.
Ohne eigene Gedanken. Wie eine Maschine. Anderen gelang das offenbar
mit Leichtigkeit – ihm kamen ständig Bilder in die Quere, komische Gedanken. Oder sein Schwanz fiel um.

Je länger man am Friedrichshof lebte, desto mehr füllte sich einem das Wort
„Kommune" mit Leben. Wenn man dazugehörte.

144

Ein Wort mit Leben füllen: Seltsame Formulierung.
Am besten, man lebte einfach los.
Leicht gesagt...
Tratri tralala.
Es ratterte in Jähsinns Schädel.

Die Kommune war ein Ort, wo Menschen ihr Innerstes preisgaben, um mit
der Gemeinschaft zu verschmelzen. Wer Geheimnisse hatte, wurde zum
Fremdkörper. In ihm, Jähsinn, steckten offenbar noch Geheimnisse oder so
viele Probleme und Widerstände, dass es zum Verschmelzen nicht reichte.
Er kapierte nur mit dem Kopf, was KO-Bewußtsein war.
Bücher waren etwas anderes als Bewußtsein. Aber sie hatten damit zu tun.
Einige Bücher jedenfalls. Oder?
Blablabla.
Alles hatte mit allem zu tun. Irgendwie.
Bücher – Bewußtsein – Frauen – Sex – Impotenz – Angst – Kapitalismus –
Mutters Eifersucht – Musik
Ich bin ein Bibabutzemann und tanz im Kreis herum!

Jähsinn kam sich schlau vor und fühlte sich verloren. Wohin ging die Entwicklung?
Er war *negativ,* hatte der Boß festgestellt.
In der Mitte wurde gebrüllt, gesungen, getanzt, gemordet, die Wahrheit gesagt, gelogen, hochgestapelt, tiefgestapelt.

Alles wurde von hunderten Augen wahrgenommen.
Alles wurde gehört, gesehen, mit dem Leib ertastet, geschmeckt.
Alles wurde aufgedeckt.

Und manches von Jähsinn zu Papier gebracht.

26 Brief nach Hamburg

Hallo Helmut!
Hier passieren tiefgreifende Änderungen. Aus dem Motto „Ein neuer geiler
Sozialismus“ wurde „Ein neuer geiler Kapitalismus“, von einem Tag auf den
nächsten. Den Sozialismus habe ich zu leben versucht. Nicht unbedingt geil.
Ich weiß nicht, ob ich dir zur neuen alten Liebe Tina gratulieren soll.

Ich bin froh, wenn es mir ab und zu gelingt, mich mit einem weiblichen Wesen zu verabreden. Wenn ich jetzt ausziehe, wird es mir draußen nicht besser gehen.

Helene redet von ihrer 'Mitte'. Ich spüre meine nicht. An den Gefühlen arbeiten kann ich auch allein. Ich verstehe Helene so, dass es darum geht, in Bereiche vorzudringen wo bestimmte Wörter ihre negativ geprägte Bedeutung verlieren. Sie geht von Gefühlen aus und gerät in non-verbale Zustände, die sie durch poetische Texte zum Ausdruck bringt. Am Ende ist aber doch wieder Sprache.

Ich stelle mir vor, welche chemischen Reaktionen in der Ekstase hervorgerufen werden. Was könnte man unterm Mikroskop sehen?

Im Moment geht's mir mies. Gestern hab ich mir in den linken Daumen geschnitten beim Brotschneiden. Bombo sagte, dahinter steckten unbewußte Aggressionen. Netterweise bekam ich, obwohl ich selber schuld bin, einen dicken Verband um den Finger.

Eigentlich bräuchte ich einen Verband um meinen ganzen Körper.

Manchmal bin ich mir selbst bei einfachen Dingen nicht sicher, ob ich verstanden werde.

Ich habe niemanden, mit dem ich reden kann. Ich muß mich aber frei äußern können, jeden Tag. Erzählen. Nicht immer nur Selbstdarstellungen! Man ist ständig mit Menschen zusammen – ohne Intimität. Selbst beim Sex. Es erschöpft einen, dieses vorübergehende Andocken und dann wieder Weggeschickt werden. Ein Leben in freier Wildbahn. Etwas Vertrautes fehlt. Ich versacke in der Anonymität. Wie einer, der in einer Oase kurz vorm Verdursten ist. Das ist für Außenstehende wohl schwer nachvollziehbar.

Ich sage mir, daß ich an einem Überlebens-Training teilnehme, in der härtesten Schule der Welt.

Ich bin nach wie vor begeistert, fühle mich aber total ausgelaugt. Die Menschen, die seit Jahren hier leben, haben viele Kontakte untereinander, während ich nur versuche, Fuß zu fassen. Es werden Spielchen mit einem gemacht. Neulich kam eine Kommunardin zu mir und fragte scheinheilig, ob ich wüsste, was ein „Piefke" ist. Sie wollen testen, wie man reagiert. Erstaunlich ist, dass mir bisher noch niemand vorgehalten hat, dass ich ein typisches Einzelkind sei. Ständig sagen mir irgendwelche Leute, vor allem wenn ich sauer bin, daß ich „projiziere".

Das gemeine Volk projiziert – die da oben haben den klaren Blick?

Das Positive überwiegt, aber ich werde immer passiver. In den ersten Wochen habe ich mehr Selbstdarstellungen gemacht.

Eine alte Furcht beschleicht mich: in Fettnäpfchen zu treten oder eine Dummheit zu begehen.

Niemand zwingt mich, hierzubleiben.

Übrigens glaube ich, dass es einigen noch schlechter geht als mir. Ein Gast aus London ist da, dessen Freundin schizo ist. Manchmal redet sie vernünftig, dann macht sie wieder dumpfe Andeutungen und kichert seltsam.
Grüß bitte Helene und alle, die mich kennen.

p.s. Zum Schluß eine Überraschung: Ingrid ist gekommen mit ihrem Auto! Ich hatte schon nicht mehr damit gerechnet. Sie kennt jetzt auch Helene. Und will demnächst nach Hamburg umsiedeln. Wir haben uns gut unterhalten. Sie rät mir, auszuziehn... War ich enttäuscht, als sie mir das sagte! Aber irgend-wo hat sie recht. Sie meint, ich sollte in Hamburg arbeiten gehn, eine Ausbildung als Pfleger machen.
Hast du was von Miriam gehört?
Ich ziehe aus, ja doch. Ich haue in den nächsten Tagen hier ab...
Ingrid bleibt nur zwei oder drei Tage. Sie will Urlaub in Italien machen.

Ciao

27 Nachreichung

Der folgende Brief erreichte Robert Jähsinn mehrere Monate später in Hamburg. Die genaueren Umstände seines Auszugs wie auch der Reise mit Ingrid nach Italien werden unter Umständen irgenwann nachgereicht.

Werter Jähsinn!
Danke für den ausführlichen Brief. Ich habe mich gewundert über den persönlichen, ja intimen Ton deines Schreibens. Wir kennen uns nicht näher und ich war überrascht, Einzelheiten aus deinem Sexualleben zu erfahren.
Leider sehe ich mich außerstande, deine Aufzeichnungen abzudrucken. Mir ist klar, daß in der KO problematische Dinge passieren, aber es würde den Rahmen der Zeitschrift sprengen, deinen Text zu veröffentlichen.
Teilweise finde ich die Notizen lustig, vor allem deine Selbsteinschätzung im Vergleich mit Höbsch, und später das Gedicht. Ich bin nicht sicher, ob ich den richtigen Ton treffe. Obwohl es dir offenbar nicht gerade blendend geht, habe ich mir beim Lesen ein Schmunzeln nicht verkneifen können.
Manche Dinge, die für den Betroffenen eine Tragödie sind, wirken auf andere eher komisch. Wenn du das ‚Feilenstayn'-Gedicht ausbaust, könntest du damit am Karneval in die Bütt gehen. Vielleicht gibt es irgendwann am Rosenmontag einen Wagen, der dem Mann gewidmet ist. Die Kölner Karne-

valsgesellschaft ist dankbar für Anregungen, und auch der Tierschutzverein
würde sich einer Mitwirkung nicht verschließen.
Deine Aufzeichnungen sind ziemlich gescheit, teilweise auch blauäugig.
Glaubst du, jemanden interessiert, wie du küßt?
Du weißt genug über die Kommune, um ein Buch darüber zu schreiben. Ich
würde dir aber empfehlen, eine andere Form zu wählen und die Darstellung
humoriger zu gestalten. Könnt ihr nicht innerhalb der KO ein Anthologie
machen, mit verschiedenen Autoren?
Ich sehe in der KO nichts Paradiesisches, aber soviel ich weiß, sind alle Mit-
glieder freiwillig dort. Ich persönlich hätte keine Lust, auch nur einen Tag am
FH zu verbringen. Ich halte F. für einen Diktator, der meinetwegen mit nem
Dauerständer rumläuft. Ein dreister kaputter Typ. Er hat mal auf einer Thea-
terbühne einer lebenden Gans den Kopf abgeschnitten, über den blutenden
Stumpf ein Kondom gezogen und einer nackten Anhängerin in den Unterleib
gesteckt. Und das unter dem Motto „Oh sensibility!"...
Andererseits finde ich es in Ordnung, wenn man neue Versuche des Zusam-
menlebens startet. Ich kenne allerdings keinen Künstler, der bei so einer
hierarchischen Sache mitmacht. Es widerspricht allen Voraussetzungen für
Kreativität und Phantasie. Die Selbstdarstellungen sind vielleicht ein Mittel,
sich kennenzulernen oder gar zu „finden". Ich hätte aber Angst, mich vor einer tobenden Meute auszuziehen. Solche Aktionen brauchen einen Schutz-
rahmen. Ich bezweifle, ob es den in eurer Kommune gibt.
Was Homosexualität anbelangt, so spricht es für die KO, wenn zutrifft, was
du schreibst. Mich würde jedoch nicht wundern, wenn es sich bei der vorgegebenen Liberalität um Public Realation handelt. Ich habe einige Zweifel, vor
allem aufgrund der Nachricht, daß Sigi Pilser, den du erwähnst, sich in der
letzten Woche das Leben genommen hat. Vielleicht kannst du mir mitteilen,
wie du seinen Auszug erlebt hast... Ist er unter Druck gesetzt worden?
Falls es dich mal nach Köln verschlägt, ruf an. Ich bin seit einem Jahr Ge-
schäftsführer der Diskothek „Shiwa-Go" und einem kleinen Plausch nicht
abgeneigt. Ist mir lieber, als Briefe zu schreiben.

Gruß
R.R.

p.s. Es ist möglich, daß das Stacheldraht-Baby nach der nächsten Ausgabe
eingestellt wird. Der Verkauf geht sehr schlecht und ich schaffe es nicht,
mich um den Vertrieb zu kümmern.

Kein Schlusswort

Mit dem Auszug Jähsinns und Bemerkungen eines anderen Autoren endet der erste Teil meines Manuskripts über eine Kommune, die bis 1991 *real existierte*. Die Fortsetzung des Berichts spielt einige Jahre später: Ich lerne R.J. kennen und werde, allen warnenden Hinweisen zum Trotz, selber für ein Jahr Mitglied der Gemeinschaft. Außerdem geht es um die *Freie Kunstschule Hamburg – Free International University*.

1996 erschien im *Verlag Die Werkstatt* „Das KommuneBuch - Alltag zwischen Widerstand, Anpassung und gelebter Utopie". In dem 300 Seiten starken Buch werden etliche Projekte vorgestellt, mit einigen historischen Exkursen, z.B. über die Knast-Kommune des Erich Mühsam 1919. Das vergleichsweise riesige Projekt AAO wird auf 2 Seiten abgehandelt. Auch wenn die AAO gescheitert ist und mit der Verurteilung u.a. ihres Chefs zu 7 Jahren Gefängnis mit einem Knall aufgelöst wurde, verdiente sie, im weitgesteckten Rahmen historischer Aufarbeitung, m.E. mehr Beachtung. Andererseits: Wenn ich bedenke, wie dominant-aggressiv die AAO aufgetreten ist, wundert mich die Distanz der Zeitgenossen nicht. Man muß wohl selber mal zu dem Haufen gehört haben, um ein Buch darüber zu schreiben.

Es gibt eine völlig andere Publikation über die Kommune: „Die Diktatur der freien Sexualität" von *Andreas Schlothauer* (1992). A.S. hat ca. 8 Jahre in der Gemeinschaft gelebt und zudem mehr als 10 000 Seiten Aufzeichnungen durchgearbeitet. Wer sich eingehender mit der Kommune befassen will, findet in dem Buch sehr detaillierte Angaben über u.a. die Öffentlichkeitsarbeit und Publikationsorgane der AAO, aber auch brisanteste Interna.

1998 erschien als # *199* von „*Der Grüne Zweig*" *William Levys* Buch „*Unser Freund Otto Mühl – Eine Studie zum Kulturschock*". Der Autor beschreibt Aktionen, die 1970 in Holland inszeniert wurden. Er zitiert auch Passagen aus einem Stück Literatur, das unter dem Titel „Zock – Aspekte einer Totalrevolution" die Gemüter aufwühlte. Der Amsterdamer Autor bietet Hintergrund-Informationen, die bis auf das *„Destruction in art Symposium"* (London, 1966) zurückgehen. Er gehörte schon damals zu den Verfechtern „radikaler, unabhängiger Medien" und war Vorkämpfer für sexuelle Befreiung - die heute in Kommerz gemündet ist. Auch wenn ich O.M. nicht als „Freund" sehe, stimme ich Levy teilweise zu, etwa seiner Behauptung *„In der AA-Kommune auf dem Friedrichshof mischten sich echte Wünsche nach einer neuen Heiligung des Lebens unterschiedslos mit allen möglichen destruktiven und libidinösen Kräften ..."* . Ob die Kommune tatsächlich, wie Levy meint, in der Tradition gnostischer Sekten wie der Wiedertäufer, Adamiten usw. stand, wäre eine Untersuchung wert. Vielleicht bedarf es aber für eine umfassende objektivierende Betrachtung eines noch größeren zeitlichen Abstandes.

Wie auch immer: Die AAO war ein in ihrem fundamentalen Ansatz unge-wöhnliches Projekt. *„Etwa 2000 Männer und Frauen lebten zwischen 1971 und 1991 mehrere Monate oder Jahre in einer der Kommunen. Wahr-scheinlich mehr als 10000 Interessierte haben von 1974-83 den Friedrichshof als Kursteilnehmer besucht"*. (A. Schlothauer).

***

Ich weise auf einige Zeitschriften, Kleinverleger, AutorInnen und Veranstalter hin, die *ihre* Vorstellungen von Poesie, Kunst und einer anderen Gesellschaft (auch wenn diese nur aus fünf Personen besteht) verwirklichen.

anares bern c/o Samuel Hess, Postfach, CH-3652 Hilterfingen
Büro für Lebensfreude (Veranstalter) c/o Günter Kahrs (Mr. Propper), Ostertorsteinweg 88/89, 28203 Bremen, Tel. 0421 / 77737
Das Dosierte Leben (Zeitschrift) c/o Jochen König, Obere Riedstr. 57, 68309 Mannheim
Epero (ZS) c/o Uwe Timm, Wulmstorfer Moor 34 b, 21629 Neu Wulmstorf
Helga Goetze Sophia (Dichterin, Hausfrau, Bildende Künstlerin; ihre Woh-nung ist eine Galerie) Schlüterstr. 70, 10625 Berlin
herzGalopp – Zeitschrift für Poesie & Lebenskunst und *Unkraut vergeht nicht* (Radio-Sendung) c/o Raimund Samson, Otterhaken 8, 21107 HH
holunderground (Zeitschrift) c/o Hadayatullah Hübsch, Steinrutsch 7, 65931 Frankfurt
Josef Beuys-Gedächtnisgarten (Irrgarten) c/o Hartmut T. Reliwette, Idafehn-Nord 58, 26842 Ostrhauderfehn, Tel. 04952 / 4775
KULT (Zeitschrift) c/o Karl-Heinz Schreiber, Sportplatzstr. 21 b, 63773 Goldbach
poem press (Verlag) c/o Thomas Schweisthal, Regensburger Str. 104, 93080 Pentling
Psychiatrische Allgemeine (ZS) c/o Martin C. Stoffel, Sandstr. 20, 57072 Siegen
ratriot (Zeitschrift) c/o Urs Böke Donnerberg 91, 45357 Essen
zirkular am zeitstrand (Zeitschrift) c/o Hans Eisel, Alte Steige 2, 70469 Stuttgart & HEL, Stargarder Str. 58, 10437 Berlin

Internet-Adressen:
www.reliwette.de   www.helgagoetze.de   www.poempress.de.vu
  www.herzgalopp.de.vu   (im Wideraufbau ...)

Raimund Samson

JAEGER
& MIROW
THEVS
FUSSPFLEGE
FOTO-KINO
Retter ficken
den liebe
SEA

Biografische Notiz:
Der Autor, * 1952, wohnt seit 1986 in HH-Wilhelmsburg; liest, schreibt, träumt, zeichnet und ist mit diversen Projekten befasst.

Inhalt

1 Ankunft 7
2 Aushalten 15
3 Abschweifen 22
4 Konzentration 28
5 Aufstieg 31
6 Absturz 37
7 Wilhelm Reich in Altona 45
8 Der Heidelberger Affe 54
9 Bakunin hat recht 58
10 One poem a day keeps the doctor away 62
11 Helene Hamburg 65
12 Schwarze Hilfe 68
13 Kommune-Tournee 71
14 Edelmut tut gut 73
15 Miriam 77
16 Brief an die Heimatgemeinde 88
17 Pirouetten 90
18 Jeanette an Jähsinn 93
19 Workshop 96
20 Einzug 117
21 Proletarische Potenz 124
22 Material-Aktion 131
23 Stacheldraht-Baby 137
24 Kosmisch 141
25 Bewusstsein 142
26 Brief nach Hamburg 145
27 Nachreichung 147

28 Kein Schlusswort 150

Collagen 153